KNAUR

Im Knaur Verlag sind bereits folgende Romane der Autorin erschienen:
Sonnensegeln
Mirabellensommer
Frau gönnt sich ja sonst nichts
Sommer der Erinnerung
Ein Sommer wie Limoneneis
Unter dem Limonenhimmel
Der Schmetterlingsgarten – Rückkehr nach Capri
Der Schmetterlingsgarten
Ein Hauch von Sommer – Die Vorgeschichte zu »Sommerlese«
Sommerlese

Über die Autorin:
Marie Matisek ist das Pseudonym der Autorin Tanja Weber, die unter diesem Namen ihrer Reisesehnsucht frönt. Sie träumt sich schreibend nach Italien, in die Provence oder an die Nordsee, ihre bevorzugten Ziele. Die großen Leidenschaften der Schriftstellerin sind neben dem Schreiben ihr Hund, das Kochen (und Essen!) sowie ihr Garten.

MARIE MATISEK

An den grünen Hängen des Vesuv

ROMAN

KNAUR

Besuchen Sie uns im Internet:
www.droemer-knaur.de

MIX
Papier | Fördert gute Waldnutzung
FSC® C083411

Originalausgabe Juli 2024

Ein Imprint der Verlagsgruppe
Droemer Knaur GmbH & Co. KG, München

Redaktion: Catherine Beck
Covergestaltung: FAVORITBUERO, München
Coverabbildung: Collage von FAVORITBUERO
unter Verwendung von Shutterstock.com Motiven
Illustrationen im Innenteil: Rina Oshi / Shutterstock.com
Satz und Layout: Adobe InDesign im Verlag
Druck und Bindung: CPI books GmbH, Leck
ISBN 978-3-426-52773-3

2 4 5 3 1

Komm ein bisschen mit nach Italien
Komm ein bisschen mit ans blaue Meer
Und wir tun, als ob das Leben eine schöne Reise wär
Komm ein bisschen mit nach Italien
Komm ein bisschen mit, weil sich das lohnt

Caterina Valente, 1956

1

Selina

Wuppertal, 2023

»Buon giorno, Signorina, wasse sind Se wieder so wunderschön heute! *Che bella!* Neue Frisure?«

»Ah, *i bambini, come si chiamano?*«

»Allora, un gelato spaghetti für de Donne e un gelato al cioccolato per il signore. Buon appetito!«

Amüsiert verfolgte Selina die Bewegungen ihres Großvaters, der sich geschmeidig zwischen den Tischen hindurchschlängelte, hier ein Kompliment in seinem Deutsch-Italienisch-Kauderwelsch verteilte und dort einen Witz riss. Dann wieder begrüßte er diesen oder jenen Gast – so intim, so vertraut, dass sich jeder als Stammgast fühlen durfte.

Sergio Catalongo, der Seniorchef des *Bella Italia,* war siebenundachtzig Jahre alt und eine Legende. Eigentlich hatte er sich längst zur Ruhe gesetzt und das Geschäft, Wuppertals beste Eisdiele jenseits des Weißwurstäquators, an seinen Sohn Marcello übergeben. Aber was hieß das schon – zur Ruhe setzen? Konnte sich einer wie Sergio, eine Ikone, einer, der sein Leben lang gearbeitet hatte, Tag und Nacht, der schmal war und drahtig wie eine Reitgerte, der sein weißes Hemd noch immer fast bis zur Brust aufgeknöpft trug, sodass die goldene Gliederkette auf dem schlohweißen Brusthaar trefflich zur Geltung kam, konnte sich ein Charmeur wie er überhaupt zur Ruhe setzen?

Sein Sohn Marcello kannte die schmerzliche Antwort nur zu gut: Leider nein.

»Selina, was stehst du hier rum? Komm, mach hinne, Tisch siebzehn einmal Bananenschiffchen, einmal Eisbecher *Carpe Diem* und zwei Cappuccino«, wies Sergio in astreinem Ruhrpott-Dialekt seine Enkeltochter an, kaum dass er von der Terrasse wieder ins Innere der Eisdiele kam.

Selina stand mit ihrem Vater hinter dem gebogenen Tresen aus Glas, in dem vierundzwanzig Sorten Eis, hausgemacht, kunstvoll zu Wellen geformt und mit den entsprechenden Grundzutaten dekoriert – Limonen, Vanilleschoten, Ananas, Pralinen, Gummischlümpfe, winzige Champagnerflaschen –, den Gästen das Wasser im Mund zusammenlaufen ließen. Sie sah zu ihrem Papa hinüber. Der hob die Augenbrauen, schüttelte leicht die grauen Locken und griff an seine Brusttasche. »Ich geh mal aufs Klo.«

Sprach's und verschwand aus der Schusslinie – natürlich nicht auf die Toilette, sondern zum Rauchen, wie Selina sehr wohl wusste.

Puh, dachte sie, während sie sich bemühte, die Bestellungen, die ihr Opa ihr gerade durchgegeben hatte, abzuarbeiten, puh, immer diese Hektik, die er verbreitete! Alles musste immer *subito* und *pronto,* jetzt und sofort ausgeführt werden. Für das Bananenschiffchen nahm sie die ovale Glasschüssel, füllte drei Kugeln Vanilleeis hinein, gab darauf eine in zwei Hälften geteilte Banane, einen Berg Sahne (»Nicht sparen mit der Sahne! Niemals an der Sahne sparen!«, hatte sie augenblicklich Sergios Stimme im Ohr), und darüber träufelte sie üppig Schokoladensirup. Ein paar geröstete Mandelblättchen, fertig war das *Banana Boat.* Was war das andere noch gewesen? Eine Coppa *Bella Figura* oder *Carpe Diem?* Selina seufzte. Statt ihr einen Zettel mit der Bestellung auf den Tresen zu legen, rief Sergio ihr lediglich immer zu, was zu tun war. Für sie war das purer Stress, denn niemand anders außer ihrem Großvater besaß die Fähigkeit, sich auch im größten Trubel zu merken, wer was bestellt hatte. Sergio war trotz seines hohen Alters in der Lage, unzählige Bestellungen im Kopf zu behalten, währenddessen quatschte er mit seinen Gästen und hatte jeden seiner Angestellten scharf im Visier. Er konnte ja auch so perfekt sein, wie er wollte, dachte Selina, aber dass er diesen Anspruch an alle stellte, die in seiner Eisdiele arbeiteten, war anstrengend. Sergio hatte ein Herz aus Gold, er liebte seine Familie, seine Eisdiele und seine Kunden. Aber er war auch fordernd. Insbesondere gegenüber seinem Sohn Marcello, dem das Geschäft mittlerweile gehörte – Sergio hatte es ihm auf Betreiben von Marianne, Selinas Oma, Sergios Ehefrau und Marcellos Mama, an dessen fünfzigstem Geburtstag endlich ganz überschrieben.

Wie hat Papa das nur ausgehalten, fragte sich Selina, während ihr Großvater ihr bereits die nächste Bestellung – einmal *Coppa Roma, Espresso doppio,* stilles Wasser und eine Kugel Stracciatella in der Waffel – zurief. Selina stellte das *Banana Boat* zur Seite, ließ zwei Cappuccini durch die Maschine laufen, notierte sich die aktuelle Bestellung und nahm sich vor, Sergio bei seinem nächsten Sprint durch den Laden zu fragen, welcher Eisbecher noch an Tisch siebzehn ging.

»Coppa *Carpe Diem!*« Ihr Großvater zog das Tablett mit Eis und Kaffee vom Tresen und verschwand mit seinem tänzelnden Gang nach draußen.

»Hiere kommte bella *Banana* für la bella signorina«, hörte Selina ihn schnurren.

Zwei Kugeln Aprikoseneis, einmal Vanille, dazu frisches Kompott aus Pfirsich und Maracuja, von ihrer Oma selbst gekocht, wieder eine ordentliche Sahnehaube – »Nicht sparen mit der Sahne! Niemals an der Sahne sparen!« –, bunte Zuckersprenkel in Herzform, und fertig war die Coppa *Carpe Diem.* Bestellung um Bestellung kam herein, Selina hätte zehn Arme gebraucht, um alles in der Schnelligkeit, die Sergio forderte, abzuarbeiten. Irgendwann kam auch Papa Marcello wieder zurück – aus der einen Zigarette mussten drei geworden sein, stellte Selina mit einem Blick auf die Uhr fest. Aber sie verkniff sich eine Bemerkung. Ihr Vater trauerte und war latent überfordert, wer konnte es ihm verdenken? Dass die Trauerphase nun schon fünf Jahre anhielt – geschenkt. Trotzdem machte es Selina ratlos, ihn so zu sehen. Sie warf einen Seitenblick auf ihn. Seiner großen, massigen Gestalt nach konnte man kaum glauben, dass er Sergios Sohn war. Der war drahtig, agil und nicht größer als eins fünfundsechzig. Marcello dagegen überragte seinen Vater um einen Kopf, er war breit, früher sportlich, heute jedoch folgten die Muskeln der Schwerkraft, der Bauch über dem Hosenbund war stattlich. Und trotzdem war er noch immer ein attraktiver Mann. Manchmal fing Selina die Blicke von Frauen in seinem Alter auf, durchaus interessierte Blicke, aber Marcello bemerkte sie nicht. Mensch, appellierten seine Kinder, seine Freunde und auch seine Ex-Frau an ihn, such dir doch eine neue Frau, bevor du zu alt bist! Woraufhin Großvater Sergio stets kommentierte, niemand sei jemals zu alt für die Liebe – dieser Punkt ging an ihn.

Selina liebte es, ihrem Vater bei der Arbeit zuzusehen. Schon als Kind hatte sie die Augen nicht von seinen Händen lassen können – kräftige Finger, der goldene Ehering, den er trotz der Trennung unverdrossen trug, die schwarzen Haare auf dem Handrücken. In diesen Pranken verschwand der Eisportionierer fast zur Gänze. Mit ihm pflügte er eine breite gerade Spur durch die Eiscreme, um anschließend eine perfekte, gleichmäßig runde Kugel in die Waffel abzustreifen. Nichts an seinen Bewegungen war jemals hektisch oder ungenau, ihrem Vater bei einer Tätigkeit zuzusehen verlieh Selina immer die größte Ruhe. Was er tat und vor allem wie er es tat, schien stets zu sagen: Mach dir keine Sorgen. Es kann nichts passieren. Dein Papa ist durch nichts zu erschüttern und wird immer für dich da sein.

Leider hatte sich der erste Teil des Satzes als Illusion erwiesen. Marcello war durchaus zu erschüttern, und zwar so heftig und in seinen Grundfesten, dass er nicht mehr ins Lot fand.

Trotzdem war ihr Vater immer für sie da, und seiner ruhigen und sicheren Ausstrahlung tat dies keinen Abbruch. Und genau das war der Grund gewesen, warum Selina nach Wuppertal zurückgekehrt war.

Nur für die Sommerferien, hatte sie ihrer Familie erzählt – schließlich hatte sie nicht mit der Tür ins Haus fallen wollen.

Nur für die Sommermonate, hatte sie sich vorgenommen, denn sie hatte nicht vor, sich selbst zu desillusionieren, indem sie vor sich zugab, dass sie in Berlin gescheitert war und nun schmachvoll in das familiäre Nest zurückkehrte.

Nur für die nächsten Jahre, hatte ihre beste Freundin Rieke gewitzelt und sie damit aufgezogen, obwohl sie beide wussten, dass es eigentlich ganz und gar nicht lustig, sondern vielmehr tragisch war.

Selina war siebenundzwanzig, und vor sieben Jahren war sie mit zwölf Umzugskisten und ein paar IKEA-Möbeln in einem Miettransporter voller Hoffnung von Wuppertal-Elberfeld nach Kreuzberg aufgebrochen. Sie hatte einen der begehrten Studienplätze für Politologie ergattert und dazu ein Zimmer in einer supernetten Frauen-WG. Sie hatte studiert, Freunde gefunden, gefeiert, gebüffelt, die Nacht zum Tag gemacht, ein Praktikum im Bundestag und ein Volontariat bei einer überregionalen Tageszeitung absolviert. Währenddessen hatten sich ihre Eltern getrennt, ihr Vater war Chef der Eisdiele geworden, ihre Freundin Rieke schwanger. Die Borussen waren auf- und wieder abgestiegen, kurzum: Die Welt hatte sich weitergedreht. Alles ganz normal.

Aber irgendwann hatte sich in ihrem Leben plötzlich nichts mehr bewegt. Selina konnte es nicht mal benennen – sie schleppte ihre Bachelorarbeit Semester für Semester weiter, konnte sich aber nicht dazu durchringen, sie jemals zu beenden. Corona kam und ging nicht mehr. Keine ihrer Beziehungen überlebte das erste halbe Jahr, und auch die Mädels in ihrer Wohngemeinschaft wechselten beständig, nur Selina blieb. Wie dieser eine Hut, den jemand bei einer Party an der Garderobe vergessen hatte und der nie mehr abgeholt wurde. Selina konnte nicht sagen, welcher der vielen Gründe der ausschlaggebende war, warum sie das Gefühl hatte, dass ihr Leben auf der Stelle trat. Sie kam einfach nicht mehr vom Fleck. Plötzlich sah sie, wenn sie in Berlin mit der U-Bahn fuhr, nicht mehr die Leute, die in den zugigen Gängen musizierten, sondern nur noch diejenigen, die nicht mehr in der Lage waren, aufzustehen. Die typische Berliner Kakofonie aus rauschendem Verkehr, Haste mal ’n Euro, Hundegebell und Kinderlachen tönte schrill in ihren Ohren. Ihre Kommilitoninnen machten ihre Abschlüsse und wechselten zum Masterstudium irgendwo anders hin, manche ergatterten die ersten Jobs.

Wie häufig hatte sich Selina vorgenommen, es ihnen gleichzutun, der Bachelor hatte doch nur dreißig lächerliche Seiten, Himmel, so schwierig konnte das doch nicht sein. Aber ihre Motivation war gen null gesunken. Hatte sie eine Depression? Sie besuchte den psychosozialen Dienst der Uni, aber als sie dem übermüdeten Psychotherapeuten gegenübersaß, der ihr Lamento, ohne eine Miene zu verziehen, über sich ergehen ließ, aber nicht mal richtig zuhörte, weil es vermutlich dasselbe war, was er sich seit Jahren tagtäglich anhören musste, wusste sie, dass sie keine Depression hatte, ja nicht einmal einen klitzekleinen Burn-out. Sie war schlicht und ergreifend falsch abgebogen.

Sie hatte sich geirrt. Hatte falsche Entscheidungen getroffen.

Weder Berlin noch Politologie waren das Richtige für sie. Sie hatte sich ein Studium gewählt, das sie nicht interessierte, in einer Stadt, in der sie nicht leben wollte. Basta.

Diese Erkenntnis traf sie wie ein Blitzschlag. Die Stadt war zu schmutzig, zu laut, zu bunt, ein paar Nummern zu groß für sie. Aber weil alle Welt nach Berlin wollte, hatte sie auch dorthin gewollt, nur um dann festzustellen, dass sie mit dem Tempo nicht mithalten konnte. Politologie hatte sie gewählt, weil es nicht Medizin war. Und nicht BWL oder irgendwas mit Medien. Sie hatte etwas Geisteswissenschaftliches gesucht, aber Germanistik war ihr zu simpel gewesen. Was hatte ihre Familie ihr nicht in den Ohren gelegen: Du hast ein Einser-Abitur! Dir steht die Welt offen! Mach was draus! Und weil sie jung und doof gewesen war, hatte sie nach dem Studienplatz gegriffen, den sie mit ihrem tollen Notendurchschnitt haben konnte. Bloß weg aus Wuppertal-Elberfeld, fort von Coppa *Carpe Diem* und dem Elefanten aus der Schwebebahn.

Als sie endlich erkannt hatte, dass sie ein falsches Leben führte, dauerte es noch mal ein paar Monate, in denen Selina sich in Selbstmitleid gesuhlt und nicht gewusst hatte, welche Konsequenzen sie aus der schmerzhaften Erkenntnis ziehen sollte. Rieke, die mittlerweile mit Mann, Hund und Säugling nach Bergisch Gladbach gezogen war, hatte schließlich den wahren Satz gesagt: Wuppertal ist doch gar nicht so schlimm.

Also hatte Selina ihr WG-Zimmer gekündigt, die zwölf Kisten und die IKEA-Möbel (beschämenderweise war ihr Hausstand weder angewachsen noch exklusiver geworden) in einen Lagerraum nach Brandenburg gefahren und ihrem Papa lediglich mitgeteilt, dass sie für die Dauer der Sommerferien zu ihm ziehen und in der Eisdiele jobben würde. Nur über die Ferien! Und da war sie nun, eine Frau, die auf die dreißig zuging und nicht wusste, was sie mit ihrem Leben anfangen sollte. War das traurig? Ja, sagte Rieke, das ist traurig. Aber besser, du hast die Phase jetzt als mit fünfzig.

Wie meine Mutter, dachte Selina, während sie das gepresste Espressopulver aus dem Siebträger in die hölzerne Schublade leerte, neues Pulver einfüllte, den Siebträger in die Halterung klemmte und weitere Espressi und Cappuccini durch die Maschine laufen ließ. Wie Mama, die mit Ende vierzig aus ihrer Ehe ausgebrochen war, völlig unvermittelt, und nach Bali abgehauen war, um dort eine Yoga-Ausbildung zu machen.

»Haben Sie auch veganes Eis?«, hörte sie jemanden fragen und wurde so aus ihren Gedanken gerissen. Aber noch bevor sie sich einmischen konnte, rettete Marcello die Situation.

»Aber natürlich«, klang seine kraftvolle Stimme durch den Laden bis auf die Terrasse, wo zwei junge Frauen standen, von denen die eine ihre Frage an Großvater Sergio gestellt hatte. Der hatte schon Luft geholt für eine Antwort, aber sein Sohn kam ihm zuvor.

»Dunkle Schokolade mit Ingwer, Frozen Kokosjoghurt, außerdem die Fruchteissorten Limette und Mirtillo, Blaubeere. Sie können gern probieren.«

Sergio warf den beiden jungen Frauen, die an den Glastresen eilten, um die von Marcello angepriesenen veganen Eissorten auszusuchen, einen skeptischen Blick hinterher.

So charmant Sergio auf jeden noch so extravaganten Spezialwunsch von Gästen reagierte – beim Thema veganes Eis zeigte sich, dass er aus einer anderen Generation stammte. Eis ohne gute fette Kuh- oder Ziegenmilch? Ohne Ei? *Porca miseria!* Welch ein Frevel! Das war doch kein Eis!

Marcello hatte sich schließlich durchgesetzt, aber es war ein zäher Kampf gewesen. Wie schafft Papa das nur, dachte Selina und beobachtete ihren Vater, der nun von jeder der veganen Eissorten kleine Pröbchen auf Holzlöffel gab und sie den Mädchen über den Tresen reichte. Er war die Ruhe selbst. Fünfundfünfzig Jahre, kreuzunglücklich, weil Inga, die Liebe seines Lebens, die Mutter seiner beiden Kinder Selina und Fabio, ihn verlassen hatte, stand er in seiner Wuppertaler Eisdiele und musste sich von seinem steinalten Vater herumscheuchen lassen, konnte keine eigenen Entscheidungen treffen, ohne dass er sich automatisch mit dem dickschädeligen Sergio anlegte. Und doch blieb er stets ruhig und freundlich, kein böses Wort kam je über seine Lippen, er erduldete jedes Ungemach in seinem Leben stumm. Ärgerte er sich sehr oder gewann die Trauer Oberhand, rauchte er. Niemals würde er gegen seinen Vater aufbegehren, so wie Inga, seine Frau, es manchmal von ihm verlangt hatte. Er solle sich nicht gängeln lassen, Sergio solle sich endlich zur Ruhe setzen und ihm die Verantwortung übergeben, er müsse sich durchsetzen, sonst würde er niemals Chef sein können, weder die Kunden noch die Angestellten respektierten ihn – ein ewiges Lamento. Aber Marcello hatte immer nur geguckt wie ein sanftmütiges Lamm, seine Locken geschüttelt und gesagt, dass es doch gar nicht darum gehe, wer das Sagen habe.

Es gehe um Eis! Um das beste Speiseeis in Wuppertal, ach was, um das fantastischste Eis in Nordrhein-Westfalen – da sei es doch vollkommen egal, wer der *capo di tutti i capi* sei.

Selina beobachtete ihren Großvater auf der Terrasse. Er lief mit einem feuchten Lappen zwischen den Tischen hindurch und wischte sie sauber, überprüfte die Zuckerspender und ordnete die Eiskarten sorgfältig. Ja, er war ein Kontrollfreak, ihr Nonno, dachte Selina amüsiert und verfolgte die schmale Gestalt mit den Augen. Er war ein Despot, ein Choleriker – aber er war Sergio Catalongo. Er hatte das italienische Lebensgefühl nach Wuppertal gebracht, er hatte den Leuten hier, die sich nicht leisten konnten, nach Capri zu fahren und der Sonne beim Versinken zuzusehen oder auch ein Wochenende am Lago di Garda zu verbringen, das Dolce Vita nahegebracht. Er hatte zu den Klängen von Caterina Valente und Silvio Francesco zart schmelzende Eiscreme und krosse, mit echter Butter gebackene Cornetti serviert, er hatte sie mit Stracciatella verwöhnt und ihnen echten *caffè* mit warmer Milch serviert – niemals mit Sahne! Sahne gehört auf den Eisbecher, nicht in den *caffè!* –, er hatte ihnen, die in den nahen Kohlengruben oder in den Stahlwerken und Textilfabriken hart arbeiteten, den italienischen Sommer in den kalten deutschen Winter gezaubert.

Es gab Fotos aus den Jahren der Eröffnung der Eisdiele, Sergio Catalongo noch mit einer üppigen schwarzen Haartolle auf dem Kopf, schon damals in weißem lässigen Hemd und schmal geschnittener Anzughose, seine Frau Marianne, einen Kopf größer als er, weshalb sie ihr Leben lang flache Schuhe trug, im Sommerkleid mit ausgestelltem Rock voll roter Kirschen darauf, ihre Haare ein Berg Blond wie das aufgetürmte Spaghettieis. Arm in Arm standen sie strahlend und ein bisschen schüchtern vor der Eisdiele, als würden sie denken: Alles gut und schön, aber was haben wir uns nur dabei gedacht? Innen war der Laden mit zierlichen Stühlchen und Tischchen aus weißen gebogenen Metallstreben mit quietschroten Kunstlederpolstern, die an die Kirschen auf Mariannes Kleid erinnerten, eingerichtet.

Der Tresen war aus hochglanzpoliertem Chrom, die Glasvitrine nur halb so groß wie heute. Überhaupt war der Laden, dessen eine Wand ein kitschiges Bild vom Sonnenuntergang hinter dem Vesuv geziert hatte, deutlich kleiner gewesen. Erst in den frühen Siebzigerjahren hatte Sergio das Nachbargeschäft gepachtet und vom Eigentümer die Erlaubnis bekommen, die Wand durchzubrechen und aus zwei Geschäften eines zu machen.

Das neue, große *Bella Italia* war geboren. Die italienische Eisdiele schlechthin, die sich den Ruf erobert hatte, nicht nur das beste Eis zu verkaufen, sondern auch die gewagtesten Kreationen. Ja, Sergio behauptete noch immer steif und fest, dass die Idee, Vanilleeis durch eine Kartoffelpresse zu drücken und mit Erdbeersoße als Spaghettieis zu servieren, auf sein Konto ginge. Die Inneneinrichtung der Eisdiele hatte alle Moden mitgemacht, von psychedelischen Lampen in den Siebzigerjahren über den Neon-Chic der Achtziger, die coole Industrial-Ästhetik der Neunziger bis zum heutigen cleanen Style mit viel naturbelassenem Holz und Grünpflanzen, aber das Eis und seine Zutaten waren seit Jahrzehnten die gleichen geblieben. Sergio hortete seine Rezepte wie einen Schatz. Das war auch der Grund, warum er beim Thema veganes Eis keinen Spaß verstand – das Eis der Catalongos gehorchte keinen Moden!

Doch trotz aller Strenge war Selinas Opa Sergio ein Mann mit großem Herzen. Er liebte Kinder, alle Kinder, er war großzügig und drückte gern eine Extrakugel auf die Waffel, wenn auch das Taschengeld nicht dafür reichte. Er spendierte Obdachlosen immer einen Cappuccino und veranstaltete jedes Jahr an Weihnachten einen großen Basar zugunsten Notleidender. Er hatte für seine Enkelkinder stets einen Scherz, eine kleine Geschichte, Trost oder Ratschläge parat, und niemals hatte Selina von ihm den Satz »Ich habe jetzt keine Zeit« gehört. Außerdem kümmerte er sich seit einigen Jahren aufopferungsvoll um seine Frau Marianne, die an Parkinson erkrankt war.

Selina sah auf die Uhr. Noch drei Stunden bis zum Feierabend. Dann würde sie sich ihre Sportsachen anziehen und ihre liebste Joggingstrecke laufen. Harry Styles auf die Ohren und ab dafür. Und einen Schlenker zu Mariannes Gärtchen machen. Nach dem Rechten sehen und ein Glas selbst gemachten Most mit ihrer Oma trinken. In den warmen Monaten verbrachte ihre Großmutter, die sich vor dreißig Jahren aus der Eisdiele zurückgezogen hatte, jeden Tag in ihrer Laube. Es war ein dreieckiges Grundstück zwischen Eisenbahngleisen. Marianne hatte es von ihrem Großvater, der Eisenbahner gewesen war, übernommen, und es war ein Paradies. Auf jedem Zentimeter des Gartens wuchs Essbares. Johannisbeersträucher umrahmten das Grundstück rot, weiß und schwarz. Apfel-, Birnen- und Pflaumenbäume standen hier, Himbeeren und Brombeeren rankten sich hinter dem kleinen Häuschen empor. In Töpfen und Hängeampeln kultivierte ihre Großmutter verschiedene Erdbeersorten, es gab Stachelbeeren und einen Feigenbaum, angeblich aus Italien. Kein Gemüse! Nur Obst. Und zwischen all der süßen Pracht baumelten Vogelhäuser und mit Stroh gefüllte Blumentöpfe für Ohrwürmer, Bienenstöcke und Komposthaufen, in denen Igel wohnten. Nirgendwo hatte sich Selina früher lieber aufgehalten als bei Oma im Garten. Und so war es heute wieder. Die Laube lag direkt an ihrer Joggingstrecke, oder noch besser: Selina hatte ihre Laufroute so gewählt, dass sie bei Marianne endete. Die Parkinson-Erkrankung war noch nicht so weit fortgeschritten, dass ihre Oma in ihrem Aktionsradius sehr eingeschränkt wäre, aber es gab immer etwas, bei dem Marianne Hilfe benötigte. Schraubverschlüsse öffnen oder schließen, kleinere Notizen machen, Fallobst aufheben oder die uralte Saftpresse bedienen.

»Selina, cara, come va?«, riss eine knarzige Stimme sie aus ihren Gedanken. Der alte Francesco stand vor ihr, lachte sie an, sodass sein Goldzahn blitzte, und machte einen vorsichtigen Diener – so tief es sein ramponierter Rücken zuließ.

Die Herrenrunde! Natürlich, fiel Selina ein, heute war Donnerstag. Sie begrüßte Francesco, drehte sich um und wollte zu den Cognacschwenkern greifen, doch Marcello war schneller. Er hatte bereits drei Gläser vor sich und goss den Cognac ein – großzügig und von dem guten Tropfen. Dem, der für die Herrenrunde reserviert war.

Die Herrenrunde, das waren außer Francesco und Sergio noch Giancarlo und Roberto, die ältesten Freunde des Großvaters. Der Legende nach waren sie alle mit dem Zug aus Neapel gekommen, um in Deutschland ihr Glück als

Fremdarbeiter zu suchen. Alle vier waren sie geblieben und pflegten ihre Freundschaft seither. Ursprünglich waren sie zu sechst gewesen, doch zwei aus der Runde hatten bereits das Zeitliche gesegnet. Auch heute waren die »Jungs«, wie Marcello die Gruppe Ü-80-Jähriger zu nennen pflegte, nur zu dritt, denn Roberto lag wegen seiner Hüft-OP im Krankenhaus.

Wenn die Herrenrunde kam, machte Sergio Feierabend. Und zwar tatsächlich Feierabend. Dann saß er mit seinen Freunden stets in der Nische im hintersten Eck des Ladens, sie tranken Cognac und erzählten sich die neuesten Schwänke aus ihrem Leben und die ältesten Witze. Was im Gastraum passierte, war Sergio dann herzlich egal – aber nur an diesen Donnerstagen!

Marcello brachte die Cognacschwenker an den Tisch, Selina bereitete drei *caffè* für die alten Herren vor, und Sergio half seinem Freund Francesco, der nicht mehr gut zu Fuß war und sich gebeugt auf einen Stock stützen musste, zu seinem Stuhl. Währenddessen fand sich auch Giancarlo ein, wie immer wie aus dem Ei gepellt mit dreiteiligem Anzug, Fliege und Strohhut. Formvollendet hauchte er Selina einen Kuss auf den Handrücken, machte ihr ein Kompliment und gesellte sich zu den anderen beiden. Kaum waren sie vollzählig und hatten Platz genommen, steckten die drei ihre kahlen Köpfe zusammen und sprudelten auf Italienisch los. Dass Sergio überhaupt noch Italienisch sprach, war lediglich dieser Runde zu verdanken, denn er hatte sein Heimatland, das er 1956 verlassen hatte, nie wieder besucht. Es gab dort keine Familie, und anscheinend hatte er auch keine Sehnsucht nach dem Land, in dem er geboren worden war – obwohl er noch immer in den höchsten Tönen von Italien schwärmte. Aber er hatte in eine deutsche Familie eingeheiratet, sprach mit Marianne und auch seinen Kindern stets Deutsch – obwohl er ihnen italienische Namen gegeben hatte – und benutzte gegenüber den Kunden das seltsame Pseudo-Italienisch, das jeder verstand und sich sofort im Italienurlaub wähnte.

Selina kehrte an die Theke zurück, nahm das Tablett mit den Bestellungen für Tisch drei und steuerte auf diesen zu, als sie hörte, wie ihr Onkel laut lachte, dann polterte etwas. Francesco stieß einen heiseren Schrei aus, und noch während Selina die Cappuccini und drei Eisbecher servierte, nahm sie aus den Augenwinkeln wahr, wie Marcello blitzschnell hinter dem Tresen hervorkam und in Richtung der drei Alten rannte. Selina murmelte den Gästen eine Entschuldigung zu und lief so schnell sie konnte hinterher.

Sie erreichte den Tisch der Herrenrunde und sah ihren Großvater am Boden liegen. Ihr Vater kniete bereits neben Sergio, hielt eine Hand an dessen Hals, um nach dem Herzschlag zu tasten.

»Ruf den Notarzt!«, rief er Selina zu, und während sie zum Telefon hastete, den Notruf wählte, hörte sie die verzweifelten Rufe ihres Vaters, der versuchte, zu ihrem bewusstlosen Opa durchzudringen.

Keine zehn Minuten später waren die Notfallsanitäter im Laden, doch alle Versuche, Sergio Catalongo wiederzubeleben, scheiterten.

»Er ist beim Lachen vom Stuhl gefallen«, sagte Francesco erschüttert, während Marcello mit Tränen in den Augen seine Tochter in den Arm nahm.

»Das hätte Papa gefallen«, murmelte er, »wenn er es mitbekommen hätte. Hat sich einfach aus dem Leben gelacht.«

2

Sergio

Pietra Alta, 1956

Sorgfältig setzten die Sargträger ihre Schritte. Sie liefen über den steinigen Pfad hinunter, die Grabstelle lag am Rand des kleinen Friedhofs, dorthin, wo sich das Gestrüpp der Macchia immer wieder einen Fußbreit Terrain eroberte. Kaum wurde es gerodet, kroch es wieder zurück auf seinen angestammten Platz. Brombeerranken und Wacholder, wilder Lorbeer und verkrüppelte Steineichen wuchsen hier, krallten sich mit den Wurzeln in die magere Erde. Nur Steine hinderten das Dickicht von Ranken und Dornen, Ästen und Flechten am Wuchs.

Hier lag sein Grab, weitab von den anderen Gruben. Kein Pfarrer sprach seinen Segen, keine Trauergäste begleiteten die kleine Prozession. Sie trugen den Sarg zu viert. Sein Vater Gabriele. Sein Onkel Teodoro. Anselmo, der Ziegenbauer, und dessen Sohn Niccolò.

Hinterdrein lief seine Mutter. Sie weinte. Mit einem schwarzen Taschentuch fuhr sie sich über die Augen, aber der Tränenstrom mochte nicht versiegen. Angelica trug Schwarz, ein Schleier fiel über ihr Gesicht. Es war dunkle Nacht, sie brachten ihren Sohn zu Grabe wie einen Dieb.

Und das war er in den Augen der anderen: ein Dieb. Er hatte Verbotenes getan, er hatte sich nicht an die Regeln gehalten. An die Regeln, die seit Jahrhunderten hier galten, in diesem Landstrich nahe des Vesuv. Hier machte der Don die Regeln. Er gab und er nahm, er war der Herr und konkurrierte mit dem Sohn Gottes.

Deshalb durfte der Priester keinen Segen sprechen, der Don hatte es untersagt. Immerhin, Angelica und Gabriele durften ihren Sohn, ihren einzigen Sohn, den Dieb, den Aussätzigen, den Verbrecher, in den geweihten Gottesacker legen. Der Don war kein Unmensch, er war ein Christ, aber er pochte auf die Einhaltung der Regeln. Und wer ihn bestahl, den Don, bekam das feurige Schwert der Rache zu spüren. Glühend fuhr es auf die nieder, die dem Don nahmen, was des Dons ist. Keine Gnade.

Und so versenkten sie heute, mitten in der Nacht, in Schande und Heimlichkeit, den Sarg in das Grab, das der Vater am Tage ausgehoben hatte.

Im Schweiße seines Angesichts hatte Gabriele es gegraben. Unbarmherzig war die Sonne an diesem Oktobertag gewesen. Hier im Süden Italiens konnte es in diesem Monat noch einmal ordentlich heiß werden, die Sonne hatte Kraft, die letzten Ernten wurden eingefahren. Die Äcker waren trocken, der Gottesacker war es auch. Lange hatte Gabriele mit seinem Spaten in die Erde gestochen, die hart war wie gebrannter Ton. Mit bloßen Händen kratzte er die Steine heraus, so lange, bis seine Fingernägel splitterten und die Nagelhaut blutig war. Aber er tat es mit Verbissenheit und Hingabe, denn er grub für seinen Sohn. Seinen Sohn, den er über alles liebte und den er nun verloren geben musste.

Die vier Sargträger näherten sich der Grabstelle, vorsichtig tastend, damit der einfache, in aller Hast gezimmerte Sarg mit seiner kostbaren Fracht ihnen nicht aus den Händen glitt. Ihre Augen hatten sich einigermaßen an die Finsternis gewöhnt, dennoch sahen sie kaum die Hand vor Augen, es war stockdunkel in diesem Teil des Friedhofs, dem abseits gelegenen, der für die Abtrünnigen reserviert war, für die, denen der Priester seinen Segen verweigerte.

Lediglich eine Kerze durfte vor dem Holzkreuz entzündet werden, Angelica hatte sie dort hingestellt, sie war schon vor den Sargträgern an dem tiefen Loch gewesen, das ihr Mann für den einzigen und über alles geliebten Sohn geschaufelt hatte, und hatte die Kerze entzündet. Sie hatte auch ein Heiligenbildchen in das Loch geworfen, heimlich, hatte es geküsst und die Muttergottes angerufen, zehn Rosenkränze und noch mehr Ave Maria gebetet, unter Tränen. Auf dass sich die Heiligen ihres Sohns erbarmten, der in den Augen seiner Mutter unschuldig war. Er hatte doch nur auf sein Herz gehört! Er war kein Dieb, auch wenn er den Don erzürnt hatte und dem Don genommen, was des Dons war. Angelica wusste im Tiefsten ihres Herzens, dass ihr Sohn ein frommer, ein guter Mann war. Er war gottesfürchtig, und alles, was er getan hatte, hatte er im Namen der Liebe getan.

Am Nachmittag, als Gabriele das Grab ausgehoben hatte und nach Hause zurückkehrte, in das kleine Haus am Rand der Plantage mit den Aprikosenbäumen, als ihr Mann also zurückkehrte, seine Haut rot wie Feuer von der Sonne, überzogen mit einer festen Kruste aus Erde und Schweiß, da nahmen sie sich in den Arm und weinten und gaben einander Halt.

»Wir werden ihn nie wiedersehen«, sagten sie sich unter Tränen.

»Aber Maria wird ihre Hand schützend über ihn halten, das schwöre ich, Gabriele, das lasse ich mir vom Don nicht nehmen«, hatte Angelica gesagt und war mit der Kerze, die sie heimlich mit dem Weihwasser der Kirche benetzt, und dem Heiligenbildchen, das sie seit Stunden mit allen Gebeten, die sie kannte – und sie kannte alle Gebete in der Heiligen Schrift und aus ihrem Gebetbüchlein –, besprochen hatte, losgezogen, um vom Don unbeobachtet ihr Werk zu tun.

Der Don hatte seine Augen überall, Angelica wusste, dass er jedoch, solange die Sonne schien und keine Heimlichkeiten zuließ, den Blick nicht auf sie richten würde.

Erst jetzt, in der Nacht der Bestattung, hatte er Leute abgestellt, die die Prozedur des Begräbnisses genau verfolgten, damit er sicher sein konnte, dass der Sarg des Diebs in die tiefe Erde gebettet wurde und der Missetäter nicht doch durch ein Wunder aus dem Grab herausgesprungen kam und lebendig wurde und ihm eine lange Nase zeigte. Der Don war abergläubisch, und er traute nur dem, was er sah, auch wenn es nicht seine eigenen Augen in dieser Nacht am Grab waren, sondern die Augen derer, die er dafür bezahlte, dass sie für ihn sahen und wachsam waren.

Nun standen sie hier, die beiden Männer des Dons, einige Meter erhöht, abseits des Grabes, in den dunklen Schatten der hohen Grabsteine rundherum. Grimmig, die Arme vor der Brust verschränkt, breitbeinig, wachten sie darüber, dass der Dieb, der geliebte Sohn Angelicas und Gabrieles, unter die Erde kam.

Die vier Sargträger ließen den Holzsarg hinab, mit Mühe hielten sie die Bänder, die unter der hölzernen Kiste hindurchliefen, und ließen sie langsam, Zentimeter für Zentimeter, hinunter. Angelica kniete neben der Öffnung, sie biss sich in die Faust, so fest, dass Gabriele die Abdrücke ihrer Zähne noch Tage später in der zarten Haut ihrer Hände erkennen konnte. Ihr Flehen, ihr Weinen und Schluchzen war weithin zu hören, die Käuzchen in den Pinien, die Kröten im Dorftümpel und die räudigen Katzen, die um die Kirche herumstrichen, hielten den Atem an und blieben still, um der Trauer dieser Mutter keine Konkurrenz zu machen. Mochte ihr Wehklagen hochsteigen in die warme Oktoberluft, sollten alle Heiligen im Himmel hören, dass Angelica Catalongo ihres Lebens nicht mehr froh werden würde, dass nach dieser Nacht ihre Haare schlohweiß und Kleider fortan nur noch schwarz und ihr Herz vertrocknet sein würde.

Ihre Klagen durften ruhig die Ohren des Dons erreichen, der hoch oben über Pietra in seinem Bett lag, in der leinenen Bettwäsche, angeschmiegt an seine Frau, sollte er nur erwachen von der unbändigen Trauer einer Mutter.

Sollte er seines Lebens nicht mehr froh werden, der Don, weil sein Herz ein Herz aus Stein war. Unerbittlich, und weil der Don keine Augen und keine Ohren für die wahre Liebe hatte, denn sonst hätte er erkannt, dass ihr Sohn, der Sohn der Angelica und des Gabriele Catalongo, dass dieser gute Mensch alles andere als ein Dieb war und dass er mitnichten dem Don das Liebste genommen hatte, was des Dons war, sondern ihm im Gegenteil ein Geschenk gemacht hatte. Das Geschenk der Liebe, das er in das Haus des Dons gebracht hatte, aber das dieser nicht sehen konnte mit seinem Herzen aus Stein.

Der Sarg war nun am Boden des tiefen Lochs angekommen, unter ihm nur noch das Heiligenbildchen, das Angelica am Nachmittag heimlich in das Grab geworfen hatte.

Mochte es ihren Sohn auf all seinen Wegen begleiten und ihn zu einem glücklichen Mann machen.

Ihren Sohn, dessen Name auf dem Holzkreuz am Grab eingebrannt war: Sergio Catalongo. Geboren in Pietra am 5. Mai 1936. Gestorben dortselbst am 12. Oktober 1956.

3

Selina

Wuppertal, 2023

»Man kann sich nicht entscheiden, ob man in einem italienischen Spielfilm von Visconti ist oder in einer amerikanischen Mafiaserie.«

Inga lachte und ließ den Blick über das reichhaltige Büfett schweifen. Selina stand neben ihrer Mutter und wusste auf Anhieb, was diese meinte. Jeder kannte diese Szenen aus Filmen – wie sich die Trauergemeinde im Haus des Verstorbenen versammelte, und jeder Gast, jede Nachbarin brachte etwas zu essen vorbei. Oder die lange üppige Tafel im sizilianischen Gutshof, an dessen Kopfende der Padrone saß, die Gäste in Schwarz dem Rotwein und der Pasta zusprachen, Kinder im Hintergrund mit Hunden herumtollten, bis am Ende irgendjemand aufstand und eine italienische Arie zum Besten gab. Und alle weinten.

Nun, hier hatten weder die Gäste das Essen mitgebracht wie in Amerika, noch befanden sie sich in Sizilien. Das hier war schlicht und ergreifend Wuppertal-Elberfeld, und das Büfett für die Trauergemeinde im *Bella Italia* hatten allein Marcello und Marianne zu verantworten, mit Selinas Hilfe. Drei Tage lang hatten sie gekocht und gebacken, geweint, sich in den Armen gelegen und Geschichten über Sergio erzählt (ihr Vater und ihre Großmutter, Selina hatte interessiert zugehört). Dann, am gestrigen Abend, hatte Marianne in die Hände geklatscht, *»E poi basta!«* gerufen und ihren Sohn gebeten, eine gute Flasche Barolo zu entkorken.

Selina hatte zum ersten Mal verstanden, wozu diese Küchenorgie diente: Es war schlicht und einfach Trauerbewältigung.

Das änderte aber nichts daran, dass sie jetzt keinen Bissen von den Speisen runterbekam. Sie hatte keinen Appetit. Sie war traurig. Und zugegebenermaßen verwirrt. Der Tod ihres Großvaters hatte sie weitaus mehr erschüttert, als sie vermutet hatte. Irgendwie waren die vergangenen vier Wochen seit ihrer Rückkehr nach Wuppertal angenehm gleichförmig verlaufen. Niemand hatte sie gefragt, warum sie den Sommerjob (der in Wahrheit keiner war) machen wollte. Sie war gekommen, in Liebe aufgenommen worden und hatte sich zwischen ihrem Nonno und ihrem Papa im *Bella Italia* eingerichtet. Selina hatte gemerkt, wie dieses ganz und gar unaufgeregte Leben – sie hatte sogar die Tinder- und Bumble-Apps vom Handy gelöscht – ihr guttat. Zweifel und Schuldgefühle waren in den Hintergrund gerückt, die großen Fragen des Lebens (wer bin ich, wer will ich sein und wie soll es weitergehen) waren zugunsten von »Stracciatella oder Limone?« verschwunden. Am liebsten hätte sie ewig so weitergemacht und die Augen vor den realen Problemen verschlossen.

Doch nun war Sergio nicht mehr da. Er hatte einen so heftigen Herzinfarkt erlitten, dass er, so sagte der Arzt, nichts mehr gespürt hatte, keinen Schmerz im Arm, kein Herzrasen, keine Panik – nichts davon. Er war schnell und schmerzlos aus dem Leben getreten. Seitdem hing die Welt schief in den Angeln. Ihr Vater sprach noch weniger denn je, die Eisdiele wurde vorübergehend geschlossen, und auf der Straße wurde Selina von Wildfremden das Beileid ausgesprochen. Der Bürgermeister persönlich kam vorbei und kondolierte ihrer Großmutter, die Lokalzeitung brachte eine halbe Seite über den »Mann, der den Wuppertalern Italien nahebrachte«, und Marcello rauchte Kette. Die Flucht in die Küche, um für das große Büfett beim Leichenschmaus aufzukochen, hatte ihnen dreien über die schlimmsten Stunden hinweggeholfen.

Doch Selina wusste: Nun konnte sie sich nicht mehr davor drücken, Entscheidungen zu treffen.

Ihre Mutter Inga ließ sie jetzt am Büfett stehen und flatterte auf eine Jugendfreundin zu, die in dem Moment die Eisdiele betrat, und Selina zog sich ein wenig in den Hintergrund zurück. Von der Garderobe im Gang zu den Toiletten aus warf sie einen Blick in die Runde. Schwarz, wohin das Auge blickte, aber die Tränen trockneten allmählich und wichen zaghaftem Lächeln und entspannten Mienen. So sollte es sein, Sergio hätte sich genau diesen Abschied gewünscht. Alle waren sie versammelt, die Herrenrunde und viele Wegbegleiter aus seinen frühen Jahren, Verwandtschaft, Nachbarn, Stammkunden. Andere Gewerbetreibende aus der Straße und fast alle Laubenpieper aus Mariannes Anlage. Man saß zusammen, aß, trank, weinte – und kam mit Anekdoten über den Verstorbenen ins Gespräch und zum Lachen. Eine heitere und gelöste Stimmung legte sich allmählich über den Raum.

Selina dachte an das Begräbnis. Marcello hatte eine wunderbare Rede auf seinen Papa gehalten – wann hatte er die bloß geschrieben?, fragte sich seine Tochter –, eine Sopranistin der Wuppertaler Oper, die von Sergio bei einer Halsentzündung mit Eis versorgt worden war und die ihn seither als Wunderheiler pries, hatte italienische Opernarien gesungen. Der Bürgermeister hatte ein paar Worte darüber gesagt, dass Menschen wie Sergio das Bild der Stadt geprägt hatten, und zum Schluss sprach der Priester ein paar Worte. Obwohl Sergio niemals religiöses Interesse gezeigt hatte, war er doch laut Ausweis katholisch getauft, und Marianne wollte ihren Mann nicht ohne Segen der Kirche in den Himmel ziehen lassen. Denn dass er dort oben saß und schmunzelnd auf sie herabblickte, galt für sie als feststehende Tatsache.

Schließlich war der schier unendliche Trauerzug zum Grab gezogen, viele Schaulustige, aber auch Kunden der Eisdiele, die nicht zur Trauerfeier eingeladen waren, Sergio allerdings dennoch das letzte Geleit geben wollten, waren hinterhergelaufen. Die Sargträger hatten die Grabstelle erreicht, da hatten die Letzten noch nicht die Aussegnungshalle verlassen. Auch auf dem Friedhof hatte Selina sich an Mafiafilme erinnert gefühlt, es war, als würde mit Großvater Sergio der Boss einer Sippe zu Grabe getragen.

Selina hatte zwischen ihrer Großmutter, ihrem Vater und ihrer Tante gestanden – dass ihr Bruder Fabio nicht da war, war mal wieder typisch und wurde von niemandem erwähnt. Unter Tränen hatten sie Hände geschüttelt, fremde Menschen umarmt und Kondolenzen entgegengenommen. Selina war plötzlich von Trauer geschüttelt, Trauer um ihren geliebten Großvater, aber auch Trauer wegen all der verpassten Chancen. Vor sieben Jahren war sie aus Wuppertal weggegangen und hatte keinen Kontakt mehr mit ihren Großeltern gehalten. Weihnachten und Ostern, wenn sie in die alte

Heimat zurückgekehrt war, hatte sie die beiden pflichtschuldigst besucht, sich über deren Fürsorge gefreut, aber mehr auch nicht. Weil sie so sehr mit ihrem eigenen Leben beschäftigt gewesen war. Und wohin hatte es sie geführt? Eben.

Marcello versuchte, ihr die Selbstvorwürfe zu nehmen, indem er meinte, das sei doch völlig normal für junge Menschen, dass sie sich abnabelten und ihren eigenen Weg gingen, aber Selina wusste es besser: Sie hatte ihre Wurzeln vergessen.

Jetzt war sie zurückgekommen, und Sergio, eine der wichtigsten Säulen des Familienzusammenhalts, war tot.

Wie würde es weitergehen?

Die Eisdiele war das geringste Problem – Marcello war der Chef, er würde eine weitere Kraft einstellen müssen, die den Großvater ersetzte, der absolut unersetzlich war.

Aber was war mit Oma Marianne? Noch ging das Alleineleben, die Krankheit schritt nur langsam voran, sie kam zurecht. Aber das würde nicht mehr lange so bleiben. Wer kümmerte sich dann um sie?

Außerdem setzte es Selina unter Druck, unversehens mit dem Rest ihrer Familie konfrontiert zu sein – Inga war aus Bali angereist und mir nichts, dir nichts ebenfalls bei Marcello untergekommen. Ohne ihn zu fragen, natürlich, denn Selinas Mutter behauptete fröhlich, dass zwischen ihr und ihrem Ex-Mann alles geklärt und völlig harmonisch sei. Typisch ihre Mutter! Inga hatte sich getrennt und zu einer neuen Freiheit und Selbstbewusstsein gefunden, war »zentriert in ihrer Mitte« (O-Ton Inga), da passte es einfach nicht ins Bild, dass Marcello noch immer trauerte und alles andere als über sie hinweg war. Selina saß also mit ihren getrennten Eltern in der Wohnung und kam sich vor wie ein Teenager. Ihr Papa war komplett überfordert – er trauerte um seinen Vater, musste sich um seine Mutter kümmern, die Formalitäten mit der Beerdigung und dem Nachlass regeln und sich auch noch mit seiner Verflossenen konfrontieren, die wie ein tropischer Schmetterling gebräunt und mit einem durch Yoga gestählten Körper aus Bali eingeflogen kam und behauptete, dass sie ihn mit positiver Energie unterstützen wolle.

Kein Wunder, dass er in den vergangenen Tagen Kette geraucht hatte.

Und dann war da noch Tante Claudia mit Anhang.

Selina warf einen Blick zu dem dänischen Teil der Familie. Claudia war Marcellos Schwester, benannt natürlich nach Claudia Cardinale. Marcello Mastroianni und Claudia Cardinale – wer um Himmels willen tat seinen Kindern so etwas an?! Zumal Tante Claudia keineswegs nach der italienischen Schauspielschönheit kam. Claudia war eine aufgeschwemmte Mittfünfzigerin mit ehemals naturblondem, nun fahlgelb blondiertem Haar und blauen Augen. Sie kam ganz nach ihrer Mutter Marianne, hatte aber nur die unattraktiven Gene abbekommen. Als Au-pair-Mädchen war sie nach der Mittleren Reife nach Dänemark gegangen – und dort geblieben. Mit Mann und zwei Kindern lebte sie in Aalborg, Selina hatte sie zweimal besucht, da diese Besuche jedoch nicht von Herzlichkeit geprägt waren, hatte sie es dabei belassen. Claudias Kinder waren ebenfalls zur Beerdigung angereist, hochgeschossene langweilige junge blonde Männer, die Selina weniger durch ihre beruflichen Erfolge – Chefarzt mit dreißig der eine, Quantenphysiker der andere –, sondern vielmehr durch ihre unüberbietbare Durchschnittlichkeit beeindruckten. Der dänische Teil der Familie sprach kein Deutsch, erst recht kein Italienisch, also unterhielten sie sich auf Englisch miteinander.

Was sind wir eigentlich für eine seltsame Familie, fragte sich Selina, während sie gezwungenermaßen Cannelloni mit Ricotta auf ihren Teller häufte (sie hatte vor, eine ordentlich fette Grundlage für den Rotwein und den Grappa zu schaffen, zu denen sie später von den italienischen Freunden ihres Großvaters gezwungen werden würde). Wir haben italienische Namen, aber außer Opa spricht niemand von uns Italienisch. Wir feiern italienisch, wir essen italienisch, aber mit meinen Cousins muss ich Englisch sprechen, weil ich sie sonst nicht verstehe. Überhaupt, Italien. Selina war mit ihren Eltern und ihrem Bruder zweimal in dem Land gewesen, in Sirmione am Gardasee. Ihr Vater hatte über das Eis gemeckert, aber die Pizza in den Himmel gelobt, sie hatten gebadet und Ausflüge in die Gegend unternommen wie ganz normale Touristen. Dass sie italienische Wurzeln hatten, dass ihr Großvater waschechter Italiener war – davon hatte sie nichts gespürt. Es mutete ohnehin seltsam an, dass es kein einziges Familienmitglied von Sergio zu geben schien. Er hatte auch kaum etwas über seine Vergangenheit, seine Eltern, seine Herkunft erzählt. Es war, als hätte sein Leben mit der Ankunft am Hauptbahnhof in Duisburg Mitte der Fünfzigerjahre begonnen.

»Zu viel Grübeln macht Falten.«

Selina fuhr herum. Hinter ihr stand Fabio, ihr Bruder, und grinste sie breit an.

Selina stellte den Teller mit den Cannelloni ab und fiel ihm um den Hals. »Wo bist du gewesen? Ich habe dich auf dem Friedhof nicht gesehen?«

Ihr Bruder verdrehte die Augen. »Sag es bloß nicht Papa, mein Zug hatte Verspätung.«

»Als ob er nicht bemerkt hätte, dass du nicht da warst. Wir haben dich vermisst!«

Wie dämlich kann man sein, schoss es Selina durch den Kopf, zur Beerdigung des eigenen Großvaters zu spät zu kommen. Sie war sicher, dass Fabios Zug mitnichten Verspätung gehabt hatte – er hatte vermutlich den Zug verpasst, weil er verpennt hatte. Das sollte sie sich mal wagen! Es hätte sofort ein Donnerwetter gegeben. Aber Fabio, der fünf Jahre jünger war als sie, konnte sich alles erlauben. Das immerhin war typisch italienisch, die kleinen Jungs wurden verwöhnt und blieben ihr Leben lang Mamasöhnchen. Wie aufs Stichwort stellte sich ihre Mutter zwischen die Geschwister und umarmte ihre Kinder.

»Meine Süßen!« Inga küsste Selina und Fabio auf die Wangen. »Wie habt ihr mir gefehlt!«

Die Geschwister wechselten einen Blick. Vor fünf Jahren, als sie nach Bali gegangen war, hatte Inga keine Sekunde darüber nachgedacht, wie es für ihre Kinder war, dass sie sich nach Südostasien absetzte und damit die Familie auseinanderriss. »Stellt euch nicht so an, ihr seid erwachsen!«, hieß es damals nur. Sobald sie aber in die Heimat zurückkehrte, was selten genug war (»Ich kann doch nicht ständig hin- und herfliegen – könnt ihr euch meinen ökologischen Fußabdruck vorstellen?!«), wurde sie schrecklich sentimental und erdrückte sie beinahe mit ihrer Liebe.

»Na klar, Mama«, sagte Fabio, kniff Inga in die Wange und zog Selina mit sich. »Komm raus, wir rauchen eine.«

»Hast du schon mit Oma gesprochen?«, hielt Selina ihn auf. »Und mit Papa? Sonst gehe ich nicht mit dir raus.«

»Logo.« Fabio schob die Strickmütze aus der Stirn, kratzte sich am Kopf und drückte die Mütze wieder tief in Stirn. »Ich penn auch bei Oma, hast du das nicht gewusst?«

Fabio häufte sich ebenfalls etwas von den Cannelloni auf den Teller, dazu einen Löffel Parmigiana und Antipasti. So bewaffnet, gingen sie nach draußen und setzten sich in die Wuppertaler Sonne.

Selina erkundigte sich, wie es ihrem Bruder im fernen Berchtesgaden ging, wo er eine Schreinerlehre machte, und während sie ihm zuhörte, wie er von seinem Job, seinen Kollegen, aber auch von seinem sportlich aktiven Leben erzählte, spürte sie einen leisen Stich. Ihr kleiner Bruder, der Nichtsnutz, der sein Leben jahrelang nicht in die Spur bekommen hatte, überholte sie nun von links. Sie freute sich wahnsinnig für ihn, sie bewunderte seit Langem seine Posts bei Instagram, wenn er seine Wandertouren dokumentierte oder Bilder von sich postete, wie er in irgendeinen der wunderschönen bayerischen Seen sprang, mit Freunden grillte, oder aber Fotos aus der Holzwerkstatt zeigte. Er schien sich gefangen zu haben und führte – bis auf den Zigarettenkonsum – ein gutes Leben. Besser als ihr aktuelles jedenfalls.

»Du bist so still?« Fabio stieß sie an. »Alles okay?«

Selina schüttelte den Kopf. Schon wieder füllten sich ihre Augen mit Tränen.

Fabio bekam einen Schreck. »Was ist los, Seli, hey, weinst du wegen Opa?«

Er legte einen Arm um ihre Schultern und zog sie an sich. Wie gut es ihr tat, sich getröstet und geborgen zu fühlen. Selina weinte nun erst recht, aber schließlich versiegten ihre Tränen, und sie erzählte, warum sie so down war. Von ihrem Studium, das sie niemals abschließen würde, und davon, dass sie in Berlin alle Zelte abgebrochen, aber nirgendwo neue aufgeschlagen hatte. Dass sie sich nicht traute, ihrer Familie davon zu erzählen, und nicht wusste, welchen Lebensweg sie einschlagen sollte.

Fabio sagte nichts. Er bot ihr eine Zigarette an, und obwohl Selina nicht rauchte, nahm sie sie jetzt gern an. Sie war ihrem Bruder dankbar, dass er nicht mit Ratschlägen um die Ecke kam. Sie musste selbst ihren Weg finden.

»Und irgendwie«, sagte sie jetzt zwischen zwei Zügen – großer Gott, schmeckte die Kippe ekelhaft! –, »habe ich das Gefühl, dass meine Krise mit unserer Familie zu tun hat.«

»Wie meinst du das?«

»Meine plötzliche Unsicherheit. Die Suche. Wir sind so zerrissen. Mama und Papa sind getrennt, Mama lebt auf Bali. Tante Claudia in Dänemark – mit ihrer Familie kann ich mich nicht mal unterhalten. Sie sind wie Fremde. Von Opa gibt es überhaupt keine Verwandten, findest du das nicht seltsam?«

Fabio runzelte die Stirn. »Hat er nicht immer gesagt, die seien bei einem Unfall ums Leben gekommen?«

Das war alles, was Sergio jemals sagte, wenn man ihn nach seiner Familie fragte. Dass niemand mehr am Leben sei. Und dass er nicht daran denken wolle. Er hatte nicht einmal erzählt, woher er stammte, außer der vagen Angabe: ein Dorf am Fuß des Vesuv.

»Ich finde es komisch, dass er in Wuppertal der Vorzeigeitaliener war, aber niemals wieder in sein Heimatland gefahren ist. Findest du nicht?«

Dieser Gedanke kam Selina zum ersten Mal, und je länger sie ihn im Kopf hin und her bewegte, desto eigenartiger erschien er ihr. Sergio war mit zwanzig, im Jahr 1956, nach Duisburg gekommen. Was hatte er zwischen dem Tod seiner Familie und der Ankunft in Deutschland gemacht? Er musste doch irgendwo aufgewachsen sein, schließlich war er noch ein Kind gewesen. Warum hatte sich noch niemand diese Fragen gestellt? Ihre Großmutter würde mehr darüber wissen, dessen war sich Selina sicher. Sergio musste ja irgendetwas über seine Vergangenheit erzählt haben. Selina nahm sich vor, in den nächsten Tagen behutsam das Gespräch mit ihrer Großmutter zu suchen.

»Kommt ihr rein?« Die Geschwister drehten sich um, Marcello stand in der Tür. »Die Herrenrunde will ein Ständchen geben.«

Das wollten sie sich nicht entgehen lassen! Die sangesfreudige Herrenrunde war von jeher die Sensation jedes Geburtstags gewesen. Insbesondere Giancarlo besaß eine wunderbare Tenorstimme, etwas brüchig im Alter, aber noch immer traf er jeden Ton.

Der alte Herr stand in der Mitte des Gastraums, klammerte sich an einer Stuhllehne fest, während Francesco und Roberto, der wegen der Beerdigung Sergios vorzeitig aus dem Krankenhaus entlassen worden war, ihn auf Stühlen rechts und links flankierten. Roberto hielt eine kleine Mandoline in den Händen und zupfte bereits die eingängige Melodie. Giancarlo trug eine Art Bänkelsang vor – er hatte den ursprünglichen Text des Lieds umgedichtet und erzählte Sergios Lebensgeschichte, angefangen bei ihrer gemeinsamen Zugreise von Neapel ins kalte Deutschland. Wie sie unter Tage gearbeitet hatten, umgezogen waren, ihre Frauen kennengelernt, andere Berufe ergriffen hatten, wie sie gemeinsam gekocht, gelacht und zum Fußballspiel gegangen waren, geheiratet und Kinder und Kindeskinder bekommen hatten. Der Refrain war italienisch und lautete *»Bravo, Sergio, bravo, continua così!«* – so eingängig, dass alle Anwesenden ihn von der zweiten Strophe an mitsingen und mitklatschen konnten.

Die drei alten Herren waren am Ende des Lieds angelangt, und alle, deren Herz nicht aus Stein war, hatten Tränen in den Augen. Oma Marianne sprang auf und umarmte die ältesten Freunde ihres Mannes lange, der Applaus des Publikums schien endlos.

Als die Männer wieder an ihre Plätze zurückkehrten, ergriff Selina die Gelegenheit und ging zu Giancarlo. Der alte Herr nahm erfreut ihre Hand, hauchte den obligatorischen Kuss darauf und bat sie, neben ihm Platz zu nehmen. Nachdem Selina ihn für die Darbietung aufrichtig gelobt hatte, wagte sie einen ersten Vorstoß.

»Du hast meinen Nonno am längsten gekannt, nicht wahr?«

»Sì, sì«, nickte Giancarlo. »Wir sind in Neapel zusammen in den Zug gestiegen, haben am Bahnsteig geraucht und die gesamte Fahrt nach Deutschland geredet. So hat es angefangen!«

»Wahnsinn. Sechsundsechzig Jahre wart ihr Freunde! Habt ihr niemals gestritten?«

Giancarlo lachte. »Und ob! Mit deinem Nonno konnte man sich herrlich streiten. Aber die Versöhnung war immer umso schöner.« Er blinzelte verschmitzt und machte eine Geste, die andeutete, dass ihre Versöhnungen feuchtfröhlich waren.

»Woher stammst du, Giancarlo?«

»Aus Trapani!« Der alte Herr richtete sich unweigerlich etwas auf. »Ich bin ein stolzer Sizilianer!«

»Hast du denn nie daran gedacht, zurückzugehen? Keine Sehnsucht nach der Heimat?« Selina erinnerte sich daran, dass Giancarlo häufig von Sizilien erzählte und dass er, im Gegensatz zu Sergio, der Heimat regelmäßig Besuche abgestattet hatte.

»Aber ja, mein Kindchen! Immer wieder. Sogar jetzt noch. Ich möchte gern in Trapani begraben werden, weißt du, bei meiner Familie.«

Selina biss sich auf die Lippen. »Wieso wollte Sergio das nicht? Zu seiner Familie heimkehren? Soviel ich weiß, war er nie wieder dort.«

Giancarlo zuckte mit den Schultern. »Das hättest du ihn selbst fragen müssen. Ich weiß es nicht. Er hat immer gesagt, er kann nicht, er würde es nicht überleben.«

Was für eine seltsame Aussage, dachte Selina. Er würde es nicht überleben?

»Seine Familie war tot, weißt du eigentlich, woher er stammte?«

»Seine Familie war nicht tot.« Giancarlo lächelte Selina an. »Er hatte mindestens eine Schwester. Eine wunderschöne Frau, Mamma mia.«

Selina starrte ihn an. Das hörte sie zum ersten Mal!

Der alte Herr nahm ihr Erstaunen wahr. »Damals, am Bahnhof. Kurz bevor der Zug abfuhr, kam sie auf den Bahnsteig, um sich zu verabschieden. Ich dachte noch – das ist kein Abschied wie von einer Schwester, aber Sergio behauptete es steif und fest.«

»Habt ihr später noch mal darüber geredet? Über diese … Schwester?«

Giancarlo schüttelte den Kopf. »Nein. Nie wieder. Sergio wollte nicht. Ich habe ihn manchmal hochgenommen, aber er fand es nicht lustig, also habe ich damit aufgehört. Und weißt du, das respektiert man bei seinem Freund, nicht wahr? Man muss nicht jedes Geheimnis aufdecken.«

Selina starrte ihn an. Sie war wie vor den Kopf geschlagen. Sergio hatte eine Schwester gehabt. Seine Familie war nicht tot. Jedenfalls nicht alle. Wusste irgendjemand aus ihrer Familie davon und hatte es ihr verheimlicht? Oder war sie die Erste, die davon hörte?

»Komm, Papa.« Giancarlos Tochter stand neben ihnen. »Ich bring dich nach Hause.«

Widerstrebend ließ sich Giancarlo von ihr aufhelfen. Dann sah er Selina noch einmal an und runzelte die Stirn.

»Pietra Alta«, sagte er. »Jetzt fällt es mir ein. Aus Pietra Alta kommt dein Nonno. Ich weiß zwar nicht mehr, was ich gestern gegessen habe – aber an so etwas erinnere ich mich auch nach hundert Jahren noch.« Er schüttelte verwundert den Kopf.

Selina sah ihm nach. Man musste vielleicht nicht jedes Geheimnis aufdecken, dachte sie – aber dieses schon.

4

Sergio

Neapel, 1956

Einen Tag und die halbe Nacht war er gelaufen. Er hatte sich nicht getraut, ein Auto anzuhalten, zu sehr fürchtete er den langen Arm des Dons, dessen Macht sich vielleicht bis Neapel erstreckte, vielleicht noch weiter. Er war tot, *capisci?* Sergio Catalongo lag tot und begraben in der steinigen Erde von Pietra.

Es lebe Sergio Catalongo!, lachte er sich ins Fäustchen, als er endlich den Bahnhof von Neapel erblickte. Seine Füße schmerzten, er hatte sich ein Loch in die dünnen Sohlen gelaufen. Seine Mutter hatte darauf bestanden, dass er sein einziges Paar gute Schuhe anziehen solle, dazu den schwarzen Anzug, den Hochzeitsanzug seines Vaters.

Und so war Sergio durch die Macchia und die Geröllwüsten des Vesuv hinunter ins Tal gelaufen, hatte sich an den Brombeerranken Löcher in den Anzug gerissen, war voller Staub und Vulkanerde. Den ganzen Tag vom frühen Morgen an war er gelaufen, noch vor Tagesanbruch in Pietra aufgebrochen. Zusammen mit seinem Vater hatte er Steine in alte Lumpen gewickelt und sie in den Sarg gelegt, damit dieser ein glaubhaftes Gewicht hatte, sein Gewicht. Noch am Vorabend hatte der Dottore dem Don die Nachricht von seinem Tod überbracht, und er, Sergio, hatte aufgebahrt in der Küche seiner Eltern gelegen, den Strick um den Hals. In der Scheune hatte er sich aufgehängt, das war die Geschichte, die der Don erfuhr, die sie sich ausgedacht hatten, um ihn vor dem langen Arm des Dons zu retten.

Dieser war höchstselbst gekommen, um sich die Leiche anzusehen, aber Sergios Mutter, Angelica, hatte so laut geschrien vor Schmerz, gebetet, geweint und gewehklagt, dass der Don lediglich einen Blick durch das Küchenfenster geworfen hatte.

Er hatte Sergio Catalongo gesehen, auf dem Küchentisch, den Strick um den Hals, die Zunge aus dem Mund hängend, und hatte befriedigt genickt. Gut. Der Junge hat sich selbst gerichtet, gut, gut. Eine Mücke weniger, die den Don ärgerte.

Sergio stand jetzt an der Piazza Garibaldi, geschützt im Schatten, und blickte hinüber zum erleuchteten Bahnhof. Die große Uhr an der Stirnseite zeigte zwölf. In zwei Stunden würde der Zug nach Deutschland gehen, auf Gleis neun. Und er, Sergio Catalongo, würde darin sitzen und die Reise in das fremde Land antreten, so, wie er es vorgehabt hatte. Allerdings als höchst lebendiger Mann, so war der Plan gewesen, und nicht als Toter.

Er warf die Kippe zu Boden und trat sie mit dem Schuh aus. Der Geschmack in seinem Mund war bitter. Er hatte seit zwei Tagen nichts gegessen außer Beeren, nichts getrunken außer ein bisschen Wasser aus fremden Brunnen. Aber nicht deshalb war der Geschmack bitter. Es war die Trauer, die Trauer über den Verlust. Seiner Eltern, seiner Heimat, seiner Freunde – seiner Familie.

Vor allem aber: seiner Liebe.

Er hatte nichts Böses getan, außer zu lieben. Er war seinem Herzen gefolgt, er hatte getan, was der Pfarrer von der Kanzel predigte, er war ein gottesfürchtiger und gesetzestreuer junger Mann.

Und doch war er mit dem Gesetz in Konflikt geraten – mit dem Gesetz des Dons.

Sergio knurrte der Magen, er roch den Duft von frischem Brot, von Panini, aus der Pasticceria, vor der er stand. In seiner Hosentasche klimperten ein paar Münzen. Sergio spielte mit ihnen, dann fasste er sich unwillkürlich an die linke Brust, dorthin, wo seine Mutter ihm das Geld eingenäht hatte. Es knisterte, alles war an seinem Platz.

Nein, er würde sein Geld nicht zum Fenster hinauswerfen, er hatte noch Tabak und Zeitungspapier, daraus konnte er sich Zigaretten drehen, das vertrieb den Hunger.

Nicht aber den bitteren Geschmack in seinem Mund, der von der Galle herrührte. Von der Trauer um das, was er zurückließ, und von der Wut auf den Don, der ihn zu diesem Schritt zwang.

Er hatte keine Alternative, keinen Ausweg gesehen. Lange hatte er sich mit seinen Eltern besprochen, seinen armen Eltern, die er nun der Willkür des Dons überließ. Sie waren auf sich gestellt, hatten keinen jungen kräftigen Sohn, der ihnen die harte Arbeit abnahm und im Alter für sie sorgen würde.

Immerhin: Er würde Geld schicken. Sobald er in Deutschland das erste Mal Lohn bekam, würde er ein Drittel davon an seine Eltern schicken. Ursprünglich hatte er ein weiteres Drittel für seine kleine Familie zurücklegen wollen. Aber ob er sie jemals wiedersah? Er musste einen Weg finden, nicht heute, nicht morgen. Aber es musste eine Möglichkeit geben, zu ihr Kontakt aufzunehmen, sie zu sich zu holen oder mit ihr woandershin zu gehen, dorthin, wo der lange Arm des Dons sie nicht erreichte.

Das letzte Drittel würde er für das Leben in Deutschland benötigen. Für ein Dach über dem Kopf, etwas zu essen und ein paar Klamotten – er besaß nichts als das, was er am Leib trug.

Sie hatten es hin und her gewendet, er und seine Eltern, aber der Weg nach Deutschland schien ihnen die beste Lösung zu sein. In Pietra zu bleiben hieße, den Tod zu wählen. Einfach wegzugehen war ebenfalls zu unsicher – der Don würde ihn verfolgen.

Aber zu sterben und sich dann aus dem Staub zu machen barg die Chance, dass er überleben würde. Es war riskant. Was, wenn sich der Don überzeugen wollte, dass er wahrhaftig tot war? Wenn er kam und ihm den Puls fühlte, wenn er die Augenlider anhob? Sie waren ein großes Risiko eingegangen. Aber als der tapfere Dottore Molinari versichert hatte, er würde mitspielen, weil er nicht nur eine Rechnung mit dem Don offen hatte, sondern weil die Catalongos gute Menschen und obendrein seine Freunde waren, gingen sie das Wagnis der Scharade ein.

Und es hatte funktioniert. Kaum hatte sich der Don von ihrer ärmlichen Hütte abgewendet, lächelnd und frohgemut, weil sich das Problem mit dem jungen Catalongo von selbst erledigt hatte, hatten sie angefangen, die Wackersteine in Stoff zu wickeln und diese in den Sarg zu packen. Sergio hatte seine Beerdigungssachen angezogen und im Keller ausgeharrt, bis alle Vorbereitungen für sein Begräbnis getroffen waren. In der Nacht schließlich war er im Schutz der Dunkelheit aus dem Dorf geflüchtet, während seine Eltern, sein Onkel und ein Freund mit seinem Sohn den Sarg mit den Wackersteinen zu Grabe getragen hatten.

Da war er bereits viele Kilometer weit weg gewesen. Er war am Tag nur wenig gelaufen, hatte sich lieber versteckt und war nur langsam vorwärtsgekommen. Er hatte nicht gewagt, sich irgendwo zu zeigen, und obwohl Neapel in ein paar Stunden erreichbar war, hatte er es vorgezogen, nur kleine Wegabschnitte zu laufen und sich lieber lange zu verbergen, um den Schutz der Dunkelheit abzuwarten. Immer im Schatten der Bäume, hatte einen großen Bogen um die Dörfer gemacht, die Straßen und Gleise gemieden. Als er müde wurde, hatte er eine Schlafpause eingelegt, in einem Steinbruch. Hatte sich auf die warmen Steine gelegt, den Kopf auf die Anzugjacke gebettet und war in einen unruhigen Schlaf gefallen. Immer auf der Hut vor den Männern des Dons. Aber niemand war gekommen, geweckt wurde er vom Einbruch der Nacht. Sergio hatte sich aufgesetzt, in den klaren Sternenhimmel geblinzelt und dank diesem die Richtung bestimmt, in die er laufen musste. Er kannte den Weg nach Neapel nur ungefähr. Hatte seinen Vater ein paarmal begleitet, wenn der mit dem Eselskarren in die große Stadt gefahren war, um Geschäfte zu erledigen. Aber Sergio kannte die grobe Richtung, und um Mitternacht sah er die Lichter Neapels von einer Anhöhe aus.

Er blickte auf die Stadt, hingestreckt wie ein üppiges Weib, das sich nackt auf einem Bett rekelt und sich ihrer Schönheit bewusst ist. So lag sie da, die alte Stadt am Meer, die Operndiva unter den Städten, mit ihren Kuppeln und Türmen, mit ihren Hügeln und Ausläufern an der Küste. Von da an lief er nicht mehr wie gehetzt, er wusste, er würde bald in Sicherheit sein, er ließ sich Zeit, um sich nicht vollkommen zu erschöpfen. Sergio brauchte seine Kraft.

Und schließlich hatte er den Bahnhof erreicht. Hier stand er nun und schlich umher, mit knurrendem Magen wie eine

Katze, drückte sich stundenlang im Schatten der Arkaden herum, immer auf der Hut.

Eine halbe Stunde vor Abfahrt des Zugs wagte er es schließlich und lief, aufrecht, den Blick gerade nach vorne gerichtet, die Hände lässig in den Anzugtaschen, zum Gleis. Er sah sich nicht um, mit einem misstrauischen Verhalten hätte er den Argwohn der Carabinieri oder, falls sie ihn denn suchten, der Häscher des Dons erregt.

Der Zug war noch nicht eingetroffen, aber auf dem Perron standen einige Reisende und warteten. Die meisten, das erkannte Sergio auf den ersten Blick, waren Männer wie er. Junge Männer aus ärmlichen Verhältnissen. Sie trugen ihre besten Anzüge, und falls nicht, besaßen sie nichts Besseres als die lumpigen Jacken und geflickte Hosen. Bäuerliche Gesichter, ängstlich, selten erwartungsvoll. Einige warteten allein, ihre Habseligkeiten in abgestoßenen Koffern, Beuteln oder Taschen neben sich, furchtsam darauf bedacht, kein Opfer der diebischen Kinderbanden, die sich am Bahnhof Neapels herumdrückten, zu werden.

Andere waren in Begleitung ihrer Eltern gekommen. Ernst waren die Mienen der Väter, die gezwungen waren, ihre Söhne in die Ferne zu schicken, weil sie dort, wo sie herkamen, von den Dörfern und aus den übel beleumundeten Vierteln der Städte, kein Auskommen fanden. Mütter hatten Tränen in den Augen, Schwestern oder Freundinnen hängten sich bei den Helden ein, die ihr Glück in Deutschland suchten, klammerten sich fest.

Sergios Augen glitten suchend durch die Wartenden. Einerseits, weil er überall Gefahr witterte – er würde sich vor dem langen Arm des Dons erst sicher fühlen, wenn er die Grenze zu Österreich überquert hatte. Andererseits suchte er nach dem richtigen Reisegefährten.

Er fand ihn in einem ernst dreinblickenden Jungen, der ihn mit skeptisch zusammengekniffenen Augen musterte. Der Typ war etwas größer als er selbst, schwarze wilde Locken, dunkler Teint. Ein Dorfkind, glaubte Sergio zu erkennen. In etwa sein Alter, drahtig, grobe Arbeiterhände. Sah schlau aus, das Bürschlein. Neben den staubigen Schuhen des Jungen lag ein großes Stoffbündel. Der hatte also nicht mal Geld für einen Koffer, dachte Sergio. Nicht viel besser als ich – aber auf der Flucht ist er nicht.

»Zigarette?« Der Junge hielt Sergio ein zerdrücktes Päckchen Kippen hin. Echte Zigaretten! Nicht das selbst angebaute Kraut in Zeitungspapier, das er rauchte.

Sergio nickte, machte einen Schritt auf den Jungen zu, zog eine Kippe aus dem Päckchen und ließ sich von dem anderen Feuer geben.

»Grazie. Sergio.« Sergio hielt dem Kerl seine Hand hin, während er den Rauch des ersten Zugs durch die Nase blies.

»Freut mich«, sagte der Typ. »Giancarlo.«

Sie schlugen ein.

Und rauchten miteinander noch zwei weitere Zigaretten, bis endlich der Zug schwer schnaufend in den Bahnhof einfuhr. Giancarlo war spendabel, und er war auf Zack. Hatte auf den ersten Blick gesehen, dass Sergio vor irgendetwas davonrannte, sonst hätte er Gepäck bei sich gehabt. Natürlich glaubte er, dass Sergio etwas ausgefressen hatte, und Sergio ließ ihn in dem Glauben. Doch seinem Freund schien das nichts auszumachen, und das nahm Sergio für ihn ein. Giancarlo war Sizilianer, er war witzig, er war schlau, und er machte schnell klar, dass er bereit war, sich mit Sergio zu verbünden – gegen wen oder was auch immer. Er weihte Sergio ein, wie das mit der Arbeit lief – Sergio hätte sich eigentlich einen Arbeitsvertrag beschaffen müssen,

Deutschland nahm nicht jeden dahergelaufenen Italiener. Dafür bezahlten sie die Fahrt und in Deutschland eine Unterkunft.

Sergio sank das Herz in die Hose. Er hatte nichts – keinen Vertrag, kein Gepäck, keine Fahrkarte, keine Papiere, aber Giancarlo lachte nur. »Lass mich nur machen.«

Er hatte den Satz kaum ausgesprochen, da begann er auf der Stelle zu schreien, rief einen Schaffner, der mit ihnen auf dem Gleis auf den Zug wartete, und machte einen riesigen Zinnober. Sein Freund war gerade eben auf dem Bahnsteig beklaut worden! Alles weg! Sehen Sie nur, Herr Schaffner, kein Gepäck – der Koffer, die Papiere, Ausweis, alles gestohlen!

Sergio stand mit offenem Mund da und konnte nicht anders, als seinen neuen Gefährten bewundernd anzustarren. Der hatte Nerven, dieser Sizilianer!

Nach einigem Hin und Her ließ sich der Schaffner breitschlagen, Sergio mitzunehmen – er sollte sich allerdings bei der Katholischen Mission, die einen Stützpunkt im Bahnhof hatte, wo sie die Arbeitsmigranten betreuten, ein vorläufiges Dokument ausstellen lassen, sodass er trotz fehlender Papiere berechtigt war, nach Deutschland einzureisen und dort zu arbeiten. Er verpflichtete sich, sich nach der Ankunft in Deutschland darum zu bemühen, alle Dokumente neu zu beantragen und vorzulegen.

Alles musste sehr schnell gehen, nur noch zehn Minuten bis zur Abfahrt. Sergio brach der Schweiß aus, aber Giancarlo begleitete ihn und erreichte auch bei der Katholischen Mission mit seinem überbordenden theatralischen Talent, dass die Mitarbeiter dort größtes Mitleid mit Sergio hatten, der die Rolle des begossenen Pudels glaubhaft ausfüllte, weil er sie nicht zu spielen brauchte. In allerletzter Sekunde rannten die neuen Freunde zurück zum Gleis und wollten gerade in den Zug springen, als Sergio sie sah.

Ihre dunklen Haare mit dem rötlichen Schimmer, die ihr so weich auf die Schultern fielen, ihre hohe weiße Stirn, die fein gewölbten Augenbrauen, die schmale Nase und nicht zuletzt die Lippen, diese Lippen, Lippen wie Rosenblätter, verheißungsvoll und süß – er erkannte sie von Weitem, fing ihren suchenden Blick auf, und schon fiel sie ihm in die Arme. Die Lokomotive stieß eine durchdringende Warnung aus, fauchte und spuckte weißen Rauch, als er sich von ihr löste und auf den fahrenden Zug aufsprang. Dort blieb er, in der offenen Tür, spürte den festen Griff Giancarlos an seiner Schulter und blickte zurück.

Zurück zum Bahnhof, zum Perron, zu ihr.

Zu Rosa, der Liebe seines Lebens, und dem ungeborenen Kind in ihrem Leib.

»Ich komme wieder«, formten seine Lippen, die plötzlich salzig schmeckten, *»ritorno!«*

5

Selina

Wuppertal, 2023

»Und das hier sind Bilder von den Bauarbeiten.«
Sie saßen gemeinsam auf dem Sofa, Selina und Marianne, ihre Großmutter, einen großen Karton auf den Knien, und kramten in alten Fotos. Schwarz-weiß mit gezacktem Rand. Gerade betrachteten sie ein Bild, auf dem drei junge Männer in die Kamera grinsten. Sie standen bis zu den Knöcheln in Bauschutt, trugen weite Hosen, aufgekrempelt, dicke Arbeitsstiefel und weiße Unterhemden. Zwei von ihnen hatten Zigaretten in die Mundwinkel geklemmt, sie sahen fröhlich und tatkräftig aus. Sergio, Giancarlo und Rigoberto, der laut Marianne schon lange tot war.

»Wann war das?«

Marianne drehte das Bild um. »1959«, las sie ab. »Der Laden war heruntergekommen. Ursprünglich eine Kohlenhandlung, du kannst dir denken, wie es aussah. Dein Opa hat alles selbst gemacht, den Putz abgeschlagen, Elektrik neu verlegt, den Dielenboden rausgerissen und mit Terrakotta gefliest.« Sie lächelte, ließ das Bild wieder in die Pappschachtel zurückfallen und nahm ein anderes heraus. »Und so sah es drei Monate später aus. Du musst wissen, Selina,

Sergio und seine Freunde, meine Brüder und mein Papa haben alle voll gearbeitet. Nach ihrer Arbeit haben sie dann den Laden hergerichtet. Sergio hat geschuftet bis zum Umfallen.« Marianne reichte ihrer Enkelin das Bild. Darauf sah man den gleichen Raum wie zuvor, nur nach den Bauarbeiten. Der Boden war verlegt, die Wände geweißt, und über die gesamte linke Wand erstreckte sich ein Bild des Vesuv.

»Wer hat das gemalt?«, erkundigte sich Selina.

Marianne lachte. »Das war Günther. Mein jüngster Bruder. Gar kein Italiener! Aber er hat künstlerisches Talent, und Sergio hat ihm genau beschrieben, was er wollte.«

»Opa stammte von dort, oder? Ist er nicht in der Nähe vom Vesuv groß geworden?«

Die Miene ihrer Großmutter verschloss sich. Sie nickte und griff nach einem anderen Bild, aber Selina wollte jetzt nicht ablenken.

»Woher genau?«

Marianne zuckte nur mit den Schultern. »Das steht in seinem Ausweis. Ich kann mich nicht erinnern.«

»Oma.« Selina griff nach der Hand ihrer Großmutter, die unruhig suchend zwischen den Fotos hin und her fuhr. »Ich möchte gern mehr über Opa erfahren. Schon klar, es ist ein bisschen spät dafür, aber bei der Beerdigung habe ich darüber nachgedacht, dass ich gar nichts über seine Familie weiß.«

»Selina, kommst du bitte mal und hilfst mir?« Marcello stand in der Tür zum Wohnzimmer und winkte seine Tochter zu sich.

Seufzend stand sie auf und folgte ihm ins Schlafzimmer der Großeltern. Marianne hatte ohnehin nicht den Eindruck gemacht, als wolle sie mit ihrer Enkelin über das Thema sprechen.

Marcello schloss die Tür hinter ihnen und setzte sich aufs Bett. »Lass Oma damit in Frieden«, sagte er. »Wenn du Fragen hast, dann stell sie mir.«

Selina setzte sich neben ihn auf das große Doppelbett ihrer Großeltern. Deutsche Eiche, echte Wertarbeit, hatte Sergio stets betont. Ebenso wie die restliche Einrichtung der Wohnung. Furchtbare, erdrückende Möbel, die in den Achtzigern modern und teuer gewesen waren, für die man heute aber keinen Cent mehr bekommen würde. Sie waren in der Wohnung ihrer Großeltern zusammengekommen, um Sergios Sachen zusammenzupacken. Marianne wollte sie spenden, all die Anzüge und Hemden, Pullover und Schuhe, Mäntel und Jacken. Bei der Gelegenheit waren sie auch auf die Kartons mit den Fotos gestoßen. Selina hoffte außerdem, dass sie sich Dokumente und Unterlagen von Sergio ansehen konnte – vielleicht fand sie so Hinweise auf sein früheres Leben.

»Okay, Papa.« Selina sah ihren Vater an. »Warum weiß ich nichts über Opas Familie? Oder du? Warum sprechen wir nicht darüber? Hast du deine Eltern niemals gefragt?«

Marcello nickte und sah zu Boden. »Um ehrlich zu sein – nein, ich habe nie gefragt. Es war immer klar, dass darüber nicht gesprochen wird. Niemand will an eine Tragödie rühren. Papa wollte nicht über seine Zeit in Italien sprechen. Er war hier in Deutschland und wollte nicht zurück. Basta. Das war's.«

Selina konnte es kaum glauben. »Du weißt nichts? Auch deine Schwester nicht? Oder Oma?«

»Dein Opa kam in ein Waisenhaus in Neapel, nachdem seine Familie umgekommen war. Das ist, was ich weiß. Er hat immer gesagt, es schmerzt ihn, was geschehen ist. Niemand außer ihm hat überlebt.« Marcello legte seinen Arm um Selinas Schultern. »Wollen wir es einfach dabei belassen, ja?«

»Bist du nicht neugierig?«

Marcello sah sie erstaunt an. »Nein. Bin ich nicht. Das ist eine grauenvolle Geschichte, darüber möchte ich auf keinen Fall mehr wissen. Und du besser auch nicht.«

»Es ist nur …« Selina zögerte. »Giancarlo hat gesagt, dass Papa eine Schwester hatte. Sie kam zum Bahnhof, als Opa nach Deutschland fuhr.«

Ihr Vater stand auf und begann, weitere Sachen aus dem Schrank zu holen und aufs Bett zu legen. »Giancarlo ist senil. Was weiß der schon. Und die Sache mit der Schwester … damit hat er Papa manchmal aufgezogen. Sergio ist ihm zwar über den Mund gefahren, aber ganz ehrlich: Ich glaube nicht, dass es seine Schwester war. Wahrscheinlich hatte er ein Mädchen in Neapel, und das hat er sitzen lassen. Kein Wunder, dass er davon nie etwas erzählen wollte.«

Selina ließ das, was ihr Vater sagte, auf sich wirken. Ja, es war schlüssig. Möglicherweise war es genauso gewesen. Giancarlo erinnerte sich nicht mehr richtig, und Sergio hatte seine Vergangenheit mit der Ankunft in Deutschland begraben, weil er traumatisiert war. Aber irgendetwas nagte an Selina. Sie hatte das Gefühl, dass es da noch mehr gab – und dass ihre Großmutter auch mehr wusste, aber nicht darüber sprechen wollte. Allerdings war Selina vollkommen klar, dass es im Moment keinen Zweck hatte weiterzubohren. Oma trauerte, da war es einfach nicht in Ordnung, ihr Dinge entlocken zu wollen, über die sie den Mantel des Schweigens gebreitet hatte.

»Kann ich wenigstens mal Opas Geburtsurkunde sehen?«

»Warum?«

»Ich möchte wissen, wo er geboren wurde und wie seine Eltern hießen.«

Marcello zuckte mit den Schultern. »Du kannst ja mal danach suchen. Aber als ich seine Papiere wegen der Beerdigung und des Testaments durchgesehen habe, war da nichts.«

»Keine Geburtsurkunde? Aber jeder Mensch hat eine!«

»Jetzt, wo du es sagst …« Marcello breitete alle Krawatten Sergios, die im Kleiderschrank hingen, auf dem Bett aus. »Jammerschade, schau dir das an!« Er ließ die Krawatten, es mochten zwanzig oder dreißig Stück sein, durch die Hände gleiten. »Reine Seide. Topqualität. Aber die kann man heute nicht mehr tragen.« Marcello nahm eine heraus, breite braune Diagonalstreifen, orange und grün abgesetzt, und hielt sie sich vor die Brust. Die Krawatte war überbreit, sie sah fast aus wie ein Lätzchen und zudem wie ein Relikt aus den Siebzigerjahren.

Selina musste lachen. »Oder gerade wieder. Hipster tragen so was.«

»Sehe ich aus wie ein Hipster?«

»Jetzt schon.«

Selina stand auf und ließ ihren Vater mit den Krawatten zurück.

»Oma, hat Opa wirklich keine Geburtsurkunde?«

Marianne, die noch immer mit den Fotos beschäftigt war, blickte auf. »Nein, die hat er verloren. Oder sie wurde ihm gestohlen, ich weiß es nicht mehr.«

»Wie kann das denn sein? Ohne eine Geburtsurkunde kann er doch gar nicht heiraten.«

Ihre Großmutter runzelte die Stirn. »Was du für Fragen stellst, Selina. Warum interessiert dich das?«

Selina wägte ihre Worte gut ab. Sie hatte sehr wohl gespürt, dass ihre Fragen nach Sergios Familie und seiner Kindheit und Jugend in Italien nicht mit Wohlwollen aufgenommen wurden. Sie wollte weder Argwohn erregen noch ihre Großmutter verletzen. Aber solange sie keine befriedigenden Antworten bekam, würde sie nicht klein beigeben. »Einfach so. Ich habe das Gefühl, dass ich es versäumt habe, ihn selbst zu fragen. Und jetzt kann ich es nicht mehr. Ich weiß so wenig über ihn!« Sie setzte sich wieder zu Marianne. »Vielleicht habe ich Verwandtschaft in Italien und weiß nichts davon?«

Marianne sah sie nicht an. Stattdessen nahm sie ein weiteres Bild aus der Schachtel und hielt es Selina hin. »Schau mal hier, das ist dein Papa, da ist er gerade einmal ein Jahr alt. Ist er nicht süß?«

Ein dicker Säugling guckte Selina von dem Foto an. Er saß aufrecht in einem altmodischen Kinderwagen, eine selbst gestrickte Bommelmütze auf dem Kopf, die Backen aufgeblasen, und starrte seine zukünftige Tochter mit runden Augen an. Selina betrachtete gedankenverloren das Bild. Sie hatte sehr wohl bemerkt, wie ihre Großmutter zusammengezuckt war, als sie eine mögliche Familie in Italien erwähnte. Gab es in der Vergangenheit ihres Großvaters ein großes Geheimnis? Etwas, das die nachgeborene Generation nicht erfahren sollte? Oder war das Thema deshalb tabu, weil die Familie auf schreckliche Art umgekommen war und niemand an das Trauma rühren wollte? Aber, dachte Selina, so schwer konnte es nicht sein, den wahren Geburtsort ihres Opas und die Namen seiner Eltern herauszufinden. Und sie würde dahinterkommen! Wozu gab es Suchmaschinen im Internet? Geburtsregister und all so was konnte man in den Einwohnermeldeämtern herausfinden. Sie würde ihre Freundin Rieke danach fragen. Selina erinnerte sich, dass Rieke einmal eine Phase hatte, in der sie sich wie versessen in die Erforschung ihres Stammbaums gestürzt hatte – sicher hatte sie Tipps parat.

Nachdem Selina und ihr Vater die Sachen von Sergio zur Caritas gebracht hatten, stellten sie das Auto zu Hause ab und liefen zu Fuß zu einem kleinen Innenstadt-Italiener. Inga hatte die Idee gehabt, die Kernfamilie zum Essen einzuladen, denn Fabio musste sich am nächsten Tag wieder auf den Weg nach Bayern machen.

Selina spürte, dass ihr Vater dem Familienessen mit gemischten Gefühlen entgegensah – wenn Inga ihre sentimentale Ader entdeckte und alle, alle um sich haben wollte, hatte dies meistens eine unangenehme Eröffnung ihrerseits zur Folge. Beim letzten Treffen dieser Art hatte sie ihnen mitgeteilt, dass sie nach Bali ziehen würde. Was hatte sie wohl heute für eine Überraschung?

Das kleine Restaurant jedoch gefiel Selina sofort. Sie kannte den Laden noch nicht, er gehörte einem jungen Pärchen, die ebenso wenig Italiener zu sein schienen wie sie selbst.

»Richtig.« Die dunkellockige Frau, die ihre Bestellung aufnahm, lachte Selina auf diese Frage hin offen an. »Ich bin Kurdin, und mein Mann stammt aus Mali. Immerhin hat er eine Zeit lang in Italien gelebt, und ich habe in Rom meine Kochlehre gemacht«, fügte sie fast entschuldigend hinzu.

»Wir haben eine italienische Eisdiele und italienische Wurzeln, aber keiner von uns kann drei zusammenhängende Sätze auf Italienisch sagen«, kommentierte Marcello lächelnd ihr Geständnis, und so kamen sie rasch ins Gespräch.

Feyruze tischte ihnen im Lauf des Abends wunderbares italienisches Essen auf, toskanische Landküche, wie sie verriet: Zuppa di ricotta, Brotsalat, Risotto mit Maronen und Ribollita, sodass der von Selina und Marcello nicht gerade mit Freude erwartete Familienabend trotzdem ein Erfolg wurde. Sogar Marianne, der immer wieder mal die Tränen über die Wangen liefen, wenn das Gespräch auf Sergio kam, war in Anbetracht der Umstände einigermaßen gelöst. Sie schien einfach froh, dass sich ihre Liebsten um sie scharten und sie nicht allein auf ihrem Sofa sitzen und an ihren Ehemann denken musste. Tante Claudia war mitsamt ihrer Sippe bereits nach Dänemark zurückgereist – der Eindruck, dass sie nicht besonders scharf drauf war, engen Kontakt mit ihrer Wuppertaler Verwandtschaft zu pflegen, hatte sich bewahrheitet. Obwohl Selina den Dänen keine Träne hinterherweinte, bestätigte es sie in ihrer Meinung über ihre Sippe: Richtiger Familienzusammenhalt sah anders aus. Claudia hatte ihren Bruder Marcello lediglich wissen lassen, dass sie außer ihrem Erbanteil nichts von den Besitztümern ihres Vaters haben wollte. Einer ihrer Söhne hatte sich immerhin eine Armbanduhr von Sergio ausgesucht.

Das Gespräch beim Essen wurde von Inga und Fabio dominiert, und Selina erinnerte sich an früher, als sie Teenager gewesen waren. Sie und ihr Vater waren immer schon wortkarg und in sich gekehrt gewesen, während ihr Bruder und ihre Mutter die geborenen Unterhalter waren.

An diesem Abend sprudelte Fabio nur so über – er war im zweiten Ausbildungsjahr, erzählte jedoch mit Feuer und Begeisterung von seiner Tätigkeit, sodass man meinen könnte, er arbeite bereits seit einigen Jahren als Schreiner. Selina freute sich für ihn, dass er seine Passion gefunden hatte, gleichzeitig zweifelte sie an sich selbst – warum nur konnte sie sich nicht für eine Sache so begeistern?

Inga saß strahlend inmitten ihrer Liebsten, immer wieder streichelte sie Marianne zu ihrer Linken über den Handrücken oder Marcello, der zu ihrer Rechten saß, über den Oberarm. Selina beobachtete, wie ihr Vater jedes Mal zusammenzuckte, wenn seine Ex-Frau ihn berührte, und sie empfand richtiggehend Mitleid mit ihm. Ihre Mama schien davon nichts zu spüren, sie war gelöst und mit sich selbst im Reinen. Kein Wunder, nachdem sie ihrer Familie, wie könnte es anders sein, eine große Überraschung verkündet hatte – nach dem Hauptgang, bevor die Torta mantovana auf den Tisch gekommen war.

»Ich verlasse Bali!«, hatte sie freudestrahlend erklärt, »und ziehe nach Berlin.« Sie sah Selina an. »Dann sehen wir uns wieder ganz, ganz oft, mein Schatz.«

Selina verbrannte sich fast am heißen Espresso. Sollte sie jetzt mit der Wahrheit herausrücken und gestehen, dass sie ihre Wohnung gekündigt, das Studium abgebrochen und Berlin endgültig verlassen hatte?

Sie entschied sich dagegen. Der Abend war viel zu emotional und stimmungsvoll – trotz der Trauer um Sergio, die über allem hing, waren sie entspannt, vielleicht auch, weil sie seit so langer Zeit wieder einmal als Familie zusammensaßen. Diese Abende hatten sie schon sehr, sehr lange nicht mehr gehabt. Mindestens zwei Menschen hatten immer gefehlt, oder die Stimmung war verhangen gewesen.

Inga jedenfalls hatte ihre Familie wissen lassen, dass sie während der Coronazeit gemerkt hatte, wie sehr ihr Europa fehlte, das Leben auf den Straßen, Kultur und Freunde. Eine Bekannte von ihr eröffnete ein Studio in Neukölln, und sie würde als Teilhaberin einsteigen. Marcello stellte, ganz Geschäftsmann, die Frage nach der Finanzierung, aber Inga ging nonchalant darüber hinweg. Über solche *peanuts,* wie sie es nannte, mache sie sich keine Gedanken, es ginge doch vielmehr um die Vision! Und über diese Vision verlor sie viele Worte. Auch wenn Selina sich fragte, wie realistisch die Pläne ihrer Mutter tatsächlich waren, hörte sie nun schon der zweiten Person am Tisch zu, wie diese über die Erfüllung eines Lebenstraums sprach. Darüber hinaus stellte ihre Mutter ihr die obligatorischen Fragen – wann hast du deinen Bachelor fertig? Was passiert danach? Wo möchtest du arbeiten? Wie wäre es mit einem Auslandsjahr? Aber Selina hatte all diese peinigenden Nachfragen so oft von anderer Seite gehört und beantworten müssen, dass sie eine gewisse Routine darin besaß, sich schwindelnd um konkrete Antworten zu drücken. Sie rechnete es Fabio, der ja nun eingeweiht war, außerdem hoch an, dass er immer wieder von Selina ablenkte und andere Themen anschnitt.

Marcello orderte bereits die dritte Flasche Rotwein, Selina fühlte, dass ihr im Kopf ein wenig trieselig war, als auch ihr Vater mit einer Neuigkeit herausrückte – weniger spektakulär als die von Inga, aber für Selina von weitaus größerer Bedeutung.

»Ich mache schon eine Woche früher Ferien mit dem *Bella Italia*«, eröffnete er seiner Familie. »Ich habe es mit Mama besprochen. Es gibt so viel zu tun mit Papas Nachlass. Und in einer Woche wäre sowieso Sommerpause. Also eine Woche mehr oder weniger geschlossen spielt jetzt auch keine Rolle mehr.«

Und was wird aus mir?, wollte Selina erschrocken fragen, schluckte die Frage jedoch hinunter, denn um sie ging es im Moment nicht, und überdies hätte sie im gleichen Atemzug gestehen müssen, dass die Arbeit in der Eisdiele zurzeit ihr einziger Rettungsanker war.

»Wenn ich euch helfen kann?«, bot Inga stattdessen an, aber Marcello wehrte sofort ab. »Nein, nein, Mama und ich machen das. Das ist unsere Trauerarbeit. Kümmere du dich um dein Yogastudio, du wirst genug zu tun haben. Hast du denn schon eine Wohnung?«

Inga schüttelte den Kopf. »Ich dachte, ich könnte meine Zelte erst einmal bei dir aufschlagen, Mäuschen?« Sie sah Selina an, die unter dem durchdringenden Blick ihrer Mutter sofort verlegen wurde.

»Bei mir? Ich hab doch nur ein WG-Zimmer!«, log sie. »Also sorry, aber das passt wirklich nicht. Die Wohnung ist auch viel zu klein. Meine Mitbewohnerin wäre nicht begeistert.« Selbst wenn ich die Wohnung noch hätte, würde ich nicht mit meiner Mutter in einem Zimmer schlafen wollen, fügte sie stumm hinzu. »Du musst dir ein Airbnb suchen oder so was.«

»Entschuldigung, dass ich überhaupt gefragt habe!« Der säuerliche Ton ihrer Mama war nicht zu überhören. »Ich dachte, wir sind eine Familie.«

Dazu fielen Selina nur so bissige Kommentare ein, dass der bis dahin so harmonische Abend im Eimer gewesen wäre, deswegen schwieg sie – aber der Blick, den ihr Vater ihr zuwarf, sprach Bände.

Fabio rettete die Situation. »Wer geht mit mir eine rauchen? Die anderen bestellen inzwischen eine Runde Grappa – geht auf mich.«

Es war nicht bei einer Runde geblieben, und als Selinas Wecker am nächsten Morgen um halb sieben klingelte, wurde sie schmerzlich daran erinnert, warum sie in der Regel einen großen Bogen um den Alkohol machte. Ihr Kopf steckte in einer riesigen Wattekugel. Todmüde schälte sie sich aus dem Bett, streifte ihre Laufsachen über, stopfte sich Kopfhörer in die Ohren und wählte eine besonders motivierende Playlist. Dann lief sie los, einen kleinen Trampelpfad an der Wupper entlang, bis sie den Weg zum Wald einschlug. Die Sonne war aufgegangen, hing noch milchig verschlafen mit gerötetem Gesicht im Osten von Elberfeld und streichelte die morgendliche Läuferin mit warmen Fingern, als Ankündigung eines heißen Tages. Die Watte um Selinas Kopf wich mit jedem Schritt ein wenig mehr und machte der Erinnerung an den feuchtfröhlichen Abend Platz. Sie hatten köstlich gegessen, zu viel getrunken, ein neues Stammlokal entdeckt, heile Familie gespielt – vor allem aber Marianne für einen Abend aus der Trauer entführt. Als sie Oma und Fabio nach Hause gebracht hatten, hatten sie sich alle sentimental in den Armen gelegen. Marianne hatte sich bei ihnen für den schönen Abend bedankt und Selina zum ersten Mal nach vielen Jahren wieder das Gefühl von familiärer Geborgenheit erlebt. Und sie hatte, gerade aus diesem Gefühl heraus, für sich noch einmal bekräftigt, das Geheimnis von Sergios Vergangenheit zu lüften. Sie musste herausfinden, wie seine Eltern hießen, ob er Geschwister hatte oder gehabt hatte, in welchem Waisenhaus er gewesen – so viele würde es in Neapel doch kaum gegeben haben – und ob er tatsächlich in Pietra geboren war. Dafür würde sie die kommenden drei Wochen nutzen und … hoppla!

Selina blieb verdattert stehen und zog einen ihrer Kopfhörer aus dem Ohr. Sie war mitten in eine Schafherde gelaufen! Oder vielmehr, die Schafe hatten sie fast überrannt. Die Tiere waren ihr in einer Kurve entgegengekommen und hatten sie umzingelt, noch bevor Selina die Chance gehabt hatte, ihnen auszuweichen. Hektisch liefen die Tiere die Straße hinab, drängten sich dicht an dem Hindernis, das Selina darstellte, vorbei, mähten und meckerten, rempelten sich an und wurden an den Rändern von zwei Border Collies in Schach gehalten.

Entzückt bückte sich Selina und ließ ihre Hände über die wolligen Körper gleiten, die an ihr entlangstreiften, als sei sie ein Baum oder ein Laternenmast. Die Herde hatte es furchtbar eilig, Selina fragte sich, wohin die Schafe so zielstrebig unterwegs waren und woher sie den Weg kannten – es war kein Schäfer vorneweg gelaufen.

Sie hörte ihn, bevor sie ihn sah. Kehlige Laute, die Hunde spitzten aufmerksam die Ohren, ein paar Pfiffe, und schon drängten die beiden Border ihre Schützlinge sanft von der Straße hinunter. Die Schafe verstanden sofort, sie schienen durch ein unsichtbares Band mit den Hunden verbunden. Am Ende der Herde kam schließlich auch der Schäfer in Sicht, neben ihm einige Jungtiere und Schafe, die nicht so gut zu Fuß waren, einige humpelten. Der Schäfer war ein groß gewachsener Blonder, er trug Jeans, derbe Stiefel, ein kariertes Hemd, dessen Ärmel bis zum Bizeps aufgerollt waren, außerdem einen zerdrückten spitzen Filzhut und einen wilden Bart. Er sah genauso aus, wie man sich einen Schäfer vorstellte, dachte Selina amüsiert.

Als der Mann näher kam, sah sie, dass seine klaren blauen Augen sie musterten.

»Selina?«

Sie wäre verdutzt stehen geblieben, wenn sie nicht ohnehin schon von Schafen am Weitergehen gehindert worden wäre. »Kennen wir uns?«

Der Schäfer lachte. Um seine hellblauen Augen herum bildeten sich Lachfalten, man sah, dass er sich viel an der Luft aufhielt. Sein Teint war tief gebräunt, die Lachfältchen heller.

»Sven. Sven Langer.«

»Der lange Sven!«, entfuhr es Selina, und sofort tat es ihr leid. Das war sein Spitzname gewesen, als sie zusammen die

Schulbank gedrückt hatten, es war total blödsinnig, ihn als Erwachsenen so anzusprechen. »Sorry, ist mir so rausgerutscht.«

»Schon okay. Trifft ja zu.«

In der Tat, der lange Sven machte seinem Spitznamen alle Ehre.

»Mensch, ich dachte, du hättest BWL studiert?«

Fieberhaft kramte Selina in den Schubladen ihres Gedächtnisses. Wann hatte sie ihn das letzte Mal gesehen? Bei der Abifeier musste es gewesen sein. Sie hatten nie viel miteinander zu tun gehabt, ihre Freundescliquen keinerlei Überschneidung. Das Einzige, an das sie sich in Verbindung mit ihm erinnerte, war, dass Sven Langer der Klassenclown gewesen war, von der Fünften an.

»Habe ich auch.« Der Bärtige lupfte seinen Hut, darunter kam ein wilder Schopf blonder Haare zum Vorschein, ebenso wild wie der Bart. »Gestatten, Master of Economics.«

»Ähm.«

»Ich hab dich schlagfertiger in Erinnerung.«

Sven grinste sie an, Selina starrte zurück. Sie war immer noch perplex.

»Sorry, aber das ist alles so …«

»Überraschend?« Sven pfiff nach seinen Hunden und gab ihnen irgendwelche Befehle, denen die Border hechelnd und eifrig folgten. »Ich bin Betriebswirt. Nicht nur Schäfer. Das ist ein eigenes kleines Unternehmen.« Er zeigte auf seine Herde, die fast zur Gänze hinter der Kurve verschwunden war. »Ich muss hinterher. Wenn du mehr wissen willst, folg mir auf Twitter. @derlangeschäfer.« Er lachte und lief an ihr vorbei. Drehte sich noch einmal um und winkte ihr.

Endlich löste sich Selina aus ihrer Erstarrung. »Kann ich dich nicht auch besuchen?« Sie machte eine ausholende Bewegung mit dem Arm in Richtung Wald und Wiesen. »Bist du hier irgendwo unterwegs?«

»Ich wohne hier.« Er deutete hinter sich und beschrieb ihr den Weg.

»Okay! Ich komme morgen so gegen sechs – passt das?«

Hoppla, woher kam denn plötzlich ihre Forschheit? So kannte Selina sich gar nicht. Es musste wohl daran liegen, dass er kein Fremder war, schließlich kannten sie sich schon ein paar Jahre – allerdings, ohne sich wirklich zu kennen.

Der lange Sven hatte ihr bereits den Rücken zugedreht und folgte seinen Schafen. Aber dann warf er doch noch einen Blick über die Schulter, lächelte und hob den Daumen.

Selina sah ihm nach. Wuppertal hielt so einige Überraschungen bereit.

6

Man vergisst einfach schnell, wie grün es hier wirklich ist«, sagte Selina und ließ den Blick schweifen. Sie saßen oberhalb der Wiese, auf der Svens Herde graste. Im Rücken den Wald und davor sein Wagen. Die Luft war mild und warm, der Himmel färbte sich ganz allmählich purpurn, die Sonne schickte sich an, sich über Solingen ins Bett zu legen. Selina nahm einen Schluck von ihrem Bier und ließ sich auf den Rücken ins Gras sinken. Eine winzige Wolke stand am Himmel, fast so, als habe sie sich verirrt, ein Lämmchen, das den Anschluss an die Herde verloren hatte.

Sven saß neben ihr, den Filzhut hatte er ins Gras gelegt und beobachtete das Zusammenspiel seiner beiden Border Collies mit den Schafen.

»Ja«, nickte er. »Ich habe erst durch die Herde begriffen, wie schön wir es hier haben. Von hier bis runter an die Düssel oder quer durchs Bergische Land – wenn ich mit den Schafen auf Wanderschaft bin, staune ich immer wieder. So grün. So viel Natur.«

Selina drehte den Kopf zu ihm, aber sie sah nur seinen Rücken, das Holzfällerhemd und die blonden Haare, die sich über dem Kragen lockten.

Vor einer Stunde war sie hier hochgestiegen, in das Winterquartier, wie Sven es nannte. Sie hatte etwas zu trinken mitgebracht und ihm zugesehen, wie er seine Schafe versorgte. Manche humpelten, und er hatte ihr gezeigt, dass es an den Knebeln lag, harte Erde und Mist, der sich zwischen den Hornzehen der Schafe verklumpte und ihnen Beschwerden bereitete. Hatte ihr gezeigt, wie er die Knebel aus den Hufen entfernte. Und ihr erzählt, dass er jeden Abend damit beschäftigt war. Wenn er glaubte, damit durch zu sein, sah er am nächsten Tage wieder neue Schafe humpeln. Und begann am nächsten Abend von vorn. So ging es Tag für Tag. Und das war nur eine Sache, um die er sich kümmern musste. Manche Schafe hatten entzündete Zitzen, geblähte Bäuche. Durchfallerkrankungen, kaputte Zähne, Parasiten im Ohr – Schafe konnten alles Mögliche bekommen, und er hatte zweihundertzwanzig Tiere.

»Hast du überhaupt mal irgendwann Feierabend?«, hatte Selina ihn gefragt und im gleichen Atemzug gewusst, wie die Antwort ausfiel.

Sven hatte nur gelacht, er musste nichts dazu sagen.

»Ich hab das total vermisst.« Selina pflückte einen Grashalm und kaute darauf herum. »Ist ja nicht so, als gäb's in Berlin kein Grün«, fuhr sie fort. »Ganz im Gegenteil. Das Umland ist toll, du steigst mit dem Fahrrad in die S-Bahn, fährst ein paar Stationen raus und bist im Paradies.«

Jetzt wandte sich Sven zu ihr, sah sie an, seine hellen Augen blitzten. »Und wie oft machst du das?«

»Eben«, gab Selina zu. »Das ist das Problem.«

Sven lachte wieder und ließ sich neben sie fallen. Es fühlte sich gut an, neben ihm zu liegen, dachte Selina, einfach so. Ohne Schmetterlinge im Bauch, ohne die Frage: Wird das was mit uns? Einfach nur hier sein, draußen, bei den Schafen. Die Lunge mit guter Luft füllen und darauf warten, dass die Sonne versinkt. Der lange Sven war eine überraschend gute Gesellschaft, um einfach nur so zu sein. Den Klassenclown hatte er abgelegt, er erschien Selina ernst, aber nicht wie die Sorte ernster Männer, neben denen sie Beklemmungen bekam. Diese Art von Schweigen, mit dem Männer ihr suggerieren konnten, dass ihre eigenen Gedanken zu schwer waren, als dass Selina ihnen folgen könnte. An der Uni hatte es so einige von der Sorte gegeben.

»Und jetzt?«, fragte er. »Hast du Pläne?«

Selina hatte ihm erzählt, dass sie Berlin und ihr Studium hinter sich gelassen hatte. Sie war sofort mit der Tür ins Haus gefallen, als sie bei ihm angekommen war, er schien ihr der Richtige dafür zu sein. Er war vertraut und doch fremd. Sie konnte sich ihm anvertrauen, weil sie wusste, dass er mit niemandem darüber reden würde.

»Keine Pläne«, sagte sie. »Aber vielleicht eine Aufgabe.«

Und dann erzählte sie von ihrem Großvater. Was sie herausgefunden hatte und was sie herausfinden wollte. Von Sergios dunklem Fleck in der Kindheit und Jugend. Davon, dass niemand eigentlich wirklich wusste, woher ihr Großvater kam. Dass sein Leben erst in Wuppertal angefangen zu haben schien.

»Vielleicht hat es einen guten Grund, nicht darüber reden zu wollen«, sagte Sven, nachdem er sich ruhig und konzentriert ihre Geschichte angehört hatte.

»Ich weiß ja, dass es diese Tragödie um seine Familie gegeben hat. Natürlich ist das entsetzlich, und ich verstehe auch, dass Sergio es vergessen wollte«, gab Selina zögerlich zurück. »Aber es muss doch trotzdem so etwas wie eine Heimat für ihn gegeben haben, oder nicht? Seine Familie ist irgendwo begraben, vielleicht leben noch Nachfahren. Onkel, Tanten, keine Ahnung. Irgendjemand.«

Sven musterte sie. »Warum beschäftigt dich das so?«

»Würde dich das nicht interessieren? Wenn es deinen Großvater beträfe? Das ist schließlich Familie. Vielleicht habe ich irgendwo in Italien Verwandte!« Selina setzte sich auf.

»Vielleicht willst du dich auch nur ablenken?«

»Von meinen eigenen Problemen, meinst du?« Sie stöhnte. »Ja. Klar, das ist mir bewusst, ich bin ja nicht blöd. Natürlich ist es einfacher, mich mit Sergio zu beschäftigen als mit mir selbst.«

Die Sonne war schnell gesunken, die Farbe des Himmels wechselte zu tiefem Blau, einem Blau von einer Intensität, wie sie nur der späte Sommer hervorbrachte. Ein dunkles Blau, das von innen zu leuchten schien, als legte man ein tiefblaues Tuch über eine Lampe. Die Nacht deckte die Wärme und das Licht des Tages nur zu.

Selina holte tief Luft. »Ich weiß nicht, ob es wirklich so ist, aber ich bilde mir ein, dass ich Sergios Geheimnis lüften muss, bevor ich entscheide, wie ich mein eigenes Leben leben möchte.« Sie drehte sich wieder direkt zu ihm. »Es ist eine Wette mit mir selbst, verstehst du?«

»Ja«, sagte er, »verstehe ich.« Dann sprang er abrupt auf und pfiff durchdringend. Einer der Hunde wusste sofort, was sein Herr von ihm wollte, und lief in lockerem Trab zu einem Mutterschaf, das sich mit seinen beiden Lämmchen etwas von der Wiese abgesondert hatte.

»Wie lange willst du das hier noch machen?«, wechselte Selina das Thema. Sie sah ihn stehen, hoch aufgerichtet, aufmerksam, wie er über die Wiese nach seinen Schafen sah. Sven war, ebenso wie ihr Bruder Fabio oder ihr Großvater, eins mit seinem Beruf. Vielleicht auch Inga. Sie alle trennten kaum zwischen ihrem Leben und ihrer Tätigkeit, und Selina überlegte, ob sie sich das auch für sich vorstellen konnte.

Aber war es nicht auch ganz schön, Feierabend zu haben und Wochenenden, an denen man abschalten konnte? Jemand anders zu sein, eine Privatperson und nicht der Schäfer oder Eismacher, der Schreiner oder die Yogalehrerin? Sergio war ohne seine Eisdiele undenkbar gewesen – Marcello dagegen, so hatte Selina manchmal den Eindruck, wäre vielleicht auch gern etwas anderes geworden. Er war in dieses Leben hineingeboren worden, und sie unterstellte ihm, dass er nie darüber nachgedacht hatte, ob er Besitzer einer Eisdiele in Wuppertal hatte sein wollen. Sie würde ihn fragen.

Jetzt drehte sich Sven zu ihr um und sah sie überrascht an. »Wie lange noch? Ich hab doch erst angefangen!« Er setzte sich wieder neben sie. »Solange ich es körperlich packe. Oder wenn ich eine eigene Familie habe. Ich weiß nicht. Mal sehen. Im Moment kann ich mir nichts anderes vorstellen.«

»Eine eigene Familie – möchtest du Kinder?«

Sven zuckte mit den Schultern. »Keine Ahnung! Ich meine nur, vielleicht kommt es ja mal dazu. Sag niemals nie. Im Moment habe ich eine Herde und bin glücklich.«

Eines der Schafe graste zu seinen Füßen. Selina betrachtete es. Von den Tieren ging nichts als Ruhe aus. Sven hatte ihr vorhin gesagt, Schafe zu betrachten sei die beste Meditation, und sie glaubte ihm. Schafe waren friedvoll, ihre Augen stets auf Halbmast. Das dicke Fell strahlte Gemütlichkeit aus, und trotzdem waren Schafe auch lustig. Shaun das Schaf aus der Kinderserie war nicht umsonst so erfolgreich. Jeder liebte Schafe.

»Ich finde, du solltest das machen.« Sven legte jetzt seinen Handrücken vorsichtig an die Schnauze des Schafs. Für einen Moment schloss es die Augen und verharrte in der Berührung, bevor es sich entschloss weiterzugrasen.

»Was machen?«

»Na, die Familiengeschichte erforschen. Warum fährst du nicht nach Italien? Du hast doch jetzt Zeit?«

Selina starrte ihn an. »Einfach so?«

»Natürlich nicht einfach so, aber wenn du herausgefunden hast, wo dein Opa gelebt hat – warum nicht? Es ist Ende August, die schönste Zeit für Italien.«

Als Selina sich eine Stunde später in der Dunkelheit auf den Nachhauseweg machte, Sven begleitete sie noch ein kleines Stück, ging ihr der Gedanke nicht mehr aus dem Kopf. Sie hatte tatsächlich nicht so weit gedacht. Aber je länger sie die Idee drehte und wendete, in Kopf und Herz bewegte, desto besser gefiel sie ihr. Sie hatte Geld mit der Arbeit in der Eisdiele verdient, und wenngleich sie es eigentlich auf die hohe Kante hatte legen wollen, um sich vielleicht einen Herzenswunsch zu erfüllen oder eine Reise zu machen, konnte sie es genauso gut für eine Reise in die Vergangenheit benutzen.

Ihre Reise.

Eine Reise nach Italien auf den Spuren ihrer Familie.

Am darauffolgenden Tag war sie mit anderen Dingen beschäftigt und hatte keine Zeit, den Plan weiterzuverfolgen. Marcello hatte entschieden, die Eisdiele für einen Tag zu öffnen, damit sie möglichst viel ihrer Eisvorräte verkaufen konnten. Das Eis war frisch zubereitet worden, man konnte es nicht über die Ferien einfach einfrieren, es würde zwar halten, aber nicht mehr so schmecken, wie das Eis des *Bella Italia* zu schmecken hatte. Also machten sie Ausverkauf – fünfzig Cent für die Kugel, und da es ein brüllend heißer Sommertag war, Ferien und Freibadwetter, rannten die Leute ihnen die Bude ein. Selina reichte Becher um Becher, Waffel um Waffel über den Tresen, manche Kunden kamen sogar mehrmals, und als sie am Abend den Laden zumachten, sanken sie und ihr Vater erschöpft auf die Hollywoodschaukel, die vor dem Geschäft stand. Sie tranken Espresso, und Marcello mixte ihnen zur Feier des Tages einen Bellini mit frischem Weinbergpfirsich.

»Du warst eine große Hilfe, mein Schatz«, sagte Marcello, und Selina freute sich, dass er trotz der Anstrengung glücklich und entspannt aussah.

»Danke, Papa. Freust du dich auf die Auszeit?«

»Ja!«, gab Marcello zurück, und seine Antwort kam aus tiefster Seele. »Außer in den zwei Wochen im Sommer und die Tage zwischen Weihnachten und Neujahr hat Sergio die Eisdiele nie zugemacht. Niemals. Auch nicht wegen Krankheit. So etwas gab es bei ihm nicht.«

Er lächelte, und Selina ging das Herz auf. In der letzten Zeit hatte ihr Vater selten gelächelt und auch wenig Anlass dazu gehabt. Aber das Lächeln war echt, es erreichte seine braunen Augen, und Selina dachte, dass sie wirklich den liebsten Vater der Welt hatte. Er hatte es nicht verdient, dass sie sich ihm nicht anvertraute. Sie ließ sich an seine Brust sinken, Marcello legte den Arm um sie, und gemeinsam schaukelten sie vor und zurück und beobachteten das Treiben in der Geschäftsstraße.

»Ich habe Sven Langer wiedergetroffen, erinnerst du dich an den?«

»Nein. Ich glaube, außer Rieke kenne ich keine früheren Freunde oder Schulkameraden von dir.«

Das stimmte. Es hatte sie stets zur Weißglut gebracht, wenn sie ihrem Vater am Abend erzählte, was sie mit ihren Freundinnen unternommen hatte – und er hatte sich den Namen von keiner einzigen gemerkt. »Kenn ich die?«, war immer sein erster Kommentar gewesen. Inga dagegen wusste nicht nur die Namen ihrer Freunde und Freundinnen, sie kannte die Eltern und die Familiengeschichten, wusste, wie die Kinder in der Schule waren und was sie gern aßen. Sie würde sich vermutlich auch an den langen Sven erinnern.

»Er ist der Schäfer hier.«

Marcello sah sie erstaunt an. »Ein Schäfer? In Wuppertal?«

Selina schüttelte nur den Kopf. »Ich glaube, es ist gut, wenn du das *Bella Italia* mal zumachst. Du kommst echt gar nicht vor die Tür.«

Sie erzählte von Sven, der nach seinem BWL-Studium darauf verzichtet hatte, einen lukrativen Job anzunehmen, sondern stattdessen zum Schäfer geworden war. Sie dachte, dass sie eine elegante Schleife zu ihrer eigenen Geschichte hinbekommen würde, aber irgendwie gelang es ihr nicht. Ihr Vater hörte der Geschichte vom ehemaligen Schulkameraden seiner Tochter wohlwollend, aber nicht übermäßig interessiert zu.

»Toll«, kommentierte er, schien aber in Gedanken ganz woanders zu sein.

»Papa, ich muss dir etwas sagen.«

»Hmhm.«

»Ich studiere nicht weiter. Ich wohne auch nicht mehr in Berlin.«

Jetzt hatte sie seine volle Aufmerksamkeit – mehr, als ihr lieb war.

Marcello starrte sie entgeistert an. »Du … was? Aber …«

»Es tut mir leid, dass ich es dir nicht eher gesagt habe. Ich weiß, das ist total unerwachsen.« Selina schämte sich dafür. »Aber ich war noch nicht so weit.« Ihr Magen krampfte sich zusammen, und sie spürte, wie hinter ihren Augen Tränen aufstiegen, gegen die sie so lange angekämpft hatte. All die Gefühle, die sie seit Wochen und Monaten umtrieben und die sie so lange unterdrückt hatte, brachen sich jetzt Bahn. Sie fühlte sich verloren, schlecht, wie eine Versagerin. Sie war siebenundzwanzig und hatte nichts in den Händen außer dem Gefühl, nicht auf dem richtigen Gleis zu sein.

»Mein Kleines!«

Die starken Arme ihres Vaters umschlossen sie, und Selina ließ ihren Gefühlen und Tränen freien Lauf. Die ganze Zeit über hielt Marcello sie fest und strich ihr über den Rücken, während sie sanft schaukelten. Als sie sich endlich wieder im Griff hatte, erzählte sie ihm, was sie bewogen hatte, ihre Wohnung zu kündigen und zurück nach Wuppertal zu kommen. Jetzt hörte ihr Papa sehr aufmerksam zu. Selina war ihm vor allem dankbar, dass er eine Frage, vor der sie sich selbst am meisten fürchtete, nicht stellte: »Und was willst du jetzt machen?«

»Verstehe.« Das war erst einmal alles, was er dazu sagte. »Wir holen deine Sachen ab, bei Oma wird Platz im Keller gemacht.«

Selina nickte und schniefte. »Danke.«

»Und du kannst so lange bei mir bleiben und im *Bella* jobben, bis du weißt, was du machen willst. In Ordnung?«

Selina fiel ihm um den Hals. Sie kam sich vor wie ein kleines Mädchen.

»Aber eines muss ich doch noch loswerden«, sagte Marcello schließlich und zündete sich eine Zigarette an. »Ich verstehe das mit Berlin und dass das Studium vielleicht nicht das Richtige war. Aber manchmal muss man, gerade im Berufsleben, Dinge machen, zu denen man sich zwingen muss. Die man sich so vielleicht nicht vorgestellt hat. Und manchmal wächst man daran.«

Selina sah ihn an. »War es bei dir so? Hast du dich dazu gezwungen, in Opas Geschäft einzusteigen?«

»Ja. Das war nie mein Traum. Ich bin da reingerutscht. Ich konnte mir immer etwas anderes vorstellen, als Eis zu machen. Ich glaube, dass deine Mutter deshalb so enttäuscht von mir war.«

»Und jetzt? Es ist nie zu spät.«

Marcello lachte. »Für mich schon. Jetzt habe ich mein Herz an die Eisdiele gehängt.« Er strich ihr übers Haar. »Ich habe meinen Frieden damit gemacht.« Er sah auf die Uhr. »Ich muss zu Oma. Ich wollte ihr etwas kochen und mit ihr essen. Sie war den ganzen Tag allein. Kommst du mit?«

»Gern. Ist nicht so, als hätte ich etwas anderes vor. Außerdem bin ich gern bei Oma.«

Selina wollte aufstehen, aber ihr Papa hielt sie zurück. »Eines noch.«

»Ja?«

»Sei nicht dumm. Mach den Bachelor. Du hast so viele Jahre studiert. Jetzt schließ es ab.«

Selina zögerte. Ihr wurde schlecht, wenn sie nur an das Thema dachte.

»Ich meine es ernst«, schob Marcello nach und hielt ihr die Hand hin. »Abgemacht?«

Sie schlug ein. »Abgemacht.«

Selina konnte nicht beurteilen, ob Marcellos Nudeln auch italienischen Kriterien standhalten konnten – aber für sie war er der Pasta-King! Zum Fünfzigsten hatte er eine Küchenmaschine geschenkt bekommen, mit einem Nudelmaschinenaufsatz. Und im Gegensatz zu den allermeisten Menschen, die sich eine Nudelmaschine zulegten, sie begeistert ein paar Wochen benutzten, nur um sie danach jahrelang im Schrank verstauben zu lassen, machte ihr Papa seither jede Woche eine Pastasorte. Tortelloni, Orecchiette, Tortellini, Lasagneblätter.

Heute gab es selbst gemachte Strozzapreti und Tomatensugo mit Kapern, Artischocken und Sardellen. Darüber wurde Ricotta gebröselt. Einfach köstlich! Oma Marianne, der über die Trauer der Appetit vergangen war, musste von ihren Kindern nicht dazu animiert werden, ja sie verlangte sogar Nachschlag.

Nach dem Essen holte Marcello einige Faltblätter hervor und zeigte sie seiner Mutter – es waren Prospekte für betreutes Wohnen.

Während die beiden sich darin vertieften, ging Selina nach nebenan. Ihre Großmutter hatte eine Kiste für sie bereitgestellt, mit allen möglichen Dokumenten und Papieren von Sergio – verschiedene Korrespondenz, Visitenkarten, steinalte Arbeitsverträge aus seiner Duisburger Zeit, auch sein Reisepass, ein Führerschein und das Impfbuch fielen ihr in die Hände. Neugierig schlug Selina den Reisepass auf. Unter Geburtsort war tatsächlich Pietra Alta in Italien verzeichnet, den alten Giancarlo hatte sein Gedächtnis also nicht genarrt. Selina fand unzählige Stempel, ihre Großeltern waren in ihren Ferien durchaus verreist – in die Schweiz, nach Österreich und Dänemark. Und plötzlich hielt sie eine Bahnfahrkarte in den Händen. Wuppertal–Neapel. Über München und Rom. Ihr Großvater war im März 1958 nach Italien gereist und nur wenige Tage später wieder zurück. Aber hatte er nicht stets behauptet, er habe Italien nie wieder betreten? Das war allerdings noch vor seiner Heirat mit ihrer Großmutter gewesen, vielleicht hatte er ihr einfach niemals davon erzählt.

Selina wühlte weiter in der Kiste. Sie fand ein gefaltetes, vergilbtes Blatt. Als sie es öffnete und glatt strich, schlug ihr

Herz schneller. Es handelte sich um eine ersatzweise ausgestellte Geburtsurkunde! Name, Geburtsort und Datum kannte Selina – aber da endlich fand sie auch die Namen von Sergios Eltern. Ihren Urgroßeltern: Angelica und Gabriele Catalongo. Dazu Geburtsdaten, keine Sterbedaten.

Selinas Herz klopfte ihr bis zum Hals. Sie steckte die Geburtsurkunde ein. Endlich hatte sie etwas Greifbares. Etwas, mit dem sie weiter recherchieren konnte.

Sie würde sich auf die Suche nach Angelica und Gabriele machen!

7

Rosa

Pietra Alta, 1956

Wo bist du gewesen?«

Rosa schüttelte nur den Kopf und drückte sich an ihrem Vater vorbei ins Haus. Aber er war unerbittlich. Sein eiserner Griff zwang sie zu bleiben. Er schob sein Gesicht nah an ihres und wiederholte: »Wo bist du gewesen?«

»Lorenzo!« Ihre Mutter trat hinzu. »Lass sie los. Du tust ihr weh. Und so erreichst du gar nichts.« Sie wandte sich an Rosa. »Geh auf dein Zimmer. *Subito.* Du bekommst dein Essen oben.«

Das war ihr mehr als recht! Rosa beeilte sich, die ausladende Treppe, die in den ersten Stock des großen Gutshauses führte, emporzulaufen. Sie riss die Tür zu ihrem Zimmer auf, das am Ende des Gangs lag, und warf sich auf ihr Bett. Mantel, Schuhe, Kopftuch – sie ließ alles an. Sie war nicht fähig, auch nur einen Finger zu rühren. Die Reise von Neapel nach Hause hatte sie vollkommen erschöpft. Rosa legte eine Hand auf ihren Bauch. Alles ruhig. Ob das Baby schlief? Es war noch zu früh für Bewegungen, hatte Angelica gesagt.

Und es war gottlob auch zu früh, um ihr etwas anzusehen. Dass ihr jeden Morgen übel war, versuchte Rosa vor ihren

Eltern, ach was, vor aller Welt zu verbergen. Das Haus hatte überall Augen und Ohren. Jeder und jede, die auf dem Anwesen tätig war, arbeitete für ihren Vater. Alles, was in der Villa oder den Gärten oder den Plantagen, den Äckern und Höfen, über die ihr Vater die Macht besaß, geschah, wurde ihm zugetragen. Jeder Schritt, den sie tat, wurde beobachtet und an ihn, Don Lorenzo, weitergetratscht.

Sie waren so vorsichtig gewesen, sie und Sergio. Lange hatten sie ihre Liebe geheim halten können, sie hatten es geschafft, sich unbemerkt Blicke zuzuwerfen. Ihre ersten Treffen – hinter den Brombeerhecken, am äußersten Rand des Grundstücks, dort, wo nicht einmal die Esel hinfanden. Dort hatten sie leise Worte gewechselt. Zärtlich, verschwiegen. Hier hatte es Sergio auch das erste Mal gewagt, nach ihrer Hand zu tasten. Hatte seine Finger, deren Haut dunkelbraun war und voller Schwielen von der harten Arbeit in den Obstgärten ihres Vaters, um ihre geschlossen. Sein Daumen war wieder und wieder sanft über ihren Handrücken gefahren, diese winzige Bewegung hatte Schauder durch ihren Körper gejagt, hatte sie von den Haarwurzeln bis in die Fußspitzen erzittern lassen.

Sie wollte mehr, also hatte sie sich mehr getraut. Hatte Wege gesucht, das Gefängnis, das ihr Vater für sie gebaut hatte, zu verlassen.

Es war nicht so, dass Rosa nicht gehen konnte, wohin sie wollte. Ihr stand alles frei! Sie durfte reiten, sie durfte in die Weinberge gehen, die Kirche besuchen und den Marktplatz. Aber sie hatte dabei stets Gesellschaft. Ihr Vater war darauf bedacht, seine Tochter niemals allein zu lassen, zu fragil war seine Macht, seine Tochter, seine jüngste, sein Goldkind, sein Ein und Alles, sein kleines Vögelchen – sie war kostbar, und niemand durfte ihr zu nahe kommen. Dabei hatte Lorenzo Guardini weniger an Verehrer gedacht als an Feinde. Er war mächtig, übermächtig. Er hatte das Sagen über die ganze Region, er war der Don, der Padrone, der Boss. Aber neben ihm gab es andere Familien außer den Guardinis, es gab Missgünstige unter seinen eigenen Männern, kurz: Er fürchtete nichts so sehr, wie angreifbar zu sein. Und seine über alles geliebte Tochter war die ungeschützte Flanke, sie war die Schwachstelle in seinem System. Wer seiner Tochter etwas tat, beschädigte ihn, den Don. Deshalb wurde sie besser bewacht als die Kronjuwelen der englischen Königin. Wenn Rosa etwas geschah, bröckelte seine Macht, und das musste auf alle Fälle vermieden werden.

Aber den größten Feind hatte er aus dem Blick verloren: die Liebe.

Niemals hatte er sich vorstellen können, dass von einem seiner Landarbeiter Gefahr ausgehen könnte.

Dass ein armer, abgerissener junger Mann das Herz seiner Tochter stehlen könnte.

Als er es entdeckte, war es zu spät, und seine Rache war furchtbar.

Ach, Sergio, dachte Rosa jetzt, rücklings auf dem Bett liegend, die eine Hand schützend auf ihren Leib gelegt, warum bin ich nicht einfach in den Zug gestiegen? Warum habe ich dich fahren lassen, anstatt mitzukommen? Was hätte ich verloren? Mein verhasstes Zuhause! Was hätte ich gewonnen? Dich! Den Vater meines Kindes!

Die Tränen rannen aus ihren Augen, liefen links und rechts aus den Augenwinkeln hinunter bis zu den Ohren. Rosa drehte sich auf eine Seite, zog die Knie an die Brust und machte sich ganz klein. Schloss die Augen und dachte an ihn, an Sergio. Ihren tapferen Sergio. Der auf dem Weg in die Fremde war, nach Deutschland. Er hatte ihr versprochen zurückzukommen, sobald er etwas Geld verdient hatte. Er wollte sie entweder zu sich holen oder, falls es jemals möglich war, zurück nach Pietra kommen und sie heiraten. Bei ihrem Vater um ihre Hand anhalten – aber das war ein Traum, das wusste Rosa so gut wie er. Das Herz ihres Vaters würde sich nicht erweichen lassen. Er hatte Sergio tot sehen wollen, weil der seiner Tochter die Unschuld geraubt hatte. Und er hatte erst von ihm abgelassen, als er seine Leiche auf dem Küchentisch der Catalongos gesehen hatte.

Welch tollkühner Plan! Jetzt musste Rosa lächeln, obgleich ihr Herz schwer vor Sehnsucht war. Aber der vorgetäuschte Selbstmord, Sergios Idee, hatte seinen Zweck erfüllt.

In der Nacht vor Sergios Beerdigung war es Rosa gelungen, sich ins Haus der Catalongos zu stehlen. Vielleicht war sie auch dabei beobachtet worden, aber ihr Vater hatte Gnade vor Recht ergehen lassen, weil er glaubte, dass Sergio gestorben war. Vielleicht hatte er zugelassen, dass sie sich vom Leichnam ihres Geliebten verabschiedete, nicht wissend, dass dieser höchst lebendig im Keller seines Elternhauses saß. Ein letztes Mal hatten sie sich geküsst und in den Armen gelegen und einander ihrer Liebe versichert. Bis zum Ende aller Tage!

Sie wusste von Sergios Plan, sich zu Fuß nach Neapel durchzuschlagen. Natürlich hätte Rosa ihn begleiten wollen, aber das war nicht möglich – ihre Gegenwart hätte alles verraten.

Heute Nachmittag jedoch hatte sie die Gelegenheit genutzt und war ihrer Mutter entkommen. Gemeinsam waren sie in Neapel gewesen, um Einkäufe zu tätigen. Ihre Mama hatte geglaubt, Rosa über den tragischen Verlust ihres Geliebten hinwegtrösten zu können. Mit einem Besuch im

Kaufhaus und beim Schneider und einem teuren Essen. Rosa hatte sich schließlich gewünscht, ins Kino zu gehen – »Krieg und Frieden« mit Audrey Hepburn hatte auf dem Programm gestanden. Obwohl ihre Mutter die Nase über Lichtspielhäuser rümpfte, in ihren Augen war das keine Hochkultur, nicht vergleichbar mit dem Besuch der Oper oder des Theaters, hatte sie eingewilligt. Das hatte Rosa genutzt. Während des Films gab sie vor, auf die Toilette zu müssen, stattdessen war sie, so schnell sie ihre Beine trugen, zum Bahnhof gerannt. In letzter Minute! Der Zug war beinahe abgefahren, alle Fahrgäste bereits eingestiegen, da hatte sie ihren Sergio noch erspäht. Seine schwarze Haartolle erkannte sie von Weitem!

Ach, wie bittersüß war der Abschiedskuss … Niemals würde sie vergessen, wie seine Lippen schmeckten, seine Haut roch und es sich anfühlte, in seinen Armen zu liegen. Sie würde vergehen vor Sehnsucht.

Mit Mühe schaffte Rosa es nun, sich vom Bett aufzusetzen, Mantel, Kopftuch und Schuhe auszuziehen. Immerhin war es ihr gelungen, ihrer Mutter und den beiden Begleitern, die vor dem Kino am Auto gewartet hatten, zu entkommen. Was sie einmal geschafft hatte, würde ihr auch wieder gelingen! Sobald Sergio ihr ein Zeichen gab, dass sie ihm nachreisen konnte, würde sie sich auf den Weg machen, falls er selbst nicht kommen konnte. Sie würde Wege und Mittel finden.

Außerdem hatte sie Unterstützer. Allen voran Angelica und Gabriele Catalongo, Sergios Eltern, die sie liebten wie ihre eigene Tochter. Dazu der Doktor Molinari und Pfarrer Zeffirelli. Sogar der Pfarrer! Wenn ihr Vater das wüsste! Jede Woche reinigte er seine Seele und beichtete seine Sünden. Und ihr Vater hatte wahrlich ein Sündenkonto, das seinesgleichen suchte. Die Ablasszahlungen, die Don Lorenzo Guardini an die katholische Kirche zahlte, konnten nicht annähernd wiedergutmachen, was er auf der Sollseite angehäuft hatte.

Der Pfarrer hasste ihren Vater. Er hasste ihn dafür, dass er ihn und die gesamte Kirchengemeinde gekauft hatte. Dass er tat, was ihm beliebte, dass er Verbrechen beging, Menschen bestahl und sie erniedrigte. Dann ging er zum Pfarrer, dieser erteilte ihm Absolution, und schon begann das Teufelsrad erneut, sich zu drehen.

Das war der Grund, warum der Pfarrer von Pietra geholfen hatte, Sergios Selbstmord zu fingieren, und Rosa würde ihm ewig dafür dankbar sein.

Sie wusste, wenn sie Hilfe benötigte, würde sie sie von ihm bekommen. Aber sie hoffte, dass sie dies nicht in Anspruch nehmen musste. Sie hoffte so sehr, dass Sergio kommen und sie holen würde. Noch bevor ihre Eltern merkten, dass sie seine Frucht im Leibe trug.

Rosa kniete sich vor den kleinen Altar in ihrem Zimmer, darauf eine Kerze und das Bildnis der heiligen Margareta. Sie bat ihre Schutzpatronin, sich ihrer und ihres Kindes anzunehmen, aber auch ein Auge auf Sergio zu haben, auf ihn achtzugeben im fernen Deutschland und ihn recht bald unversehrt zu ihr zu schicken.

8

Selina

Wuppertal, 2023

Natürlich fand sie keine Catalongos in Pietra Alta. Das wäre auch zu einfach gewesen. Selina saß seit zwei Stunden vor dem PC und verlor sich in der Internetsuche. Der Nachname Catalongo war in Italien zwar kein Allerweltsname, und Selina fand mehr Menschen in Peru, die diesen Nachnamen trugen, als in Italien – aber es waren viel zu viele, als dass man sie hätte kontaktieren und nach ihrer Verbindung zu Sergio oder Pietra oder Angelica und Gabriele hätte fragen können. In Pietra selbst waren keine Catalongos verzeichnet, jedenfalls nicht im öffentlichen Telefonbuch.

Der Ort hatte knapp siebentausend Einwohner, er lag auf dem halben Weg vom Fuß des Vulkans zu seinem Gipfel. Eine Kirche, ein historisches Gutshaus, ein hübscher kleiner Marktplatz – es sah idyllisch aus, schien sich aber durch nichts von anderen Bergdörfern zu unterscheiden. Wein- und Obstanbau war in der Region weit verbreitet, las Selina.

Vielleicht musste sie in Archiven wühlen, aber im Internet kam sie zunächst nicht weiter.

Anschließend probierte sie es mit der Waisenhaussuche in Neapel. Tatsächlich schien die Stadt berühmt für ihre

Waisenhäuser zu sein – als Ausbildungsstätte von Kastratensängern machten sich vier Waisenhäuser in der Geschichte der Stadt einen Namen. Keines von ihnen hatte die Zeit des Zweiten Weltkriegs überdauert, Selinas Suche verlief auch in dieser Hinsicht in einer Sackgasse.

Obwohl ihre Recherche nicht von Erfolg gekrönt war, konnte Selina nicht aufhören – sie verliebte sich in die Bilder von Neapel und der Gegend rund um das Örtchen Pietra. Dank der Bildersuche im Netz fand sie Beschreibungen von Wanderwegen, Fotos von Speisen und Getränken, aufgenommen in Restaurants in der Region. Atemberaubende Bilder vom Blick über das Meer, zu den Inseln Capri, Ischia und Procida. Eine einzige Verlockung! Sie las die Beschreibungen von Campingplätzen, suchte nach Ferienappartements, und spaßeshalber sah sie sich die Preise für eine Bahnreise von Wuppertal nach Neapel an. Sie stieß auf eine Verbindung mit einem Nachtzug von München, Umstieg in Florenz. Der Zug hielt auch in Rosenheim – das war nicht weit von Fabio. Kurzerhand klickte Selina ein paarmal – und schon hatte sie ein Ticket von Wuppertal nach Berchtesgaden und eines am folgenden Tag von Rosenheim nach Neapel gebucht! Mit morgendlichem Umstieg in Florenz – Selina wurde ganz kribbelig. Sie würde fahren – schon morgen! Sven hatte recht: Was hatte sie schon zu verlieren? Wenn sie auch keine Spuren ihres Großvaters und ihrer Urgroßeltern finden würde, eine Reise nach Süditalien im Spätsommer konnte kein Fehler sein. Sie hatte das Geld, sie hatte Zeit, sie war jung und flexibel, was konnte passieren? Sie würde sich treiben lassen. Vielleicht blieb sie in Neapel, vielleicht reiste sie weiter an die Amalfiküste – wer wusste, wohin die Reise sie führte?

Aufgeregt schrieb Selina ihrem Bruder, dass sie ihn spontan überfallen würde (typisch Fabio: Die Antwort kam erst

Stunden später und lautete einfach nur »ok«). Außerdem textete sie Sven und dankte ihm dafür, dass er den Anstoß für die Reise gegeben hatte. Auch seine Antwort kam erst spät, aber Selina hatte mit nichts anderem gerechnet. Sie wusste, dass er tagsüber nie online war, er hatte mit der Herde alle Hände voll zu tun.

Motiviert und aufgeregt schloss Selina den Internetbrowser und fing an zu packen. Die Wettervorhersage für Süditalien hatte sie gecheckt – Sonne, Sonne und nochmals Sonne. Also wanderten nur Shorts, Flipflops, Sommerkleider und kleine Tops in den Koffer. Eine lange Hose, Sneaker und ein Sweatshirt – das musste reichen. Besser, sie reiste mit leichtem Gepäck.

Noch während sie die Sachen auswählte, klingelte ihr Handy. Ein Blick auf das Display: Es war Inga, ihre Mutter.

»Hallo, Mama!«

»Du, ich steh hier vor deinem Haus – aber dein Name steht nicht mehr am Klingelschild.«

Selina sog scharf die Luft ein. So ein Mist. Natürlich hätte sie ihrer Mutter demnächst reinen Wein eingeschenkt, vor allem nachdem sie Marcello bereits eingeweiht hatte, dass sie nicht mehr in Berlin wohnte, aber sie hatte es eigentlich noch ein bisschen hinauszögern wollen …

»Ja, Mama, ich wollte es dir sagen, aber …«

»Also lässt du mich jetzt rein oder was?«

»Mama, ich wohne da nicht mehr.«

»Was? Nicht mehr? Warum sagst du denn nichts? Wo wohnst du denn dann? Ich habe Streuselkuchen dabei. Ich dachte, wir machen uns einen schönen Nachmittag.«

Selina stöhnte. Sie wusste, ihre Mama meinte es gut. Aber sie war manchmal auch furchtbar anstrengend. Warum konnte sie ihren Besuch nicht ankündigen wie normale Menschen?

»Weich mir nicht aus!«, gab Inga zurück, als Selina sie das fragte. »Ihr jungen Leute besucht euch doch auch spontan.«

Nein, Mama, wollte Selina entgegnen, das machen nur die Boomer. Wir schicken eine Textnachricht und fragen, ob es passt.

»Also, wo steckst du? Jetzt steh ich hier mit dem Kuchen …«

Selina hörte das Rauschen des Berliner Verkehrs im Hintergrund und stellte sich vor, wie ihre Mutter mit den bunten Bali-Klamotten an der viel befahrenen Sonnenallee vor ihrem Haus stand. Unten war ein Handyshop, daneben ein veganer Imbiss. Die Autos rauschten Tag und Nacht auf der Sonnenallee, immer stritt sich irgendwer, und im Hinterhof hatte ein Pärchen mehrmals in der Woche überlauten Sex. Nein, wenn Selina sich ihr ehemaliges Mietshaus vorstellte, wurde sie alles andere als wehmütig.

»Ich bin in Wuppertal, bei Papa. Das weißt du doch.«

»Aber das *Bella Italia* hat seit heute zu! Was machst du noch da?«

Die Voraussetzungen – ihre Mutter irgendwo in Neukölln ratlos mit zwei Stück Streuselkuchen und sie auf dem Absprung nach Italien – waren alles andere als günstig für ihr Geständnis, aber Selina dachte, es war besser, jetzt mit der Wahrheit rauszurücken. Und so beichtete sie auch ihrer Mutter das, was sie Marcello am Vortag bereits eröffnet hatte.

Lange blieb es still in der Leitung. Das heißt, Stille war das nicht, man hörte noch immer den Berliner Alltag durch das Handy, aber Inga sagte kein Wort.

»Mama? Bist du noch dran?«

»Was sagt denn Papa dazu? Weiß er es?«

»Ja. Ich habe es ihm gestern erzählt.«

»Und wann wolltest du mich einweihen?«

Selina holte tief Luft. Es war unfair, ihrer Mutter vorzuwerfen, sie sei zu lange weg gewesen, am anderen Ende der Welt. Und dass ihre Kinder sich in der Zeit daran gewöhnt hatten, sich deshalb zuerst ihrem Vater anzuvertrauen. Denn all die Jahre ihrer Kindheit und Jugend über war es genau andersherum gewesen. Ihr Vater war beschäftigt und mit den Gedanken woanders, aber Inga hatte stets ein Ohr für ihre Kinder gehabt, schließlich war sie Hausfrau und als solche rund um die Uhr ansprechbar gewesen.

Aber noch bevor Selina antworten konnte, schien Inga sich schon gefangen zu haben. »Na ja, ist ja auch egal. Jedenfalls finde ich es todtraurig, dass du nicht mehr in Berlin bist, jetzt, wo ich vorhabe hierherzuziehen.«

Selina horchte auf. »Du hast es vor? Ich dachte, das mit dem Studio ist alles in trockenen Tüchern?«

»Wollen Sie ein Stück Streuselkuchen?«, hörte sie ihre Mutter sagen, die sich offenbar mit jemand anderem unterhielt. »Es ist auch nicht vergiftet, ich wollte meine Tochter damit überraschen, aber die ist … ja, bitte, hier, nehmen Sie das Papier, ich esse aus der Hand. Schön. Lassen Sie es sich schmecken! Tschüs.«

Jetzt musste Selina doch grinsen. Das war typisch Inga. Man konnte mit ihr kein vernünftiges Gespräch führen, sie war immer mit tausend Sachen gleichzeitig beschäftigt. Und erst wenn man glaubte, sie habe den Gesprächsfaden verloren, kam sie überraschend auf das ursprüngliche Thema zurück.

»Ach, der hat sich jetzt aber gefreut.« Inga sprach mit vollem Mund. »Es gibt ja so viele arme Menschen in der Stadt!«

»Mama, können wir das Gespräch zu einem anderen Zeitpunkt fortsetzen, nicht so zwischen Tür und Angel?«

»Also hör mal, du könntest statt Politik auch eine Ausbildung zur Yogalehrerin machen! Ich habe von diesem Politologiestudium sowieso nie viel gehalten, das bist du doch gar nicht.«

»Wie bin ich denn deiner Meinung nach?« Auch das war typisch ihre Mama: haute einfach so Urteile raus, ohne sich tiefere Gedanken darüber zu machen.

»Ich glaube, du bist praktisch und sozial veranlagt. Theorie und Taktik, das passt nicht zu dir.«

»Aha.«

»Du, da kommt meine U-Bahn! Ich muss aufhören.«

Tatsächlich wurde die Verbindung schlechter, und Selina vernahm im Hintergrund die Ansage der BVG.

»Mama, da ist noch was – ich fahre morgen nach Italien.«

»Italien! Bella Italia! Das ist ja wun-der-schön! Genieße es, mein Spätzchen.«

Und schon hatte Inga aufgelegt.

Selina legte das Handy zur Seite. Es erleichterte sie, dass ihre Mama die Nachricht, dass sie nicht mehr studierte und aus Berlin weggezogen war, mit Gleichmut, fast könnte man sagen Desinteresse, aufgenommen hatte. Beide Elternteile wussten Bescheid, und von keiner Seite hatte sie sich Vorwürfe anhören müssen. Hilfe bei ihrer Entscheidung, was sie stattdessen mit ihrem Leben anfangen konnte, hatte Selina ohnehin nicht erwartet, das konnten ihre Eltern nicht leisten. Sie musste ihren Weg allein finden.

Allerdings grübelte sie über die kryptische Bemerkung ihrer Mutter, dass sie vorhabe, nach Berlin zu ziehen. Selina war davon ausgegangen, dass dies eine feststehende Tatsache war. Sie würde ihren Vater dazu befragen, vielleicht wusste Marcello mehr darüber.

Ihr Vater verbrachte den Tag damit, mit Marianne Einrichtungen für betreutes Wohnen zu besichtigen, und kam erst am Abend nach Hause. Selina wusste, dass ihn der Tag viel Kraft kosten würde, deshalb ging sie einkaufen und bereitete alles für ein gemeinsames Abendessen vor. Natürlich hatte sie dabei auch den Hintergedanken, dass er die Nachricht, dass sie nach Pietra reiste, um mehr über die Familie ihres Großvaters herauszufinden, besser aufnehmen würde, wenn sie gemeinsam beim Essen saßen.

»Du willst …?« Marcello, der gerade die Gabel zum Mund geführt hatte, hielt mitten in der Bewegung inne.

»Sie heißen Angelica und Gabriele. Seine Eltern. Deine Großeltern. Das steht in einer ersatzweise ausgestellten Geburtsurkunde.« Selina holte das Blatt Papier hervor und schob es ihrem Vater über den Tisch zu.

Ihr Vater legte die Gabel zurück auf den Teller und studierte das Papier.

»Das ist ja… also so was. Davon hat er nie gesprochen!«

Selina sah im Gesicht ihres Vaters die Erschütterung und schwieg. Dann reichte er ihr das Blatt zurück und aß weiter, wirkte aber abwesend.

»Meinst du, Oma weiß davon?«, fragte sie ihn nach ein paar Minuten.

»Davon gehe ich aus. Dieses Dokument hat er ja nicht versteckt. Und er hat auch nicht verheimlicht, dass er Eltern hatte und wusste, wie sie hießen.« Marcello schüttelte leicht den Kopf. »Heute wundere ich mich, warum ich nie danach gefragt habe. Aber irgendwie war das immer ein Tabu. Papa und seine Familie. Mama hat mir einmal erzählt, dass seine Eltern bei einem schrecklichen Unfall ums Leben kamen. Das war so gruselig – damit wollten wir Kinder nichts zu tun haben.«

»Und später, als du älter warst?«

»Opa Walter und Oma Sigrid waren ja da, deine Urgroßeltern. Und alle Brüder deiner Oma! Eine riesige Sippe. Das war unsere Familie. Die italienische Verwandtschaft war tabu und in der Versenkung verschwunden.« Er zuckte mit den Schultern. »Wir sind gar nicht mehr auf die Idee gekommen, uns danach zu erkundigen.«

Die Eltern ihrer Oma Marianne, Walter und Sigrid, hatte Selina nicht mehr kennengelernt. Sie war noch ein kleines Kind gewesen, als diese starben. Sie waren in einem Altenheim gewesen, und immer wenn man daran vorbeigegangen war, hatte ihre Oma darauf hingewiesen, dass dort ihre Eltern ihren Lebensabend verbracht hatten. Die Familie von Oma Marianne war von jeher in Wuppertal und Umgebung angesiedelt. Sie war weit verzweigt, ihre Großmutter hatte mehrere Brüder, demnach hatte Marcello viele Cousinen und Cousins. Familientreffen waren stets so ausladend, dass man sich in Vereinsheimen treffen musste, um beispielsweise den siebzigsten Geburtstag einer Großtante oder die Kommunion irgendeines entfernt verwandten Kinds zu feiern. Selina konnte gut verstehen, dass ihr Vater und seine Schwester, die in dieser Sippe groß geworden waren, nicht das Bedürfnis gehabt hatten, nach weiterer Verwandtschaft zu forschen.

»Ist es für dich okay, wenn ich es tue?«

Marcello legte sein Besteck zur Seite, tupfte sich mit der Serviette den Mund ab und trank erst einmal einen Schluck Rotwein, bevor er antwortete.

»Kommt ein bisschen darauf an, was herauskommt.« Er lächelte sie an. »Ich verstehe dich. Zu hundert Prozent. Mach das, fahr nach Italien. Schau, was du herausbekommst. Aber ich bin gar nicht sicher, ob ich das Ergebnis wissen möchte.«

Am nächsten Tag brachte er sie zum Bahnhof. Sie umarmten sich fest.

»Denk daran, dass du deinem alten Papa viele Fotos schickst«, ermahnte er sie.

»Alt! Du bist doch nicht alt!« Selina lachte, dann wurde sie ernst. »Ich habe mich gar nicht von Oma verabschiedet.«

»Du bleibst ja nicht lange. Mach ihr einfach eine Sprachnachricht und schick ihr ein Foto, wenn du bei Fabio bist. Darüber freut sie sich. Ich würde dich bitten, dass du ihr nicht sagst, warum du nach Italien gefahren bist. Du machst einfach nur Urlaub, okay?«

Selina nickte. »Verstehe. Vielleicht finde ich auch gar nichts heraus, dann muss ich auch keine schlafenden Hunde wecken.«

»So ist es. Deine Oma ist jetzt mit den Gedanken sowieso ganz woanders.«

»Ich finde, sie ist sehr tapfer.«

Marcello nickte. »Das ist sie. Sie lenkt sich ab. Ich glaube, die Trauer kommt noch einmal, wenn sie zur Ruhe kommt.«

Selina sah, dass ihr Zug gleich einfahren würde. »Ciao, Papa.«

Sie umarmten sich, und dann lief Selina zum Gleis. Glücklich und aufgeregt. Es war beileibe nicht ihr erster Urlaub – sie war schon nach Thailand geflogen, war in Frankreich und Prag gewesen, hatte in Norwegen und Kroatien Urlaub gemacht. Aber diese Reise war auf jeden Fall die spannendste, die sie jemals angetreten hatte.

9

Sergio

Auf dem Weg von Italien nach Deutschland, 1956

Diese Reise war das Aufregendste, was Sergio Catalongo in seinem bisherigen Leben widerfahren war. Noch niemals war er weiter von Pietra entfernt gewesen. Neapel, das war die Grenze seines Horizonts.

Und nun schraubte sich der Zug höher und höher, Sergio blickte fasziniert auf die schneebedeckten Gipfel der Dolomiten. Sie erreichten in Kürze den Brennerpass, erklärte ihm Giancarlo, der sich gab wie ein alter Hase, dabei war er erst neunzehn und noch nie zuvor aus Sizilien herausgekommen. Dieser Junge war ein Dampfplauderer, dachte Sergio amüsiert, ein Aufschneider und viel zu neugierig obendrein, er fragte ihn Löcher in den Bauch, und er musste auf der Hut sein, ihm nicht aus Versehen zu viel zu erzählen. Aber er konnte sich keine bessere Reisebegleitung vorstellen. Der Sizilianer kannte sich aus, er hatte Sergio mit seiner Lüge auf dem Bahnhof in Neapel das Leben gerettet, und auch jetzt nahm er ihn unter seine Fittiche.

Giancarlo hatte zwei Cousins, die vor ihm nach Deutschland gegangen waren und ihn mit Informationen versorgten. Sie arbeiteten bei einem Stahlkonzern, hatten Giancarlo eine Stelle besorgt, und nun gab dieser all sein Wissen an Sergio weiter.

Auch das Wissen um den Brennerpass, im Moment hielt der Zug noch in Sterzing, Vipiteno. Südtirol war eine fremde Welt. Grau hing die feuchte Luft aus den Bergen auf dem nassen Bahnsteig, während sie drinnen schwitzten. Sie hatten die Heizung nach oben gedreht, saßen zu sechst in ihrem Abteil, sechs junge Männer in Unterhemden und mit Zigaretten in den Mundwinkeln, die Luft geschwängert von ihrer Furcht und Unsicherheit, die ihnen aus allen Poren trat. Angeber waren sie, alle miteinander, einer stärker als der andere, und das nur, weil sie voreinander nicht zugeben mochten, wie mulmig ihnen vor der Fremde war. Vor den deutschen Stahlöfen und Kohlebergwerken. Vor dem kalten Winter in einem kalten Land. Sie hatten von Würsten und von Sauerkraut gehört, von Adenauer und der deutschen Mark. Aber auch von Frauen, blond und üppig, mit Sehnsucht nach dem Süden im Herzen. Mehr wussten die meisten von ihnen nicht über Deutschland, das Land, das ihre zweite Heimat werden sollte. Sie waren arme Burschen vom Land, keiner von ihnen war jemals gereist.

Sergio verspürte keinerlei Sehnsucht im Herzen, er dachte nur an Rosa, in einem fort an Rosa. Und an ihren gemeinsamen Sohn, den sie unter dem Herzen trug.

Nein, er wusste nicht, ob es ein Sohn war, genauso wenig wie die Mutter selbst, aber in seiner Vorstellung wuchs in ihrem Leib ein Bürschlein heran, ein starker Junge, ein echter Catalongo. Wann würde er ihn sehen? Würde er ihn jemals sehen?

Je weiter sich Sergio von der Heimat entfernte, desto mehr kam er sich wie ein Feigling vor. Hätte es keinen anderen Ausweg geben, als nach Deutschland zu flüchten? Was hatte er gewonnen? Er hatte seine Eltern verlassen, sie gezwungen, einen Haufen Steine zu begraben und zu betrauern. Rosa war der Willkür ihrer Eltern ausgeliefert, sie würde in nicht allzu ferner Zukunft gestehen müssen, dass sie schwanger war. Und was dann? Sergio mochte sich die Reaktion Don Lorenzos nicht ausmalen.

Hätte es ihnen nicht doch gelingen können, gemeinsam zu flüchten? An einen Ort in der Heimat, einen, an den die Macht von Don Lorenzo nicht hinreichte?

Sergio starrte aus dem Fenster, die Scherze seiner Mitreisenden drangen nicht in sein Bewusstsein, er erinnerte sich an ihren ersten Fluchtversuch. Es war kurz nachdem sie bei ihrem Stelldichein entdeckt worden waren. Ein Arbeiter aus der Obstplantage der Guardinis hatte sie überrascht und nichts Besseres vorgehabt, als das junge Liebespaar beim Don zu verraten. Daraufhin waren sie in der Nacht in sein Elternhaus gekommen. Um Mitternacht hatten sie an die Tür der Catalongos geklopft, drei Männer, die Don Lorenzo geschickt hatte. Unter Protest und Geschrei, unter dem Wehklagen seiner Mutter und den Flüchen seines Vaters hatten sie Sergio an den Haaren aus seinem Bett gerissen, ihn nach draußen geschubst und vor sich hergetrieben, mit Tritten und Fäusten. Sie hatten ihm gedroht, wenn er auch nur einmal noch den Blick auf die Tochter von Don Lorenzo Guardini richten würde, kämen sie wieder, und dann mit Knüppeln.

Als er sich an dem Tag mit Rosa traf, in der Abtei, unter den strengen, aber wohlwollenden Augen des Pfarrers, hatte sie geweint. Geweint, weil sie sah, wie die Männer ihn zugerichtet hatten. Sergio hatte sie gebeten, ihn sich aus dem Herzen zu reißen, es würde nicht gut ausgehen für sie beide, aber Rosa war starrköpfig und hatte ihn stattdessen gebeten, mit ihr zu fliehen. Noch am selben Abend hatte sie einen kleinen Koffer gepackt, heimlich, und ihn unter den Efeuranken, die an der Mauer des Gutshauses bis zu ihrem Zimmer emporwucherten, versteckt.

Sergio hatte um Mitternacht am verabredeten Ort, dem alten Eselstall, auf sie gewartet. Und sie war gekommen, Rosa, mit vor Aufregung geröteten Wangen und glänzenden Augen. Sie hatten sich umarmt, geküsst und an der Hand gefasst, zu allem entschlossen, aber kaum hatten sie den Stall verlassen und waren nach draußen in die finstere Nacht getreten, waren sie aufgehalten worden.

Auch dieses Mal waren die Männer zu dritt. Einer von ihnen packte Rosa, riss ihr den Koffer aus der Hand und zerrte sie mit sich, sie wehrte sich standhaft, aber gegen den Willen und die Kraft des Mannes hatte sie keine Chance.

Die anderen beiden nahmen sich Sergio vor.

Drei Tage konnte er nicht laufen. Nicht zur Arbeit erscheinen und kaum aus den durch Blutergüsse geschwollenen Augen schauen. Seine Mutter pflegte ihn, machte Umschläge mit Kamille und Salbei und Rosmarin, sie versorgte weinend seine Wunden.

Doch der Don hatte mit seinen Drohungen keinen Erfolg. Rosa und Sergio liebten sich nur noch entschlossener, sie wollten nicht voneinander lassen. Aber sie wussten, dass eine gemeinsame Flucht besserer Planung bedurfte. Sie trafen sich weiterhin, auch in der Hütte seiner Eltern, die dem Liebespaar nicht im Weg stehen wollten. Auch wenn seine Mutter Sergio unter Tränen anflehte, sich nicht in Gefahr zu begeben, nicht noch einmal die Wut des Dons, des Herrschers über Pietra und Castelbore und die gesamte Gegend bis hinunter nach Neapel, auf sich zu ziehen, so liebten Angelica und Gabriele das Mädchen Rosa zu sehr, als dass sie der Liebe der beiden Kinder im Weg stehen wollten.

Angelica war es auch, die als Erste bemerkte, dass mit Rosa etwas vorging. Die die junge Frau beiseitenahm und sie unter vier Augen befragte und anschließend verkündete, dass Rosa schwanger sein musste.

Und so waren sie auf den Plan mit dem vorgetäuschten Selbstmord gekommen.

»Schau«, stieß Giancarlo Sergio nun an, der in Gedanken versunken auf seinem Liegewagenbett lag, die Augen geschlossen, bereit, ins Reich der Träume zu dämmern, und zeigte aus dem Zugfenster. »Da oben ist Schnee!«

Und tatsächlich, die steinernen Giganten, zwischen deren steile Wände sich der Zug nun schob, waren an den Gipfeln weiß gepudert, wie die Cornetti, die Sergio von seinem Papa bekommen hatte, wenn er ihn nach Neapel begleitet hatte, wo sein Vater, der Gerber, seine Häute verkaufte. Diese Hörnchen waren etwas ganz Besonderes gewesen. Der kleine Bub bekam so eine Köstlichkeit nicht alle Tage, und sein Papa hatte ihm stets erzählt, dass der Puderzucker auf den Hörnchen aussah wie echter Schnee auf den hohen Bergen.

Sergio legte sich wieder auf den Rücken, zog die kratzige Decke bis zum Kinn hoch und schaute hinaus. Ließ die Landschaft, die ihm fremd war, vor den Augen vorbeiziehen, bewunderte den klaren Fluss, der den Weg des Zugs dann und wann kreuzte und der die Farbe geschmolzenen Eises hatte. Er sah Wasser, das von den grauen Felsen herabstürzte, Häuser, mehrstöckig und mit Schindeldächern, mit Holz verkleidet und so ganz anders als die steinernen Häuser seiner Heimat.

Deutschland, dachte er, das habe ich so leichthin gesagt, weil ich dachte, dass es mir Möglichkeiten bietet. Aber ich habe mir niemals vorgestellt, dass ich eine Reise in die Ungewissheit antrete. Dass die Landschaft und die Städte, die Sprache und das Essen, ja sogar die Kleidung und die Gebräuche sich von allem unterscheiden, was ich kenne. Ich werde ein Fremder sein, auf mich allein gestellt, und alles, was ich habe, wird meine Erinnerung sein.

Und mit diesen Gedanken schlief er ein.

10

Selina

Auf dem Weg von Deutschland nach Italien, 2023

Sieben Uhr morgens in Florenz. Selina stand auf dem Bahnhofsvorplatz und sah sich nach allen Richtungen um. Ihr Anschlusszug nach Neapel hatte eine Stunde Verspätung, und diese eine Stunde wollte sie nutzen, um wenigstens einen Cappuccino außerhalb des Bahnhofs zu trinken. Sie folgte einem Schild ins »Centro storico« in westliche Richtung, und nachdem sie eine große Straße überquert hatte, war sie in einer anderen Welt. Kleine verwinkelte Gassen, ein hübscher Platz mit mächtigen Bäumen – und natürlich eine einladende, typisch italienische Bar, aus der es verlockend nach frisch gekochtem Kaffee roch. Sie zog ihren Rollkoffer über das Kopfsteinpflaster und schämte sich kurz des Lärms, den er machte, bis ihr auffiel, dass rund um sie herum das Leben tobte – niemand würde sich an dem Geräusch stören. Roller knatterten durch die Gassen, Menschen waren auf dem Weg zur Arbeit, Autos stauten sich und hupten wild.

In der Bar musste sich Selina kurz orientieren, denn im Gegensatz zu deutschen Cafés bezahlte man zunächst an der Kasse, bekam dann einen Bon, den man über den Tresen reichte, und erst anschließend seine Bestellung serviert. Alles passierte in atemberaubendem Tempo, denn die Gäste der Bar nahmen rasch ihr Frühstück im Stehen ein, um dann weiter zur Arbeit zu ziehen. Nur am Ende des Tresens saß ein Mann und las in aller Seelenruhe seine Zeitung. Alle anderen schienen um diese Zeit bereits hellwach, jedenfalls wenn man nach der Intensität ihrer Gespräche ging.

Selina hatte in der Nacht erstaunlich gut geschlafen. Sie hatte ein Bett im Liegewagenabteil gehabt, das jedoch nur zur Hälfte gefüllt gewesen war. Außer ihr waren noch zwei weitere Frauen gereist. Selina hatte sich eine Zeit lang auf dem Gang aufgehalten und so lange aus dem Fenster gesehen, bis es so stockfinster geworden war, dass sie nicht mal mehr Silhouetten erkennen konnte. Dann hatte sie sich ins Bett gelegt und gelesen, aber als ihr immer wieder die Augen zufielen, hatte sie das Buch zur Seite gelegt und war schnell eingeschlafen. Im Gegensatz zu ihrer Befürchtung, die Geräusche des Zugs würden sie am Einschlafen hindern, war das Gegenteil der Fall gewesen – das regelmäßige Rattern der Schienenschwellen war beruhigend. In der Nacht hatte sie ohne Pause durchgeschlafen, wild geträumt und war um sechs ausgeruht aufgewacht.

Und nun stand sie in Florenz! Selina bedauerte ein bisschen, dass sie gleich einen Anschluss nach Neapel gebucht hatte – eigentlich hatte sie keine Eile, warum also nicht ein, zwei Tage in Florenz verbringen? Sie nahm sich fest vor, auf der Rückreise einen kurzen Stopp einzuplanen.

Selina nahm nun ihren Cappuccino und zog sich an einen der drei winzigen Tische in der Bar zurück. Zum Kaffee hatte sie sich noch ein Cornetto bestellt, ein Hörnchen mit losem Puderzucker, das noch warm war und köstlich schmeckte.

Der Besuch bei ihrem Bruder Fabio war sehr innig gewesen. Seit drei Jahren war er nun dort unten in Bayern, und trotz häufiger Appelle seinerseits hatte sie es bislang nicht geschafft, ihn zu besuchen. Was auch nur eine schlechte Ausrede war, dachte Selina. Ihr schien Berchtesgaden nicht attraktiv genug, ständig hatte sie etwas anderes um die Ohren gehabt, dann kam Corona, und im vergangenen halben Jahr war es ihr zu schlecht gegangen. Ein Fehler! Jetzt, da sie ihr Bedürfnis nach Familienzusammenhalt für sich entdeckt hatte, fand sie, dass sie unbedingt das nötige Interesse für das Leben ihres Bruders hätte aufbringen müssen. Nahm man Familie manchmal einfach für allzu selbstverständlich? Auch familiäre Beziehungen wollten gepflegt werden, nicht nur Freundschaften. Das begriff sie jetzt erst, zum Glück war es für eine Umkehr nicht zu spät.

Fabio hatte ein tolles Leben in Berchtesgaden. Er hauste in einer kleinen Dachgeschosswohnung, ein winziges Zimmer mit offener Küche und Duschbad – ein richtiges Idyll mit Blick auf die mächtige Bergkulisse und oberhalb einer Straße, die direkt aus einem Werbeprospekt für Lüftlmalerei entsprungen zu sein schien – mehr Filmkulisse als Realität! Sie hatten am Abend nach ihrer Ankunft zusammen gekocht, über Sergio, Selinas Reise, die Idee Ingas, wieder nach Deutschland zu kommen, und das *Bella Italia* gesprochen. Weit nach Mitternacht waren sie ins Bett gekippt, Fabio hatte eine kurze Nacht. Er musste um sechs wieder aus den Federn, damit er um sieben Uhr pünktlich in der Werkstatt seines Schreinermeisters stand. Selina hatte sich auf die andere Seite gedreht und weitergeschlafen.

Solange ihr Bruder bei der Arbeit war, nutzte sie den Tag und schlenderte durch Berchtesgaden, der Eindruck der Postkartenidylle wollte aber nicht weichen. Wie konnte es sein, dass es Orte gab, die wirklich so aussahen, wie es sich die Tourismusindustrie nicht besser hätte ausdenken können? Sogar zwei alten Männern in Tracht und mit übergroßen Gamsbärten an ihren Filzhüten war sie begegnet – von Frauen im Dirndl ganz zu schweigen. Es gab also Menschen in Bayern, die ihr Brauchtum unaufgeregt pflegten – Selina kam aus dem Staunen nicht mehr heraus. Wie auch die anderen Touristen, mit denen sie sich durch das malerische Städtchen schob. Denn das immerhin trübte die Idylle – Berchtesgaden war um diese Jahreszeit vollkommen überfüllt mit Bergtouristen, Rentnern in beiger Wanderkleidung, Wohnmobilen und Tourenradlern.

Tracht gab es in Florenz nicht, aber das Klischee bedienten die Italiener um Selina herum trotzdem. Die meisten von ihnen waren ausnehmend gut, alle aber gepflegt gekleidet. Und sie unterhielten sich tatsächlich mit Händen und Füßen, ganz so, wie Sergio es als italienisch-deutsches Original seinen Gästen vorgegaukelt hatte. Die kleine Frühstückspause in Florenz schien Selina die richtige Einstimmung für ihren Italienaufenthalt zu sein, und so zog sie rechtzeitig ihren Rollkoffer wieder gen Firenze Santa Maria Novella, den Bahnhof.

Sie hatte die Fahrt extra so gewählt, dass der interessanteste Teil der Reise, von Florenz nach Neapel, am Tag verlief. So konnte sie stundenlang aus dem Fenster sehen und die Schönheit der Landschaft bewundern. Die Strecke führte quer durch die Toskana und über Rom, und schon nach drei Stunden, in denen sie kaum etwas anderes gemacht hatte, als aus dem Fenster zu starren, hielt der Zug in Neapel.

Selina schloss ihr Gepäck in ein Schließfach und verließ den Bahnhof. Die Sonne stand noch nicht in ihrem Zenit, und doch war es so heiß, dass Selina der Schweiß hinunterlief. Sie trug ein leichtes Sommerkleid, die Strickjacke hatte sie wohlweislich im Schließfach gelassen. Da sie wusste, dass mindestens stündlich ein Zug nach Castelbore fuhr, wo sie ein Appartement gemietet hatte, ließ sie sich durch die Stadt treiben, ohne direktes Ziel vor Augen. Sie folgte ihrem Bauchgefühl und bog immer in die Straße ein, die ihr am meisten gefiel.

Und ihr gefiel so einiges! Selina ließ sich durch das lebendige Zentrum Neapels treiben, staunend, fotografierend, fasziniert. Sie streichelte streunende Katzen, setzte sich auf die Stufen einer Kirche, die in einer verborgenen Gasse lag, sah dem Treiben an einem kleinen Markt zu, fernab der touristischen Pfade, trank eine völlig überteuerte Cola vor dem Opernhaus und kaufte sich eine original neapolitanische Pizza in einem Nepper-Schlepper-Straßenverkauf, die so grauenhaft schmeckte, dass sie in den nächsten Mülleimer wanderte. Sie hatte sich absichtlich nicht vorab informiert, wo welche Sehenswürdigkeiten oder die beste Eisdiele zu finden war, stattdessen wollte sie mit offenen Augen die Stadt auf sich wirken lassen. Wer hatte noch mal gesagt, Neapel sei eine abgehalfterte Operndiva, deren Glanz noch durch die abgeblätterte Schminke strahlte? Es schien ihr ein treffendes Bild, und Selina verlor ihr Herz augenblicklich an die Stadt, in der Dreck, Elend und strahlende Schönheit so nah beieinanderlagen.

Vier Stunden später nahm sie den Zug nach Castelbore, wohl wissend, dass sie bald nach Neapel zurückkehren würde. Die Suche nach dem Waisenhaus, in dem Sergio gewesen sein musste, schob sie auf, zunächst stand ein Besuch in Pietra, seinem Heimatort, auf dem Programm. Von dem Appartement, das sie in Castelbore bewohnen würde, führte ein malerischer Wanderweg – zumindest sah es im Internet so aus – durch die Macchia ins höher gelegene Pietra Alta.

Dank der Karte in ihrem Handy war der Weg vom Bahnhof zu der Adresse, wo sie ihren Schlüssel zur Wohnung holen sollte, nicht schwierig zu finden. Die Frau, die ihr den Schlüssel übergab, Nathalie, arbeitete in einem Klamottenladen, deshalb hatten sie sich auch darauf geeinigt, dass Selina irgendwann während der Ladenöffnungszeiten kommen sollte.

»Das ist also dein Reich«, sagte Nathalie, nachdem sie Selina in den dritten Stock des Nachbarhauses geführt und ihr die Wohnungstür aufgesperrt hatte. Nathalie sprach fließend Englisch, wofür Selina sehr dankbar war, denn auf Italienisch wäre die Verständigung deutlich komplizierter ausgefallen.

Selina stockte der Atem. Die Ferienwohnung war klein, nur ein Wohn- und Schlafraum mit integrierter Küchenzeile, aber bereits von der Eingangstür konnte man durch das Wohnzimmer auf den Balkon blicken – und von dort auf das Meer! Was für eine Aussicht! Selina war begeistert, sie wusste auf der Stelle, dass sie sich hier sehr wohlfühlen würde. Es war atemberaubend – sie sah sich bereits morgens auf dem Balkon frühstücken und am Abend den Tag mit einem Glas Wein und dem Blick über das Meer ausklingen lassen.

Nathalie freute sich über Selinas Begeisterung und bot ihr an, dass sie sich jederzeit mit Fragen an sie wenden könne; sie wohnte mit ihrem Freund direkt nebenan. Dann gab sie ihr noch ein paar Tipps, wo Selina gut und günstig Lebensmittel einkaufen und einen Kaffee trinken konnte, verabschiedete sich herzlich, und Selina war allein in der Wohnung.

Sofort machte sie ein paar Fotos und schickte sie an ihre Familie und ihre Freundin Rieke. Kurz überlegte sie, sandte dann aber auch ein Bild von der sagenhaften Aussicht an Sven. »Danke, dass du mich ermutigt hast«, schrieb sie, »es hat sich jetzt schon gelohnt.«

Rasch räumte sie ihre wenigen Sachen in den Schrank und machte sich danach auf, um ein paar Einkäufe zu tätigen. Nach dem Cornetto in Florenz und den wenigen Bissen von der grauenvollen Pizza in Neapel hatte sie kaum etwas zu sich genommen.

Eine Stunde später drehte sie Spaghetti mit selbst gekochter Arrabbiata-Soße auf ihre Gabel, nippte an ihrem Weißwein und genoss den Blick vom Balkon. Es war früher Abend, die kleine Stadt war voller Leben, und es gab deutlich weniger Touristen als in Berchtesgaden. Der Blick über das Umland von Castelbore, die kampanische Landschaft und das Meer verursachten bei Selina ein Hochgefühl, wie sie es schon sehr lange nicht mehr gespürt hatte. Seit Monaten fühlte sie sich, als lebe sie unter einer Glasglocke – sie sah den Himmel über sich, fühlte sich jedoch gefangen. Jetzt und hier, unter der Sonne Italiens, spürte Selina trotz der Reiseerschöpfung, wie die Kraft langsam zu ihr zurückkehrte. Sie atmete tief ein und ließ die positive Energie durch Herz und Körper strömen. Ihr Handy zeigte den Eingang von Nachrichten an. Zuerst öffnete sie die von Sven. »Brauchen die da eventuell einen Schäfer?«, hatte er geschrieben sowie ein Emoji mit Herzen als Augen gesandt. Selina musste lächeln. Sie nahm sich vor, ihm ab und zu ein Foto von ihrem Aufenthalt zu schicken – wenn er schon nicht selbst in den Urlaub fahren konnte, würde er sich vielleicht mit ihr über die Schönheit der Natur freuen können.

Ihr Papa hatte ebenfalls geschrieben. Er war begeistert von dem Foto und schrieb ihr, dass er den Ort gegoogelt habe – »eine Hochburg der Camorra!«.

Selina wusste, dass das keine ernsthafte Warnung, sondern ein Scherz war. »Wer weiß – vielleicht musste Sergio deshalb flüchten?«, antwortete sie, dahinter ein lachendes Emoji und eines mit schwarzer Sonnenbrille.

Sie saß noch auf dem Balkon, bis die Sonne im Meer versank, dann spürte sie bleierne Müdigkeit in den Gliedern und legte sich ebenfalls zum Schlafen.

Mit der Gewissheit, dass der nächste Tag ein guter werden würde und sie die richtige Entscheidung – sich auf die Spurensuche nach ihren italienischen Wurzeln zu machen – getroffen hatte.

11

Den Sonnenaufgang am Morgen verpasste Selina – sie hatte geschlafen wie ein Stein, und als sie unter der Bettdecke hervorblinzelte, war es bereits nach neun und taghell in dem Zimmer. Das Appartement hatte kein abgetrenntes Schlafzimmer, sondern eine Schlafcouch, was sie aber kein bisschen störte. Im Gegenteil: Sie fand es durchaus gemütlich, in dem großen hellen Raum wach zu werden. Und das Erste, was sie morgens sah, war das Meer! Durch die Gitterstäbe des Balkons blickte sie auf den sonnenbeschienenen Hügel von Castelbore bis hinunter an die Küste. Die lag einige Kilometer weit entfernt, aber das sanfte Strahlen, das entstand, wenn sich Meer und Himmel am Horizont küssten, drang bis zu ihr.

Selina setzte sich auf. Der Blick nach draußen war von überwältigender Schönheit. Was für ein wunderbarer Flecken Erde dies war! Sie freute sich darauf, die Gegend in den vor ihr liegenden zwei Wochen zu erkunden – unabhängig davon, was sie über Sergio und den italienischen Teil der Familie herausbekommen würde. Zwei Wochen, das war der Zeitrahmen, den sie sich für ihren Italienaufenthalt gesetzt hatte. Bis das *Bella Italia* wieder öffnete, dauerte es zwar noch drei Wochen, aber zum einen wollte sie ihre Ersparnisse nicht komplett verpulvern, und zum anderen hoffte Selina, dass sie auf der Italienreise, mit Abstand zu allem, was sie zu Hause gedanklich band und deprimierte, zu einem Entschluss in Bezug auf ihre Zukunft gelangen würde. Sie hatte sich in allerletzter Minute noch für das Wintersemester zurückgemeldet, da sie Marcello in die Hand versprochen hatte, ihre Bachelorarbeit zu schreiben, und daran wollte sie sich auch halten. Wenn sie die abgegeben hatte, musste ihr Zukunftsplan stehen, schon um ihres Seelenheils willen.

Nach einem Frühstück auf der Terrasse riss sich Selina irgendwann los und streifte sich ihre Sneaker über – mit Flipflops würde sie keinesfalls den bergigen Weg nach Pietra erklimmen. Sie hatte sowohl von ihrer Vermieterin Nathalie eine Wegbeschreibung bekommen als auch im Handy einen Wandertipp gefunden. Offenbar war der Weg von Castelbore zu dem höher gelegenen Örtchen Pietra, mitten im Nationalpark des Vesuv, eine viel empfohlene Wanderung.

Und das mit Grund, stellte Selina nach gut einer Stunde fest. Sie hatte eine kleine Pause eingelegt, denn die Temperatur war bereits auf über dreißig Grad angestiegen. Selina hatte sich gut vorbereitet, holte jetzt ihre Flasche Wasser heraus und blickte, im Schatten einer Steineiche sitzend, über den Berghang des Vesuv und die Ortschaften unter ihr. Weich zog sich das Hügelland bis hin zum Mittelmeer, das in der Hitze flirrte und dessen Horizontlinie sich nahtlos mit dem strahlend blauen Himmel verband. Auf dem Wasser kreuzten Schiffe, für Selina waren sie stecknadelkopfgroß, aber wahrscheinlich handelte es sich bei näherer Betrachtung um riesenhafte Jachten.

Die Luft roch würzig nach den Kräutern, die sich zwischen das Gestrüpp der Macchia mischten, aber ein wenig auch nach Ziegen, die frei auf dem Berg grasten. Die Tiere trugen kleine Glöckchen um den Hals, deren sanftes helles Gebimmel die Wanderer begleitete.

Selina hatte schon viele Fotos gemacht – für ihre Familie von der traumhaften Umgebung und für Sven von den frei umherlaufenden Ziegen.

Nach einer weiteren Stunde Fußweg, der laut dem digitalen Wanderführer früher einmal ein Eselstrail gewesen war, erreichte Selina das kleine Pietra Alta. Das malerische Bergdorf schien durch und durch aus Steinhäusern zu bestehen, nur wenige der kleinen Häuser, die sich an die schmale Hauptstraße pressten, waren verputzt. Selina hatte gelesen, dass Pietra Alta vor einigen Jahren aus dem Dornröschenschlaf geweckt worden war, offenbar hatte es sich eine Gruppe junger Italiener zur Aufgabe gemacht, die alten Steinhäuser aufwendig zu restaurieren, ebenso Kirche, Straßen und Plätze. Heute stand es als Ensemble unter Denkmalschutz und diente immer wieder als Kulisse für Filme.

Aber wo sollte sie anfangen, hier nach Spuren ihres Großvaters zu suchen?

Selina beschloss, sich erst mal ins Café zu setzen. Es war gar nicht so einfach, einen Platz zu finden; der malerische Ort war von Touristen fast überlaufen. Trotzdem ergatterte sie einen Stuhl an einem Tisch, wo schon zwei englische Urlauberinnen saßen, die – so viel konnte Selina ihrem Gespräch entnehmen – der festen Überzeugung waren, auf den Spuren von James-Bond-Darsteller Daniel Craig zu sein. Sie glaubten, alle möglichen Hinweise in dem Dorf zu entdecken, dass hier ein Teil des Actionfilms gedreht worden war.

Am Eingang zu dem Café, das sich an einer hübschen Piazza befand, bemerkte Selina eine Tafel, auf der mit Hand ein paar Gerichte notiert waren. Ihr lief augenblicklich das Wasser im Mund zusammen, der Aufstieg in der Hitze hatte sie hungrig gemacht. Sie bestellte Pasta Monte Mare – das Beste aus den Bergen und dem Meer. Wenig später stellte der Kellner eine große Portion Spaghetti mit frischen Steinpilzen und Scampi vor ihr ab.

Selina bedankte sich und fragte ihn auf Englisch, ob er wisse, ob es für Pietra eine Art Archiv, ein Einwohnermeldeamt oder etwas Ähnliches gebe. Sie erzählte, dass ihr Großvater aus dem Dorf stamme und sie Näheres erfahren wolle.

Aber der junge Mann zuckte nur mit den Schultern. »Tut mir leid«, antwortete er ihr in fließendem Englisch. »Ich jobbe hier nur. Ich habe keine Ahnung. In dem Dorf wohnen nur noch wenige Leute von früher, jedenfalls sehe ich kaum welche. Nur Zugezogene, Feriengäste und Leute, die hier arbeiten. Aber versuch es doch einmal bei Gabriella von der Touristeninformation.« Er zeigte quer über den Platz. Dort war über einer winzigen Eingangstür das charakteristische rote »I« angebracht.

Die junge Frau, die in dem vielleicht zehn Quadratmeter großen Laden hinter einem Tresen stand, strahlte Selina freundlich an. Das Mittagessen war köstlich gewesen, Selina hatte sich danach noch einen Espresso bestellt – und war ordentlich zusammengezuckt, als sie die Rechnung bekommen hatte. Jeden Tag konnte sie sich das nicht leisten, sonst würde ihr Geld schneller als gedacht zur Neige gehen.

»Wie kann ich helfen?«, erkundigte sich die Frau, bei der es sich um Gabriella handeln musste, wenn der Kellner recht gehabt hatte. Sie sprach Englisch, aber als Selina zu einer Antwort anhob, unterbrach die junge Frau sie freundlich.

»Sind Sie aus Deutschland? Wir können uns gern auch auf Deutsch unterhalten.«

»Sie sprechen ja perfekt«, lobte Selina, und schnell waren die beiden Frauen in ein Gespräch verwickelt. Selina erzählte erneut, warum sie in Pietra war und was sie suchte.

Gabriella war begeistert. »Ihr Großvater stammt von hier? Oh, das wird Tonio interessieren! Sie müssen unbedingt mit ihm Kontakt aufnehmen – ich fürchte, dass Ihnen niemand anders helfen kann.«

»Tonio?«

»Tonio Santini«, konkretisierte Gabriella und notierte Namen und eine Handynummer auf einem Zettel, den sie Selina reichte. Und dann erzählte sie ihr, dass es sich bei Pietra mehr oder weniger um ein Museumsdorf handelte. Offenbar hatte es bis in die späten Fünfzigerjahre hinein eine florierende Landwirtschaft gegeben – Obst- und Weinanbau. Allerdings waren die Bewohner Pietras mehr oder weniger Leibeigene des Gutsbesitzers Guardini gewesen. Ein Mitglied der Camorra, ohne eigenen Nachkommen. Als er starb, wurde sein Besitz unter anderen Mitgliedern der kriminellen Vereinigung verteilt, die Bewohner Pietras jedoch wanderten einer nach dem anderen ab und verließen zu großen Teilen das Dorf. Es verfiel in den darauffolgenden Jahren mehr und mehr, nur noch wenige Alte hielten die Stellung. Die Jungen nutzten Pietra allerhöchstens zum Schlafen – Arbeit jedoch fanden sie nur in Neapel oder noch weiter weg.

»Um die Jahrtausendwende haben es dann die Studenten entdeckt«, fuhr Gabriella fort. Sie hatte Selina mittlerweile aus ihrem kleinen Touristenbüro nach draußen geführt und zeigte während ihrer Erzählung auf einzelne Gebäude. Offensichtlich hatte es eine Gruppe Geschichtsstudenten gegeben, die das verschlafene Kleinod wiederentdeckt hatten. Zusammen mit jungen Architekten und Bauingenieuren hatten sie EU-Gelder beantragt und sich darangemacht, das Dörfchen vor dem Verfall zu retten. Mit Erfolg! Seitdem lebten in Pietra nur noch wenige Alteingesessene, einige der ehemaligen Studenten hatten Häuser erworben, aber viele der Gebäude waren vermietet oder verkauft. An Feriengäste, aber auch an Zweitwohnungsbesitzer. Man lebte vom Tourismus, die Landwirtschaft spielte bis auf wenige Hobbybauern keine Rolle mehr. Tonio Santini war einer der Studenten gewesen, der mitgeholfen hatte, Pietra vor dem Verfall zu retten. Er lebte in Neapel, kam jedoch ab und zu hierher, weil er noch immer daran arbeitete, eine vollständige Chronik des Dorfs zu erstellen.

»Wenn Ihnen jemand Auskunft über Ihren Großvater oder seine Familie geben kann – dann ist es Tonio.« Gabriella strahlte Selina an. »Wie aufregend muss das sein, Sie kommen den ganzen Weg von Deutschland hierher und sehen zum ersten Mal, wo Ihre Vorfahren gelebt haben!«

»Ja, schon«, stimmte Selina zu, »aber im Moment bin ich eher verwirrt. Mein Opa hat niemals von Pietra gesprochen, das ist alles relativ neu. Ich kann noch gar nicht glauben, dass ich Urgroßeltern hatte, die hier gelebt haben.« Sie machte eine vage Armbewegung rund um die Piazza. »Ich meine: hier – was für ein Paradies.«

»So erscheint es uns heute, ja«, stimmte die junge Frau aus dem Tourismusbüro zu. »Aber zu den Zeiten, als Ihre Großeltern und Urgroßeltern hier gelebt haben, muss es alles andere als ein Paradies gewesen sein. Die Menschen waren arm, und dieser Lorenzo Guardini muss sie gehalten haben wie Sklaven.« Dann hellte sich ihre Miene wieder auf. »Aber dazu kann Tonio Ihnen mehr sagen. Rufen Sie ihn an! Er wird begeistert sein!«

Damit verabschiedete sie sich, und Selina blieb in der hellen Nachmittagssonne auf der Piazza zurück. Sie überlegte, ob sie den Historiker sofort anrufen sollte, aber dann entschied sie sich dafür, sich erst einmal selbst im Ort umzusehen. Weiß der Teufel, was sie finden würde. Sie hatte das Gefühl, dass sie die Atmosphäre des Orts in sich aufnehmen wollte, bevor sie mit Tonio Santini sprach.

Sie schlenderte von der Piazza noch ein Stück die Hauptstraße hinauf, wobei die schmale kopfsteingepflasterte Straße dieser hochtrabenden Bezeichnung nicht gerecht wurde. Von ihr zweigten ein paar wenige Gassen ab, insgesamt mochte es nicht mehr als zehn bis fünfzehn kleinere Straßen und gepflasterte Wege in Pietra Alta geben, von denen höchstens die Hälfte mit dem Auto befahrbar waren. Dazu kamen noch einige Trampelpfade, die ums Dorf herum verliefen und entweder als Eselstrails weiter den Vesuv hinauf verliefen oder in die angrenzenden Weinberge und ehemaligen Obstplantagen führten. Die Obstbäume wurden augenscheinlich nicht mehr kultiviert, die Weinstöcke jedoch waren gepflegt und trugen reichlich. Offenbar hatten sich Winzer der einstmals verlassenen Weinberge angenommen.

Pietra war ein unfassbar romantischer und malerischer Ort, überall luden Trockenmauern und kleine Plätze zum Niederlassen ein, Weinranken wuchsen an den Mauern aus grobem Stein empor, hier und da entdeckte Selina auch Leben in den Häusern, Wäsche hing auf Terrassen aufgespannt, Musik drang aus den Fenstern, oder ein Roller stand angelehnt vor der Haustür. Außer ihr waren eine Menge Urlauber unterwegs, jede idyllische Ecke des Dorfs wurde fotografiert.

Die Kirche von Pietra stand mitten im Dorf und war, gemessen an der kleinen Ortschaft, verhältnismäßig groß. Typisch Katholizismus, dachte Selina, während sie es sich auf einer Bank direkt gegenüber der Kirche bequem machte. Ein wilder Feigenbaum breitete seine großlappigen Blätter über ihr aus und bedeckte sie mit lichtem Schatten.

Selina dachte an den Feigenbaum im Garten ihrer Großmutter. Er stammte ebenfalls aus Italien, hatten ihre Großeltern jedenfalls behauptet, aber wie er seinen Weg nach Deutschland gefunden hatte, wusste sie nicht. Ob Sergio einen Ableger nach Deutschland mitgebracht hatte?, überlegte sie und dachte an die Fahrkarte ihres Großvaters, die belegte, dass er sehr wohl noch einmal nach Italien zurückgekehrt war. Über ein Jahr nachdem er nach Deutschland gekommen war, 1958. War er hierhergekommen, nach Pietra? Über diese Straße gelaufen? Hatte er jemals auf der steinernen Bank gesessen, auf der sie jetzt saß?

Selina versuchte, sich Sergio vorzustellen. Sie hatte gerade erst mit Marianne die Fotokiste durchgekramt und eine gute Vorstellung von ihrem Großvater als jungem Mann. Die charakteristische schwarze Haartolle, die schlaksige Gestalt. Er war ein feingliedriger und gut aussehender Mann gewesen, kein Wunder, dass er das Herz der Deutschen erobert hatte. Wie durfte sie sich Pietra vorstellen, wie mochte es gewesen sein, hier aufzuwachsen? Was hatten ihre Urgroßeltern gemacht, welche Berufe hatten sie ausgeübt? Waren sie arm oder vermögend gewesen? Aus den Erzählungen Gabriellas entnahm sie, dass die Bewohner des Dorfs eher bäuerlich und wenig begütert gewesen waren. War ihr Opa ein armes Kind gewesen? Offenbar hatte hier nur einer

Geld und Gut besessen, nämlich der Mafioso Lorenzo Guardini. Die Mafia … Selina schüttelte sich. Klar, man las viel über organisierte Kriminalität, aber im Grunde war ihre Vorstellung die, die amerikanische Filme ihr von der »ehrenwerten Gesellschaft« vorgegaukelt hatten. Dass sie plötzlich direkt damit konfrontiert war und es noch in den späten Fünfzigerjahren hier einen Gutsbesitzer gegeben hatte, der sich Arbeiter wie Leibeigene gehalten hatte – konnte man sich das vorstellen? War das glaubhaft? Und wie standen die Catalongos mit diesem Guardini in Verbindung? Sie würde dem Historiker Tonio Santini Löcher in den Bauch fragen, der arme Mann.

»Sergio Catalongo?« Tonio Santini sprach fabelhaftes Englisch, was als Wissenschaftler im 21. Jahrhundert selbstverständlich war. Dass Südländer schlecht in Fremdsprachen waren, war ein völlig überkommenes Vorurteil, Selina schämte sich, dass sie es einfach so übernommen hatte.

»Das sagt mir nichts«, fuhr Tonio Santini fort, »aber das hat überhaupt nichts zu bedeuten. Ich habe nicht alle ehemaligen Einwohner Pietras im Kopf.«

Selina hatte ihn von der Bank vor der Kirche aus angerufen und ihm ihre Geschichte erzählt. Der Wissenschaftler zeigte sich sofort hocherfreut und überaus hilfsbereit. »Wann, sagen Sie, hat er Pietra verlassen?«

»1956 muss das gewesen sein. Seine Eltern haben da vielleicht noch hier gelebt, er hatte eventuell auch eine Schwester.« Selina überlegte. »Mehr weiß ich leider nicht, ich habe nur seine behelfsmäßige Geburtsurkunde gefunden.«

»Wir müssten das Kirchenregister durchgehen. Ist alles noch da – bis der letzte Priester seine Stellung aufgegeben hat. Das war in den Siebzigerjahren.«

Selina hielt den Atem an. Es gab also ein Archiv! Und Tonio Santini hatte Zugang dazu – Gabriella hatte recht behalten, der Historiker würde ihr weiterhelfen können.

»Ich bin erst morgen wieder in Pietra«, sagte er nun, »wir können uns sehr gern treffen. Ich interessiere mich für wirklich alles, was mit dem Ort in Verbindung steht. Pietra hat einen regelrechten Exodus erfahren, wie die meisten armen Bergdörfer«, fuhr er jetzt fort, »und ich freue mich, wenn wir auf Familien stoßen, die hier ansässig waren. Jedes Einzelschicksal macht den Ort und seine Geschichte lebendiger.«

Selina hatte schon nach den ersten Sätzen des Mannes Sympathie für ihn gefasst. Santini klang freundlich, seine weiche Stimme hörte sich an, als lächle er in einem fort.

»Wann haben Sie Zeit?«, fragte er sie. »Wohnen Sie in Pietra?«

»Nein, in Castelbore. Und die Uhrzeit ist mir egal. Ich bin ja im Urlaub.«

»Soll ich Sie mitnehmen? Ich komme mit dem Auto.«

Selina überlegte kurz, lehnte dann aber ab. Die Wanderung war so wunderschön gewesen, gern machte sie den Aufstieg ein zweites Mal.

Santini schlug vor, dass sie ihn in seinem Büro aufsuchte, und nannte ihr eine Uhrzeit am späten Vormittag. Selina willigte begeistert ein.

»Ich führe Sie gern auch ein bisschen herum«, sagte Santini zum Abschluss. »Vielleicht haben wir Glück und finden eine Adresse Ihrer Familie. Falls ja, wird das Haus vermutlich heute noch existieren, nach dem Krieg wurde in Pietra niemals etwas abgerissen oder anderweitig zerstört, soviel ich weiß.«

Als sie sich verabschiedet und aufgelegt hatten, erhob sich Selina von der Mauer. Es ging auf vier Uhr am Nachmittag zu, wenn sie sich bald an den Abstieg nach Castelbore machte, würde sie im Dorf noch einkaufen gehen können, um sich am Abend etwas zu kochen. Und später würde sie bei einem Campari Orange den Sonnenuntergang über dem Meer von ihrer Terrasse aus beobachten.

Sie freute sich darauf, ihren Papa anzurufen und ihm haarklein zu erzählen, wie es hier war. Vielleicht, so überlegte sie, sollte sie eine Art Tagebuch schreiben, einen kleinen Bericht über ihre Reise in die Vergangenheit. Vielleicht konnte sie später, zusammen mit den vielen Fotos, ein kleines Büchlein daraus machen. Für sich, aber auch für ihre Familie.

Beschwingt lief Selina um die Kirche herum. Es war eine goldrichtige Entscheidung gewesen, nach Pietra zu fahren! Die traumschöne Landschaft tat ihrer Seele so gut, vergessen war ihre Lebenskrise und das graue Berlin. Warum nur war Sergio von hier fortgegangen, fragte sie sich. Ausgerechnet in das graue Deutschland, das vom Krieg gezeichnete spießige Wirtschaftswunderland mit seinen rußigen Schloten, dem kalten Wetter und fetten Essen. Wenn man das hier haben konnte! Sonne, Wärme, Obst, das man direkt von den Bäumen pflücken konnte, und das Meer fast vor der Haustür!

Hinter der Kirche befand sich der Friedhof Pietras, der, weil die Bewohner zum größten Teil fort waren, wild überwuchert war. Üppiges Grün breitete sich zwischen den Kreuzen aus, auf einer Grabplatte saß eine Katze in der Sonne und putzte sich. Selina beschloss, vor dem Abstieg nach Castelbore eine Runde über den kleinen Gottesacker zu drehen, der so friedlich und idyllisch vor ihr lag. Hierher hatten sich noch keine anderen Touristen verirrt, sie würde sich ungestört umsehen können.

Die meisten Grabstellen waren überwuchert, tief senkten sich die Äste der großen Bäume über die letzten Ruhestätten. Selina bemerkte zu ihrem Entzücken zwei große Esskastanien. Einige wenige Gräber jedoch wurden gepflegt, manch ein Todesdatum wies darauf hin, dass hier auch noch vereinzelt Menschen zur Ruhe gebettet worden waren. Vielleicht waren die Bewohner Pietras nach ihrem Tod wieder hierher zurückgekehrt, dachte Selina, bestimmt mochte der eine oder andere in heimischer Erde beigesetzt werden. Eine schmale Treppe, auch sie halb zugewachsen, führte in einen etwas abgelegeneren Teil des Friedhofs. Er lag am Rand, dahinter kam ein kleines Wäldchen und dann die Weinberge. In diesem Teil überwogen einfache Kreuze, weniger Grabsteine. Interessiert lief Selina durch die Reihen, sie mochte die besinnliche Atmosphäre auf Friedhöfen, aber trotzdem erfasste sie stets leichtes Schaudern. Sie fragte sich, wie die Menschen, die hier begraben lagen, gestorben waren. Waren sie in Frieden gegangen? Oder hatten sie sich gequält? Wurden sie beweint? Wer vermisste sie?

Plötzlich fiel ihr Blick auf ein gusseisernes Kreuz. Es stand schief in der Erde, und später konnte Selina nicht mehr sagen, warum sie ausgerechnet bei diesem Kreuz stehen geblieben war und die Inschrift gelesen hatte. War es Schicksal?

Catalongo, das war das Erste, was ihr ins Auge fiel. Sie blieb stehen, beugte sich hinunter, das Kreuz und die daran angebrachte Emaille-Plakette mit den Namen waren verwittert, aber den Namen Catalongo konnte sie deutlich lesen.

Angelica Catalongo, geboren 1904, gestorben 1958.

Darunter Gabriele Catalongo, er war bald nach seiner Frau gegangen, ebenfalls nicht alt geworden, lediglich sechzig Jahre. Doch darunter stand noch ein Name. Selina glaubte, ihren Augen nicht zu trauen, deshalb wischte sie mit einer Hand den Staub und Dreck vom Emaille. Aber sie hatte richtig gelesen. Dort stand der Name ihres Großvaters.

Sergio Catalongo, geboren am 5. Mai 1936, gestorben am 12. Oktober 1956.

Fassungslos starrte sie auf das Kreuz, ihre Gedanken jagten in ihrem Kopf wild durcheinander. Sergio Catalongo – war das eine zufällige Namensgleichheit? Aber der Geburtstag stimmte! Es war der Geburtstag ihres Nonno! Aber wie konnte er vor beinahe siebenundsechzig Jahren hier gestorben und beigesetzt worden sein, wenn er doch erst vor wenigen Tagen in Wuppertal gestorben war?

Sie konnte keine Minute länger auf dem Friedhof bleiben, ihr Herz ballte sich zu einem kleinen Stein zusammen, der Brustkorb wurde ihr eng, und in aufkommender Panik lief Selina so schnell sie konnte aus dem Ort, den Wanderweg hinab nach Castelbore. Sie stolperte über den steinigen und abschüssigen Eselstrail, knickte um, Brombeerranken schlugen ihr an die Waden, aber sie spürte nichts von alledem. Ihr Herz raste wie verrückt, Panikschweiß trat ihr aus allen Poren, und als sie endlich in Castelbore angekommen war, hatte sie keinen anderen Gedanken, als sich ins Bett zu werfen und die Decke über den Kopf zu ziehen.

12

Sergio

Duisburg, 1957

Er starrte aus dem Fenster in den Schnee, der dick und nass vom Himmel fiel und auf dem tristgrauen Duisburger Pflaster augenblicklich schmolz. Dort wurde er zu einer glitschigen Masse, die Straßen und Hausdächer, Fensterbretter und Litfaßsäulen mit schmutzigem Halbgefrorenen überzog. Granita nannte man das da, wo er herkam. Nur dass die Granita, die Sergio kannte, aus dem halb gefrorenen Saft frischer Orangen oder Zitronen bestand, appetitlich war, erfrischend, und alle Sinne erfreute.

Was man von deutschem Schneeregen nicht behaupten konnte.

Sechs lange Wochen war er nun schon hier. Seufzend legte sich Sergio wieder auf das mittlere Stockbett. Die Federn quietschten, dabei war er ein Fliegengewicht.

Sechs Wochen, die er zusammengepfercht mit fünf anderen in diesem Zimmer mit zwei Stockbetten verbracht hatte. Das Zimmer war schmal, links und rechts je ein Etagenbett, das Platz bot für drei Männer. Die Matratzen waren durchgelegen, das Bettzeug verschlissen. An der Stirnseite des Zimmers stand ein einziger Tisch mit Stuhl – die Tischfläche war vollgestellt mit ihrem Kram. Zigaretten, Aschenbecher, Kekse, schmutzige Gläser, zwei Korbflaschen mit grauenvollem Wein, der einzige Rotwein, den er im Geschäft gefunden hatte. Angeblich handelte es sich um Chianti aus Italien – pfui Teufel! Sergio würde sich nicht wundern, wenn der Fusel hier in Deutschland zusammengepanscht wurde. Den deutschen Wein hatte er auch probiert, Dornfelder. Himmel noch mal, das sollte Wein sein? Was stellten die Deutschen denn mit ihren Trauben an? Das war säuerliches, rot gefärbtes Wasser mit einem Berg Zucker. Ungenießbar. Ebenso wie der Kaffee. Sergio schüttelte sich schon in Gedanken an die schwarze Brühe, zu der die Deutschen »Kondensmilch« tranken. Giancarlo sei Dank konnten sie sich ordentlichen Kaffee kochen – der Junge hatte sich aus der Heimat ein Carepaket schicken lassen. Darin eine anständige Espressokanne, eine richtig große, sodass sie Kaffee für alle Zimmergenossen kochen konnten. Wohlweislich hatte die Mama des Sizilianers Espressopulver dazugepackt. Sie hatten außerdem zusammengelegt und sich eine kleine elektrische Kochplatte gekauft, die nun ebenfalls auf dem Tisch stand. Die Kaffeekanne stand morgens vor der Schicht auf der Platte und am Abend wieder, wenn sie erschöpft von ihrer Arbeit unter Tage ins Zimmer kamen.

Von Deutschland sah er praktisch nichts. Um sechs Uhr am Morgen verließen sie das Haus. Es war mehr eine Baracke als ein Haus; hier waren ausschließlich Fremdarbeiter untergebracht. In der Hauptsache Männer aus Italien, aber außer seinen Landsleuten noch ein paar Griechen und welche aus der Türkei. Sie kamen gut aus, alle miteinander. Sie mussten zusammenhalten, das war ihnen allen klar, denn außerhalb ihrer Gemeinschaft würden sie keine Freunde finden. Jeden Morgen, wenn sie übermüdet im Stockfinsteren zu den Bussen liefen, die Köpfe zwischen die Schultern gezogen, in ihren viel zu dünnen Mänteln, die wohl für einen süditalienischen Winter gemacht waren, in ihren Schuhen mit den Ledersohlen, den guten Sonntagsschuhen, auf denen ihre Eltern bestanden hatten, damit sie in Deutschland eine *bella figura* machten.

Bella figura, dachte Sergio missmutig. Niemand interessierte sich hier für sie. Niemand wollte sie in diesem Land haben. Spaghettifresser nannten die Deutschen sie. Wieso sollte das überhaupt ein Schimpfwort sein? Was war schlecht an Spaghetti? Er liebte Spaghetti, er sehnte sich nach ihnen! Den Fraß, den man ihnen im Bergwerksimbiss vorsetzte, hätte er sofort eingetauscht gegen eine Portion dampfende Pasta. Jedes Spaghettigericht – mit frischem Knoblauch und Olivenöl, etwas Parmigiano darüber – war besser als der Kartoffelsalat und die fette versalzene Wurst. Oder Erbseneintopf, diese salzige Pampe.

Wenn er aus dem Fenster blickte, sah er auf der gegenüberliegenden Seite auf eine kleine Wiese mit Büschen drum herum und einigen Bäumen. Die Grünanlage gehörte zu den Häusern dahinter. Aber weder sie noch die Häuser noch die Menschen, die darin wohnten, erregten sein Interesse. Es war das Schild, auf das sein Blick fiel, seit er das erste Mal aus dem Fenster geblickt hatte. Sie hatten es sich vom Busfahrer, der sie Morgen für Morgen in die Zeche brachte, übersetzen lassen.

»Hunde und Italiener verboten«, stand darauf.

Hunde und Italiener. Auf dieser Stufe standen sie in den Augen der Deutschen. Sie waren gut genug, in dem Land die Drecksarbeit zu machen, tief unten in den Stollen. Oder an den Hochöfen. Da standen sie, die italienischen Hunde, gemeinsam mit griechischen und türkischen.

Sergio raffte sich auf, sprang von seinem Bett herunter, schnappte sich ein Handtuch aus seinem Spind und ging zu den Gemeinschaftsduschen. Heute war Sonntag. Er würde sich ein bisschen herrichten und nach draußen gehen, frische Luft schnappen. Lust hatte er keine, aber es half nichts. Wenn er den Sonntag auch noch drinnen vergammelte, würde er entweder so traurig werden wie Angelo, der Kleine aus Apulien, der sich jeden Abend im Bett unter ihm in den Schlaf weinte, oder aber ein Alkoholiker wie Beppo, im mittleren Stockbett auf der anderen Seite, der sein gesamtes Geld in Schnaps investierte. Nein, so einer war Sergio nicht, und so einer würde er nie werden. Stattdessen hielt er sich an Giancarlo. Der Junge war jeden Sonntag in der Stadt unterwegs, er war sogar schon einmal im Museum gewesen! In seinem ganzen Leben hatte Sergio noch kein Museum von innen gesehen – er war ein Landarbeiter und hatte bis zu seiner Flucht Tag für Tag in den Obstgärten und Weinbergen Don Lorenzos geschuftet. Wenn er nicht Holz für seine Mama gemacht hatte, seinem Vater beim Gerben geholfen – oder mit Rosa Händchen gehalten hatte.

Rosa.

Es verging keine Stunde, in der ihm nicht das Bild seiner schönen Freundin in den Sinn kam. Er hatte furchtbare Sehnsucht nach ihr, sie erschien ihm in der Nacht in seinen Träumen und des Tags während der Arbeit im Flöz. Schlimmer aber als die Sehnsucht, die sein Herz zerriss, war die Sorge. Ständig fragte er sich, ob sie nicht eine falsche Entscheidung getroffen hatten. War es richtig gewesen, Rosa allein zu lassen? In der Gewalt ihres Vaters? Was würde dieser tun, wenn er erst erfuhr, dass sie Sergios Kind unter dem Herzen trug? Zwar war Rosa gewiss, dass sie ihren Vater nicht zu fürchten brauchte, sie war sein Ein und Alles, sein

Augenstern, aber dennoch. Wie ging es ihr? Wann würden sie sich wiedersehen? Würde es ihm jemals gelingen, seine Frau und sein Kind zu sich zu holen und ihnen etwas zu bieten?

Denn das war der Haken an ihrem Plan: Sergio hatte sich Deutschland und die Arbeit nicht so schrecklich vorgestellt. Dieses eiskalte, nasse, graue und abweisende Land! Hatte überhaupt schon einmal die Sonne geschienen seit seiner Ankunft? Vielleicht, wahrscheinlich sogar, aber er hatte es verpasst. Denn die Fremdarbeiter wie er verließen ihre Unterkunft entweder vor Tagesanbruch und kamen erst in der Dämmerung nach Hause. Oder sie arbeiteten in der Nacht und verschliefen den Tag. Im Winter wurde es in Deutschland früh dunkel, sodass das einzige Licht, das in Sergios Gesicht schien, das seiner Stirnlampe war.

Er führte das Leben eines Maulwurfs. Nie sah er Helligkeit, Finsternis begleitete ihn seit seiner Ankunft. Seine gebräunte Haut, die er von Kindheit an hatte, weil er immer draußen gespielt hatte und, seit er zehn Jahre alt war, im Freien arbeitete, wurde von Tag zu Tag blasser. Wie konnte er eine Frau wie Rosa, eine Blume, die Sonne brauchte, Licht und Liebe, wie konnte er einer Frau wie ihr dieses Leben zumuten?

Gar nicht. Das war die Erkenntnis, zu der Sergio in den vergangenen Wochen gelangt war. Er würde Rosa nicht hierherholen, solange sich seine Situation nicht verändert hatte.

Deshalb gab es nur zwei Möglichkeiten, die er fortwährend abwog: Entweder ging er zurück nach Pietra und versuchte, mit Rosa und dem ungeborenen Kind zu fliehen. Sie würden sehr weit wegmüssen, denn Sergio wusste sehr wohl, dass die Camorra, der Rosas Vater Lorenzo angehörte, ihn jagen würde. Sie würden weit aus dem Herrschaftsgebiet der

Camorra fliehen müssen, und selbst dann war nicht gewiss, ob es nicht irgendwen geben würde, der sie aufspüren und verpfeifen würde. Sie müssten heiraten – aber welcher Priester würde sie trauen ohne den Segen der Eltern, ohne Geld, um den Priester zu bestechen? Und noch dazu wären sie ein Paar in Sünde. Gewiss sah man Rosa längst an, dass sie schwanger war. Welcher Arbeit sollte er nachgehen? Er hatte keinen Beruf gelernt außer Landarbeiter, als solcher würde er überall Arbeit finden – aber es hieß auch, dass sie ein Leben in bitterer Armut führen mussten. Würde ihre Liebe das aushalten? Zwar versicherte ihm Rosa, dass ihr Reichtum nichts bedeutete – aber sie kannte nichts anderes, sie hatte keine Vorstellung davon, wie es war, mit knurrendem Magen aufzuwachen, ein altes Brot in Wasser auszukochen und davon den Tag über zu zehren. Nein, das war nicht die Welt, in der Sergio sein Kind großziehen wollte.

Blieb nur Deutschland. Hier verdiente er Geld, der Lohn war nicht schlecht, die Mark zählte was, mehr als die Lira. Mit deutschem Geld konnten sie in ein paar Jahren nach Italien zurückkehren, er wäre ein gemachter Mann.

Aber weder die Unterkunft, in der er jetzt hauste, noch seine Arbeit in der Zeche waren dazu angetan, eine Frau und ein Kind glücklich zu machen.

Er musste herausfinden, ob es möglich war, in Deutschland auf andere Art Geld zu verdienen, das hatte Sergio nun endlich begriffen. Und um das herauszufinden, würde er hinausgehen müssen, in die Stadt. Sich umsehen in der deutschen Welt da draußen und nachsehen, ob ihm tatsächlich alles verwehrt war – Hunde und Italiener verboten.

Oder ob es nicht doch ein Schlupfloch für einen findigen Kerl, wie er einer war, gab.

»Gut siehst du aus, mein Freund!« Giancarlo knuffte Sergio gegen die Schulter und strahlte. Der junge Sizilianer trug ein blütenweißes Hemd, gestärkt und gebügelt, dazu eine leichte graue Flanellhose, schmal geschnitten, mit Bügelfalte. Darüber seinen leichten Pfeffer-und-Salz-Mantel. Viel zu dünn für die beißende deutsche Kälte, aber Sergio kannte seinen neuen Freund gut genug, um zu wissen, dass der es vorzog zu frieren, als nicht gut auszusehen.

Giancarlo legte ebenfalls Geld zurück, allerdings hatte er keine Verlobte, der er verpflichtet war, sondern schickte das Geld an seine Familie in Sizilien. Ihm blieb immer noch genug, um Geld für Reinigung oder Friseur auszugeben, Dinge, die Sergio sich wohlweislich verkniff. Verkneifen musste.

»Musst du denn kein Geld ansparen?«, hatte Sergio einmal gefragt, und Giancarlo hatte nur gelacht. »Später, mein Freund, später«, hatte er ihm geantwortet. »Solange ich eine schlecht bezahlte Arbeit mache, investiere ich lieber darin, eine besser bezahlte Arbeit zu machen. Und erst, wenn ich richtig gutes Geld verdiene – dann fange ich an, etwas zurückzulegen.«

An diesen Satz erinnerte sich Sergio jetzt, als sie beide nebeneinander hergingen, rauchend, die Schultern hochgezogen, den Blick auf den rissigen Asphalt vor ihnen geheftet.

»Giancarlo, hör mal«, begann Sergio das Gespräch, »du hast doch neulich zu mir gesagt, du möchtest eine bessere Arbeit machen.«

»Na klar«, gab Giancarlo zurück und kickte fröhlich einen Stein aus dem Weg. »Du etwa nicht?«

»Selbstverständlich! Deshalb frag ich dich: Hast du einen Plan? Was stellst du dir vor?«

Sein Freund zuckte mit den Schultern. »Weiß nicht. Vorarbeiter werden.«

Sergio glaubte, sich verhört zu haben. »Vorarbeiter? Das ist dein Plan? Willst du ewig unter der Erde arbeiten wie ein blinder Maulwurf?«

»Ach, was heißt schon ewig? Ein paar Jahre, und dann gehe ich ohnehin zurück nach Sizilien.«

Sergio schüttelte den Kopf. »Ich will das nicht. Immer unter der Erde. Wir sehen nie Sonnenlicht. Ich gehe ein, Giancarlo, wie eine Blume, die ihre Blätter nicht ins Licht strecken darf.«

Sein Freund lachte. »Du bist so dramatisch, Sergio! Wir sind doch erst ein paar Wochen hier. Du wirst dich daran gewöhnen.«

Niemals, dachte Sergio. Niemals würde er sich daran gewöhnen. Sicher, die Arbeit war hart, und er wusste durchaus, dass es Schlimmeres gab. Die Kumpel, auch die Deutschen, waren alle nett zu ihnen. Es war eine verschworene Gemeinschaft unter Tage, und Sergio schätzte Kameradschaft sehr. Überdies gab es wirklich gutes Geld, aber das durfte doch nicht alles sein! Nein, er hatte so viele Jahre in den Obstgärten und auf den Weinbergen Don Lorenzos geschuftet, er scheute sich nicht vor harter Arbeit. Aber er brauchte Licht und Luft zum Leben.

Sie liefen jetzt in die größte Einkaufsstraße Elberfelds und sahen auf der gegenüberliegenden Straßenseite eine Menschentraube, die sich vor einem Geschäft gebildet hatte. In stiller Übereinkunft überquerten die beiden Italiener die Straße und näherten sich den Leuten, die sich vor der Schaufensterscheibe eines Elektrofachgeschäfts drängelten.

Noch bevor Sergio, der Kleingewachsene, etwas sah, hörte er es. Ein Schlager, gesungen von einer klaren Frauenstimme. Der Text war auf Deutsch, aber er verstand das Wort »Italien«. Neugierig geworden, schob er sich nach vorne und erhaschte einen Blick auf die Sensation. Ein Fernseher stand in der Auslage, inmitten von Staubsaugern, Föhnen und Mixern. Auf dem Schirm war eine wunderschöne Frau zu sehen, sie trug ein helles Sommerkleid mit ausgestelltem Rock und spielte Gitarre. Der findige Elektrohändler hatte es geschafft, dass der Ton aus dem Fernseher über einen Lautsprecher auf die Straße übertragen wurde. Die helle und klare Stimme der schönen Sängerin erklang nun in der trüben Novembersuppe und versüßte den Menschen ihren Tag. Sergio blickte fragend zu dem Mann, der neben ihm stand und verzückt auf den Bildschirm starrte. Der schien auf Anhieb zu verstehen, was Sergio wissen wollte, und sagte nur: »Caterina Valente.«

Caterina Valente, dachte Sergio, das ist doch kein deutscher Name. Es klingt, als sei sie eine von uns. Er lauschte intensiver auf das, was Caterina sang, und konnte die Worte »Sonne«, »Meer« und »Italiener« heraushören. Er spürte auf Anhieb, wie sein Herz schmolz, seine Verzweiflung über das kalte und dunkle Land, in dem er sich befand, und die Traurigkeit darüber, dass er nicht bei seiner Rosa sein konnte, einem warmen Wohlgefühl wich. Caterina sang sich in sein Herz hinein, und als Sergio sich bei den Umherstehenden umsah, blickte er ausschließlich in verzückte oder lächelnde Gesichter.

Und er begriff etwas Grundlegendes über das Land, in dem er sich befand. Eine Erkenntnis, die ihn traf wie ein Blitz und ihn sein gesamtes Leben begleiten würde: Auch wenn sie, die Fremdarbeiter, in Deutschland nicht willkommen waren, ihre Kultur war es durchaus. Die Deutschen sehnten sich nach Italien! Allein die Vorstellung von Italien machte die Deutschen glücklich, er konnte es an den Menschen sehen, die um ihn herumstanden. Wer es schaffte, Italien nach Deutschland zu bringen, wäre ein gemachter Mann.

Sergio hatte fortan ein Ziel. Er wusste nur noch nicht, wie er es umsetzen sollte.

13

Selina

Pietra Alta, 2023

Hier haben wir ihn.« Tonios Finger machte im oberen Drittel der Seite halt. Der Historiker sah Selina an, in seinem Blick lag Ratlosigkeit. Selina ging zu ihm und warf einen Blick über seine Schulter in das Kirchenregister. Da stand es schwarz auf weiß: Sergio Catalongo, geboren am 5. Mai 1936 in Pietra Alta, verstorben am 12. Oktober 1956 ebendort.

Selinas Herz begann augenblicklich wieder schneller zu schlagen, aber sie schob die aufkommende Panik beiseite. »Was hat das zu bedeuten?«

»Das kann nur zweierlei heißen«, antwortete Tonio Santini und schlug das dicke, in Leder gebundene Buch zu. »Entweder ist der bedauernswerte Sergio Catalongo hier tatsächlich gestorben und jemand hat seine Identität angenommen …«

»Mein Großvater wäre also ursprünglich ein anderer gewesen?« Diesen Gedanken hatte sie seit gestern Abend immer und immer wieder umkreist, ihn und die Konsequenz daraus aber nicht zulassen wollen. Nun, da Tonio es so deutlich aussprach, müsste sie darüber nachdenken, was diese Enthüllung tatsächlich bedeutete.

»Oder«, fuhr Santini fort, »Sergio Catalongo ist gar nicht gestorben.«

Unter Selina wollten die Beine nachgeben. Schnell setzte sie sich auf den nächsten stuhlhohen Bücher- und Aktenstapel in dem kleinen Kabuff.

Es war später Vormittag, die Sonne fiel weiß leuchtend durch das Fenster. Sie saßen in einem Anbau des Seitenschiffs; hier hatte der Historiker Santini einen Berg Akten zusammengetragen und aufgestapelt, die noch durchgesehen und registriert werden mussten. Selina hatte ihm von ihrem Fund auf dem Friedhof erzählt, der ihr einen Schock bereitet hatte, von dem sie sich so schnell wohl nicht erholen würde. Daraufhin waren sie nach einem erneuten Besuch am Grab der Catalongos hierhergekommen, und Santini hatte in alten Kirchenbüchern nach ihrer Familie gesucht.

Als Selina am Vortag in das Ferienappartement in Castelbore zurückgekehrt war und sich im Bett die Decke über den Kopf gezogen hatte, war sie erst nicht fähig gewesen, einen klaren Gedanken zu fassen. Die Entdeckung des Grabsteins mit dem Namen ihres Großvaters darauf hatte in ihr unendlich viele Fragen ausgelöst. Ihr erster, naheliegender Gedanke war gewesen: eine Verwechslung! Sergio, ein Allerweltsname!

Gleichzeitig hatte sie genau gewusst, dass es nicht wahr sein konnte. Die Übereinstimmung mit dem Geburtstag, vor allem aber die Namen der Eltern des Verstorbenen schlossen jede Verwechslung aus. Wieder und wieder hatte Selina sich ihren Großvater ins Gedächtnis gerufen. Er war so ein feiner Mensch gewesen, aber natürlich auch ein Schlitzohr und Geschichtenerzähler. War all das, was er über die Auslöschung seiner Familie erzählt hatte, eine Lüge gewesen? Sein Heimaufenthalt – hatte der tatsächlich so stattgefunden? Warum hatte er so wenig über seine Kindheit erzählt? Was war mit seinen Eltern wirklich geschehen, die laut Grabinschrift erst zwei Jahrzehnte nach dem Zweiten Weltkrieg gestorben waren?

Und stimmten diese Daten überhaupt, wenn denn das Sterbedatum von Sergio falsch war? Offensichtlich war er ja nicht seit 1956 tot, sondern hatte ein langes Leben in Deutschland gelebt.

Oder war er ein Schwindler, der – aus welchen Gründen auch immer – nur den Namen des bedauernswerten Sergio Catalongo angenommen hatte?

Wer war ihr Großvater wirklich gewesen?

Und was war in den Jahren, bevor er nach Deutschland gekommen war, passiert?

Warum war er 1958 noch einmal nach Italien zurückgekehrt?

Und vor allem: Was wusste ihre Großmutter darüber?

Insbesondere wegen der letzten Frage stand für Selina felsenfest: Mit Marcello oder Marianne würde sie kein Sterbenswörtchen über ihre verwirrende Entdeckung sprechen. Zuerst musste sie alles daransetzen, diese mysteriöse Geschichte aufzuklären.

Als sie sich etwas beruhigt hatte, hatte sie ihren Bruder Fabio angerufen. Aber sie erreichte nur die Mailbox. Selina hinterließ ihm die Nachricht, er möge sie dringend zurückrufen – was er bis zum nächsten Tag nicht getan hatte.

Anschließend hatte sie es bei Rieke probiert. Die hatte zwar abgenommen, war aber gleichzeitig damit beschäftigt, ihre Tochter ins Bett zu bringen. Rieke hatte kurz zugehört, was Selina ihr erzählte, ihr dann aber angeboten, sie zurückzurufen, sobald die Kleine schlief. Was jedoch nicht passiert war, stattdessen hatte Selina kurz vor Mitternacht die Textnachricht bekommen: »Sorry, bin eingepennt.«

Zu dem Zeitpunkt hatte sie aber bereits jemanden zum Reden gefunden: Sven. Erst hatte Selina gezögert, ihn mit ihren Problemen zu behelligen, schließlich waren sie alles andere als enge Freunde. Aber dann hatte sie gedacht, dass er immerhin den Ausschlag dafür gegeben hatte, dass sie nach Italien gefahren war, und vielleicht war er ja ein bisschen neugierig, was sie erlebte.

Damit hatte sie den Nagel auf den Kopf getroffen!

»Was ist das denn für eine abgefahrene Story?«, hatte Sven gesagt, als Selina ihm davon erzählte. Mittlerweile hatte sie sich ein wenig erholt, und es tat ihr gut, mit jemandem über das Erlebnis zu sprechen. Sven hatte nach dem ersten Klingeln abgenommen und ihr gesagt, dass er sich freue, von ihr zu hören. Er saß in der untergehenden Sonne vor seinem Schäferwagen, spielte ein bisschen Gitarre und schaute auf seine Herde. Selina war daraufhin aus dem Bett gekrochen, hatte sich auf ihren Balkon gesetzt, über sich den Sternenhimmel, hatte ihm ihren Ausblick auf die Lichter Castelbores und der Küstenregion beschrieben und gespürt, wie sich ihr Herzschlag automatisch beruhigte, als sie Svens Stimme hörte. Sie erzählte ihm alles – vom Verlauf ihrer Reise bis zum Besuch auf dem Friedhof Pietras. Sven hatte ihr ruhig zugehört, ab und an mal eine humorvolle Zwischenbemerkung eingeworfen, aber nachdem Selina ihm von dem Grabstein berichtet hatte, schwieg er lange.

»Und was machst du jetzt damit?«

»Ich habe keine Ahnung«, hatte Selina geantwortet und über das Glas ihrer Zitronenlimonade in den dunkler werdenden Abendhimmel geblickt. Das Meer lag da wie ein blauer Teppich, festgespannt bis zum Horizont. Sicherlich waren noch jede Menge Schiffe darauf unterwegs, aber im Zwielicht der untergehenden Sonne konnte Selina sie auf diese Entfernung nicht mehr erkennen. Der Blick von ihrem Balkon war noch immer traumhaft, doch Selina konnte ihn weniger genießen als nach ihrer Ankunft. Sie fühlte sich, als sei sie im falschen Film. Was tat sie hier? War das eine Kulisse? So wie Pietra, das von einem einstmals belebten Dorf zu einer Filmkulisse für Actionstreifen und Fototapete für Influencer geworden war. Seit dem Besuch auf dem Friedhof war ihre Welt nicht mehr wie zuvor, sie fühlte sich gar nicht mehr wie im Urlaub, sondern war auf einer seltsamen Mission, die sie sich nicht ausgesucht hatte.

»Was hast du gesagt?«, fragte sie Sven.

Der lachte. Selina mochte sein Lachen, sie fühlte sich sofort ein bisschen besser. Warum war es ihr in all den Schuljahren nicht aufgefallen, wie sympathisch Sven lachte?

»Nichts«, gab er schließlich zurück. »Ich habe nichts gesagt. Weil ich gar nicht weiß, was ich dazu sagen soll. Das ist doch eine total verrückte Sache.«

»Ich treffe mich morgen mit einem Historiker«, erzählte Selina. »Er hat zusammen mit anderen Studenten das Dorf gerettet. Ich hoffe, er kann mir weiterhelfen. Oder hat irgendeine Idee, was ich jetzt machen soll.«

Und so war es schließlich gekommen. Tonio Santini erwies sich als freundlicher und hilfsbereiter Mittvierziger, der Selina mit der Neugier eines jungen Studenten und nicht mit der Abgeklärtheit eines Professors, der er mittlerweile war, begegnete. Sie hatten sich um elf Uhr in seinem Büro getroffen, und Selina war sofort mit der Tür ins Haus gefallen. Sie hatte ihm von dem Grabstein mit den Daten ihres Nonno erzählt, woraufhin er sie zum Friedhof begleitete – Selina hatte auch ein Foto des Grabsteins gemacht, etwas, das sie am Vortag in ihrer Verwirrung vergessen hatte. Anschließend nahm er sie zum Kirchenregister mit.

Und nun standen sie hier und hatten es schwarz auf weiß: Sergio Catalongo war tot. Und er war nicht etwa erst vor zehn Tagen gestorben, nein, er hatte bereits vor fast siebenundsechzig Jahren das Zeitliche gesegnet.

»Was soll ich denn jetzt machen?«, fragte Selina hilflos.

Der Historiker wiegte den Kopf. »Ich nehme mal an, eine Exhumierung kommt für Sie nicht infrage. Die Genehmigung dafür zu bekommen wäre kompliziert. Und es wäre auch teuer. Sehr teuer.«

»Außerdem müsste ich dann meiner Großmutter davon erzählen«, fügte Selina nachdenklich hinzu. »Das wollte ich eigentlich vermeiden. Weil ich nicht weiß, was sie weiß. Am Ende stürzen sie diese Enthüllungen in eine furchtbare Krise. Sie hat gerade erst ihren Mann verloren, und außerdem ist sie krank. Nein, ich kann ihr damit jetzt auf keinen Fall kommen.«

»Was hat Ihr Großvater denn über seine Kindheit in Pietra erzählt?«, fragte Tonio Santini.

Selina seufzte. »Haben Sie Zeit für einen Kaffee?«

Der Wissenschaftler lächelte sie an. »Gern.«

Er führte sie in das hübsche Café am Marktplatz, in dem sie am Vortag bereits gewesen war. Selina redete sich die gesamte Geschichte vom Herzen und kam sich dabei recht schäbig vor. Tonio Santini, Professor für Neue Geschichte an der Universität Neapel, hatte ganz bestimmt Besseres vor, als sich ihre privaten Sorgen anzuhören, aber der Historiker beruhigte sie. »Ganz im Gegenteil. Die Geschichte Ihres Großvaters interessiert mich sehr. Es ist ein Einzelschicksal, aber es scheint mir eng an die Geschichte Pietras gebunden und passt zu den vielen Ungereimtheiten, auf die wir im Zuge unserer Nachforschungen gestoßen sind.«

»Ungereimtheiten? Wieso? Gibt es noch mehr Geschichten wie die meines Großvaters?«

Der Historiker legte den Kopf schief und rührte nachdenklich in seinem Ingwertee.

»Die Ungereimtheiten«, fuhr Tonio Santini nun fort, »haben alle mit Lorenzo Guardini zu tun. Er war ein Mitglied der Camorra und hat in Pietra eine jahrzehntelange Schreckensherrschaft ausgeübt. Es gibt aus dieser Zeit alle möglichen ungeklärten Todesfälle. Menschen, die spurlos verschwunden sind. Menschen, die misshandelt wurden, die umgebracht oder verschleppt wurden. Wie Dottore Molinari, dem hier eine Stiftung gewidmet wurde. Oder aber Guardinis eigene Tochter! Sie ist verschwunden und nie wieder aufgetaucht. Da das Leben Ihres Großvaters und seiner Eltern genau in diese Zeit fällt, frage ich mich natürlich, ob es da einen Zusammenhang geben könnte.«

Selina nickte nur, sie war unfähig, einen klaren Gedanken zu fassen. Statt weiter über ihren Großvater zu grübeln, fragte sie Tonio Santini nach dem Forschungsprojekt aus. Und was er erzählte, war so interessant, dass die Gedanken an Sergio tatsächlich erst mal in den Hintergrund rückten.

Vor zwanzig Jahren war Tonio Santini ein junger Student an der Uni, an der er heute selbst als Dozent tätig war, und Teilnehmer eines Seminars über die Landflucht, die in vielen Dörfern Italiens in der Zeit nach dem Zweiten Weltkrieg eingesetzt hatte. Wie überall wandelte sich Italien von einer Agrargesellschaft zu einer Wirtschaftsnation. Bergdörfer wie Pietra Alta, in denen es kaum Infrastruktur gab, wurden für junge Menschen uninteressant. Sie strebten in die Städte, die Dörfer überalterten und starben schließlich aus. Sein Professor hatte damals eine Arbeitsgruppe gegründet, sie wollten eines dieser Dörfer historisch erforschen. Dabei fand die Gruppe zunehmend Gefallen daran, das attraktive Dorf wiederzubeleben – dafür gab es ausreichend Fördertöpfe der EU, aber auch der UNESCO. Pietra Alta erlebte eine Erneuerung, einige der Studenten von damals zogen sogar in den Ort, kauften Häuser, Touristen kamen, einige Bars und Restaurants nutzten die Touristenströme, es gab geführte Exkursionen, die Weinberge wurden wieder kultiviert. Daneben liefen die Forschungen zur Geschichte der Bergdörfer am Vesuv weiter – es war Tonio Santinis Lebensprojekt. Großen Raum nahmen die Forschungen zur politischen Geschichte ein. In das Gutshaus des Camorra-Bosses Guardini zog eine Stiftung ein, die Forschungen zu den Opfern von organisierter Kriminalität förderte und Santini und seine Studenten finanziell unterstützte.

Tonio Santini erzählte lebhaft und leidenschaftlich, Selina hörte ihm voller Interesse zu. Ungeachtet der Tatsache, dass das Vorleben ihres Großvaters Sergio rätselhafter denn zuvor war, fand sie es doch spannend, dass sie väterlicherseits Wurzeln hatte, die bis hierher zurückreichten. Sie war fest entschlossen, so lange im Ort zu bleiben, bis sie mehr über ihre Familie herausgefunden hatte.

»Sie sollten mit dem alten Niccolò sprechen«, schloss Tonio seine Erzählung, warf einen Blick auf die Uhr und entschuldigte sich. »Ich muss langsam wieder zurück in mein Büro, ich habe eine Vorlesung. Digital.«

»Aber natürlich!« Selina winkte der Kellnerin, sie bestand darauf, den Wissenschaftler einzuladen. »Ich habe Ihnen sowieso viel zu viel Zeit gestohlen. Und bin Ihnen wahnsinnig dankbar, dass Sie sich mit meinem Problem beschäftigt haben.«

»Ich bin jederzeit für Sie da und helfe Ihnen gern. Sie können sich in alte Akten vergraben, wir haben genug davon!« Santini lachte. Dann schrieb er etwas auf einen Zettel, den er Selina reichte. »Das ist die Telefonnummer von Claudia. Sie ist die Tochter von Niccolò. Er ist einer der letzten Zeitzeugen. Aus der Generation Ihres Großvaters – vielleicht kennt er ihn. Nico ist nicht immer ganz klar im Kopf, aber er hat seine hellen Momente – einen Versuch ist es wert.«

Selina bedankte sich überschwänglich, dann verließ Santini das Café und überquerte mit langen Schritten den Marktplatz in Richtung seines Büros.

Selina sah ihm nach. Wie hilfsbereit doch alle ihr gegenüber waren. Erst Gabriella von der Touristeninformation, die ihr die Nummer von Santini gegeben hatte, und nun der Wissenschaftler selbst. Sie sah auf den Zettel in ihrer Hand. Ein Zeitzeuge, das war im Moment der beste Hinweis, dem sie nachgehen konnte. Die Akten und Kirchenregister und mögliche andere Quellen, die sie im Seitenflügel der Kirche finden würde, liefen nicht weg. Kurzerhand wählte sie die Nummer von Claudia.

»Und Sie meinen, er möchte sich mit mir unterhalten? Er kennt mich schließlich gar nicht.«

Claudia Bassani warf laut lachend den Kopf in den Nacken. Sie war eine lebhafte Frau in den Fünfzigern, das kurz geschnittene lockige Haar schwarz gefärbt. Sie war so breit wie hoch, ihren ausladenden Busen betonte sie durch ein großzügig ausgeschnittenes Shirt mit Glitzersteinen, das sie zu ihrer engen Jeans und hochhackigen Pantoletten trug.

Keine Frage: Diese Frau war eine Erscheinung. Sie machte mangelnde Körpergröße durch Präsenz wett, und Selina hatte die Fremde sofort ins Herz geschlossen. Claudia Bassani war nach ihrem Anruf sofort bereit gewesen, sich mit ihr zu treffen, denn es stellte sich heraus, dass sie ausgesprochen neugierig auf Selinas Geschichte war. Als Treffpunkt hatte sie das Pflegeheim vorgeschlagen, in dem ihr Vater lebte, am liebsten nach Feierabend. Und nun saßen sie hier zusammen im Foyer, es war sechs Uhr abends und so warm, dass Selina immer wieder der Schweiß ausbrach.

Jetzt ebbte das Lachen der Frau ihr gegenüber ab, und Claudia tätschelte flüchtig Selinas Knie.

»Mach dir keine Sorgen«, sagte sie in gebrochenem Englisch. »Mein Vater kann nicht mehr zwischen Freunden und Fremden unterscheiden. Er ist noch nicht völlig dement, hat immer wieder klare Momente. Er wird sich gern mit dir unterhalten, egal, ob du ihm bekannt vorkommst oder nicht. Aber ich bezweifle trotzdem, dass er dir helfen kann.«

»Ihr Vater ist in Pietra aufgewachsen und ist nur wenig jünger als mein Großvater«, gab Selina zurück, »vielleicht habe ich Glück.«

»Das stimmt schon.« Claudia breitete fröhlich die Arme aus. »Wir werden sehen.«

»Darf ich fragen, was er gemacht hat? Beruflich, meine ich.«

Die freundliche kleine Frau lachte wieder aus voller Kehle. »Er hat Karriere gemacht. Wenn man das so sagen kann. Mein Großvater, den ich nicht mehr kennenlernen konnte, hat Ziegen gehütet. Die Familie gehörte zu den Ärmsten der Armen in Pietra. Allerdings hatten sie wohl das Glück, nicht für Guardini arbeiten zu müssen wie die meisten anderen.«

»Dieser Guardini … Tonio Santini hat schon von ihm erzählt«, unterbrach Selina. »Er muss eine regelrechte Schreckensherrschaft geführt haben.«

»Offenbar«, nickte Claudia. »Aber auch das war vor meiner Zeit. Als Don Lorenzo – so hat ihn mein Vater immer genannt, Don Lorenzo – gestorben ist, wurden seine Besitztümer unter den anderen Camorra-Bossen aufgeteilt. Nur das Gutshaus durfte seine Ehefrau behalten.« Ein Grinsen überzog ihr Gesicht. »Und ein kleiner Weinberg, der wurde ebenfalls vor dem Zugriff der anderen Ganoven gerettet. Ich weiß nicht, wie er es gemacht hat, aber mein Vater hat es geschafft, ihn sich unter den Nagel zu reißen.«

»Und dann hat er keine Ziegen mehr gehütet, sondern Wein angebaut?«

»So ist es. Und das sogar ziemlich erfolgreich. Er hat den Weinanbau nach und nach ausgebaut. Heute führt mein Sohn das Geschäft. Wenn du magst, kannst du mal vorbeikommen und den Wein probieren. Er ist großartig. Mein Vater hat sogar Preise gewonnen.«

Selina war beeindruckt. Und sah der Begegnung mit Niccolò Bassani gespannt entgegen.

»Niccolò, ich habe dir Besuch mitgebracht.«

Der alte Mann im Lehnstuhl beugte sich vor, kniff die Augen zusammen und musterte Selina neugierig. Er sagte etwas, das Selina nicht verstand, Claudia übersetzte.

»Er freut sich, dich wiederzusehen«, sagte sie, »und fragt, wo du so lange gewesen bist.«

Selina lächelte unwillkürlich. Vielleicht half es ihr, dass der Alte glaubte, sie sei jemand aus seiner Vergangenheit.

»Sagen Sie ihm doch bitte, ich bin die Tochter von Sergio Catalongo. Ich soll schön von ihm grüßen.«

Claudia tat, worum Selina sie gebeten hatte. Ihr Vater blinzelte und schüttelte leicht den Kopf, er schien Schwierigkeiten zu haben, die Information einzuordnen. Selina gab schon die Hoffnung auf, aus ihm etwas über ihren Großvater herausbekommen zu können, da hellte sich die Miene des Mannes plötzlich auf. Er strahlte über sein ganzes runzliges Gesicht und antwortete etwas, Selina hörte sogar deutlich den Namen Sergio heraus.

Erstaunt drehte Claudia sich zu ihr um. »Es scheint, als würde er sich erinnern«, übersetzte sie. »Er fragt, wie es Sergio in Deutschland geht. Er hat lange nichts von sich hören lassen.«

Selinas Hände wurden vor Aufregung schweißnass. »Sergio geht es gut, er hat eine Eisdiele.«

Claudia übersetzte wieder, und ihr Vater hörte interessiert zu. Er schien auf einmal bei klarem Verstand zu sein. Er packte Selinas Hände, umklammerte sie fest mit seinen dünnen Pranken, deren Haut durchscheinend wie Zeitungspapier war, die aber durchaus noch Kraft besaßen. Aufgeregt fragte er etwas.

»Er fragt nach Rosa«, sagte seine Tochter. »Ob sie auch in Deutschland ist.«

»Rosa?« Selina schüttelte nur den Kopf. »Ich weiß nicht, wer das ist …«

Aber noch bevor Claudia für ihren Vater übersetzen konnte, schlug er sich auf den Mund. Er machte ein entsetztes Gesicht und sagte etwas. Seine Tochter hörte zu, fragte nach und blickte schließlich ratlos zu Selina.

»Jetzt sagt er plötzlich, dass Sergio tot ist. Er habe es ganz vergessen, Sergio ist tot, sagt er. Und dass er nichts verraten darf.«

»Können Sie ihn trotzdem fragen, ob er sich an Sergio erinnert? Ob er ihn gekannt hat?«

Aber der alte Mann hörte nicht mehr zu, er ließ Selinas Hände nicht los und begrub seinen Gast unter einem Schwall von Worten. Seiner Miene war abzulesen, dass ihn seine Worte emotional sehr mitzunehmen schienen. Seine Tochter versuchte, ihn zu unterbrechen und zu beruhigen, aber er nahm sie gar nicht wahr.

Dann plötzlich ließ er Selinas Hände los, warf seine langen Arme in die Luft und rief etwas, das Selina nicht verstehen konnte. Er schrie fast, wiederholte die Worte wieder und wieder – um dann in ein wieherndes Lachen auszubrechen.

Claudia hatte Mühe, ihn zu beruhigen, und bedeutete Selina, sie möge draußen auf dem Flur auf sie warten.

Als sie schließlich aus dem Zimmer kam und sie gemeinsam den Gang zu den Aufzügen liefen, versuchte Claudia den Wortschwall ihres Vaters wiederzugeben. »Es war ein ziemliches Durcheinander«, sagte sie. »Er hat immer wieder gesagt, was für ein Schlitzohr Sergio war und dass er ihn bewundert hat. Dass alle glauben, dass Sergio tot ist, und er nichts verraten darf. Er hat über Rosa geredet, die arme Rosa, aber ich bin nicht daraus schlau geworden.«

»Und zum Schluss?«, erkundigte sich Selina zunehmend verwirrt. »Als er so gelacht hat? Was hat er da gesagt?«

»Es waren bloß Steine«, zitierte Claudia ihren Vater. »Es waren bloß Steine, wir haben die Steine begraben.«

14

Rosa

Pietra Alta, 1957

Seit zwei Stunden saß sie auf dem Fußboden des Badezimmers und hoffte darauf, dass ihre Mutter aufgeben und sich von der Tür wegbewegen würde. Rosa hatte sich erbrochen wie inzwischen beinahe jeden Morgen. Es war nur noch eine Frage der Zeit gewesen, wann ihre Mutter etwas davon mitbekam. Sie konnte es nicht mehr ewig vor ihr verbergen. Wenn sie es schaffte, rannte Rosa gleich nach dem Aufstehen noch im Nachthemd aus dem Haus und versuchte, sich in einem Gebüsch, hinter den Stallungen oder in den kleinen Bewässerungskanal zu erleichtern. Aber das gelang ihr nur selten. Kaum schlug sie am Morgen die Augen auf, spürte sie die bittere Note heraufziehender Übelkeit im Mund. Sie schaffte es meistens mit Ach und Krach ins Badezimmer.

So auch heute. Rosa würgte über der Kloschüssel und verfluchte die Geräusche, die sie dabei machte, machen musste.

Es wird ein Junge, hatte Angelica prophezeit und gesagt, dass die Übelkeit bei Jungen, zumal wenn sie kräftig wurden, besonders heftig sei. Rosa gab nichts darauf, es war ihr auch ganz gleich, ob es ein Junge oder ein Mädchen werden würde, sie liebte das Kind schon jetzt über alles. Es war ein Kind von Sergio, ein Kind der Liebe. Nur das zählte.

Seit Wochen hätte sie eine Entscheidung treffen müssen. Denn dass es einmal so weit kam wie jetzt, dass ihre Eltern merkten, in welchem Zustand sie sich befand, war absehbar gewesen. Ihr Bauch war bereits leicht gewölbt, sie war müde, und ihr wurde schnell schwindelig. Manche Gerichte, wie die Tagliata vom Rind, die ihr Vater so gern servieren ließ, rührte sie nicht mehr an, auf andere – Vanilleeis – hatte sie einen unnormalen Heißhunger.

Dazu das ständige Erbrechen.

Nein, es war ganz und gar kein Wunder, dass ihre Mutter vor der Tür des Badezimmers stand und darauf wartete, ihre Tochter endlich zur Rede stellen zu können.

Aber was hätte sie tun können? Ihre Eltern einweihen? Rosa mochte sich nicht ausmalen, was geschehen wäre. Um diesen Schritt zu gehen, hätte es mehr Mut bedurft, als sie besaß.

Jetzt klopfte ihre Mutter ungeduldig gegen die Badezimmertür.

»Rosa! Mach augenblicklich die Tür auf! Oder ich hole jemanden, der sie eintritt!«

Das glaubte Rosa ihr auf der Stelle. Im Haus und um das Haus herum, auf allen Besitztümern ihres Vaters, gab es Männer, die vor Kraft nicht laufen konnten und ihren Hang zur Gewalt jederzeit zur Schau stellten. Es würde lediglich eines Fingerschnippens ihrer Mutter bedürfen, und es käme einer dieser Typen und träte die Tür ein.

Seufzend erhob sich Rosa vom Fußboden und drehte den Schlüssel im Schloss, sodass die Tür freigegeben wurde. Sekunden später stand ihre Mutter im Bad und schaute auf ihre Tochter herab.

Rosa blieb sitzen, wo sie war, und vermied es, den Blickkontakt mit ihrer Mutter aufzunehmen.

»Ich weiß, was mit dir los ist, und du brauchst mir keine Lügen aufzutischen.«

»Das hatte ich auch nicht vor.«

»Ach ja? Und wie nennst du es, wenn du seit Wochen vor uns verbirgst, in welchem Zustand du bist?«

»Ich nenne es verstecken. Nicht lügen.«

Ihre Mutter schnaubte.

»Wer ist der Vater?«

Rosa schwieg.

»Du brauchst nicht zu antworten. Dieser Catalongo. Ich hoffe jedenfalls für dich, dass du dich nicht auch noch anderen hingegeben hast.«

Jetzt drehte Rosa den Kopf und bedachte ihre Mutter mit einem verächtlichen Blick. »Was glaubst du eigentlich? Dass ich eine Hure bin?« Mühsam erhob sie sich. »Das Kind ist von Sergio. Und ich bin stolz darauf, dass ich sein Kind unter dem Herzen trage.«

»Nicht mehr lange. Dein Vater wird es zu verhindern wissen.«

Rosa wurde schon wieder übel. »Das kann er nicht! Es ist mein Kind, und ich werde es bekommen, ganz gleich, was ihr darüber denkt.«

»Ach ja? Das uneheliche Kind eines dahergelaufenen Straßenköters! Du kannst froh sein, dass dieser Catalongo Manns genug war, sich selbst zu richten, sonst …«

»Sonst was? Hätte Papa ihn töten lassen?« Rosa lachte bitter auf. Sie war nicht gewillt, sich den Hasstiraden ihrer Mutter weiterhin auszusetzen, und drängte sich an ihr vorbei durch die Badezimmertür. Ihre Mutter versuchte halbherzig, sie zurückzuhalten, aber Rosa schüttelte ihren Arm ab und lief zu ihrem Zimmer.

»Du bist eine Guardini!«, rief ihre Mutter hinter ihr her. »Vergiss das nicht! Du bist die Tochter des Dons!«

Als ob ich das jemals vergessen könnte, dachte Rosa, nachdem sie in ihrem Zimmer angekommen war und die Tür hinter sich zugeworfen hatte. Ich wünschte, ich könnte es vergessen, und mehr noch: Ich wünschte, ich wäre es nicht. Ich will keine Guardini sein, und dass ich die Tochter des Dons bin, ist die furchtbarste Bürde in meinem Leben.

Sie setzte sich auf ihr Bett. Es dauerte eine Zeit, bis sich ihr Herzschlag normalisierte und sie wieder einen klaren Gedanken fassen konnte.

Ihre Mutter würde mit ihrem Vater sprechen, so viel war gewiss. Sie würde sich nicht trauen, Rosa zu helfen und dem Vater gegenüber zu schweigen, dafür hatte sie zu viel Angst. Er war jähzornig, ihr Vater. Zwar hatte er niemals seine Hand gegenüber seinen Frauen erhoben, aber das musste er auch nicht. Allein sein Zorn war angsteinflößend. Und ganz gleich, wie er auf die Nachricht ihrer Schwangerschaft reagieren würde – erst mal würde er wütend werden. Da Rosa sich dem auf keinen Fall aussetzen und überdies ihr Kind um keinen Preis verlieren wollte, dachte sie fieberhaft darüber nach, wie sie sich aus der misslichen Lage befreien konnte.

Sergio war fort. Sie hatten sich darauf geeinigt, dass sie einander nicht schreiben würden, es war zu gefährlich. Nachrichten übermittelte Angelica an ihren Sohn in Deutschland. Und das tat sie postlagernd, an einen anderen Namen, an einen Arbeitskollegen von Sergio. Auf diesen Trick waren sie erst neuerdings verfallen, Sergio hatte seinen Eltern auf diese Art geschrieben. Zwar musste er auch in den Briefen, die er ihnen unter falscher Identität schrieb, so viel wie möglich verschleiern, aber immerhin, es war ein

Weg. Rosa nutzte mit Angelica den stummen Briefkasten, den sie auch mit Sergio genutzt hatte: einen losen Stein in der Mauer der alten Kapelle, unter den sie Nachrichten legten. Nie adressiert, nie unterschrieben und so formuliert, dass fremde Leser nicht schlau daraus wurden.

Aber zu Angelica und Gabriele zu flüchten war keine Lösung. Dort würde ihr Vater zuallererst nach ihr suchen. Und er würde seine Wut an den Eltern von Sergio auslassen, das ahnte Rosa.

Aber flüchten musste sie, wollte sie das Kind behalten. Ihr Vater würde niemals erlauben, dass sie das uneheliche Kind eines seiner Landarbeiter in seinem Hause großzog.

Rosa warf einen Blick aus dem Fenster ihres Zimmers. Noch eine Stunde, dann würde ihr Vater nach Hause kommen. Und er würde ihr die Hölle auf Erden bereiten.

Eine Stunde. Das Zeitfenster war klein, aber sie musste es probieren. Sie hatte nur diese eine Chance.

Hastig packte Rosa das Nötigste in einen kleinen Rucksack. Sie zog ihr Kleid aus und zwängte sich in die schmale dreiviertellange Hose, die sie am Bauch schon nicht mehr schließen konnte, darüber einen Jumper. Dann schlüpfte sie in ihre Tennisschuhe. Gleich fühlte sich Rosa besser – sportlich und beweglich. Sie warf einen Blick aus dem Fenster. Ihr kleiner Balkon lag an der Stirnseite des Gutshofes, direkt davor stand eine große Esskastanie. Als Kind hatte sie sich einen Spaß daraus gemacht, sich vom Balkon auf die Kastanie zu hangeln und so ungesehen aus dem Elternhaus zu kommen, damit sie mit den Dorfkindern spielen konnte. Das hatte sie schon lange nicht mehr gewagt. Aber heute war sie groß, der starke Ast des Baumes war besser erreichbar, sie müsste nicht mehr, wie vor zehn Jahren, einen Sprung wie ein Eichhörnchen wagen. Leise öffnete Rosa die

Tür zum Balkon und vergewisserte sich, dass niemand in Sichtweite war. Sie kletterte über die Balkonbrüstung, hielt sich mit beiden Händen am Ast fest und löste die Beine. Sie schaffte es, ein Bein auf den Ast zu schwingen und sich so hochzuziehen, dass sie bäuchlings auf dem Ast lag. Vorsichtig rutschte sie nach hinten, Zentimeter für Zentimeter, bis sie mit dem Hintern den Stamm erreichte. Noch einmal prüfte sie die Umgebung. Niemand schien etwas von ihrer Flucht bemerkt zu haben, noch war sie geschützt vom dichten Blätterdach der Kastanie.

Jetzt musste sie schnell sein. Rosa drehte sich um und rutschte am Stamm des großen Baumes abwärts. Lautlos kam sie am Boden auf – und dann rannte sie um ihr Leben. Sie kannte den besten Weg ins Dorf, den Trampelpfad, der an der Grundstücksmauer entlangführte, durch das Loch in der Mauer, weiter am Rand der Weinberge. Nur hier konnte man laufen, ohne dass jemand sie von der Straße aus entdeckte. Der Pfad endete am Friedhof. Dort, wo Sergios falsches Grab war. Sie hielt kurz inne und drückte dem Kreuz, auf dem Sergios Name stand, einen Kuss auf – es sollte ihr Glück bringen. Gebückt schlich Rosa sodann durch die Grabsteine und erreichte die Kirche. Sie hatte Glück: Der Pfarrer war in der Apsis, er traf Vorbereitungen am Altar, sodass sie nicht bis ins Pfarrhaus rennen musste – dafür hätte sie die Hauptstraße durchs Dorf überqueren müssen.

Der Pfarrer drehte sich erstaunt zu ihr um und sah sie an, als wäre sie ein Geist. »Rosa, mein Kind, was um Himmels willen …«

»Wir haben keine Zeit«, schnitt sie ihm das Wort ab und erklärte in wenigen Worten ihre Lage.

Er zögerte nicht. Der Pfarrer fragte nicht nach, er versuchte nicht, ihr den Plan auszureden – ja er schwieg sogar zu der Tatsache, dass sie ein uneheliches Kind austrug. Das Einzige, was er sagte, war: »Versteck dich in der Sakristei. Ich sage Doktor Molinari, dass er dich mit dem Auto holen soll.«

Die Minuten in der Sakristei vergingen zäh wie Harz, das aus Baumrinde tropfte. Rosa war übel, ihr Herz raste, die Beine wollten unter ihr nachgeben. Sie stellte sich vor, dass sich jederzeit die Tür zur Sakristei öffnen und ihr Vater eintreten konnte, um sie zu holen. Sie dachte nicht an Sergio, sie dachte nicht daran, was aus ihr werden sollte – eine junge Frau, zwanzig Jahre alt, Tochter des Dons, mit einem unehelichen Kind auf der Flucht. Sie dachte nur an den Embryo, den sie in sich trug. Ihr einziger Wunsch war, dass ihr Kind nicht so aufwuchs wie sie: umgeben von Terror und Gewalt. Zwar hatten sich ihre Eltern Mühe gegeben, sie stets liebevoll zu behandeln, und Rosa wusste sicher, dass sie ihren Eltern das Liebste auf der Welt war, aber je älter sie geworden war, desto weniger konnte sie die Augen vor dem verschließen, was auf dem Landgut ihres Vaters geschah. Landarbeiter, die behandelt wurden wie Sklaven. Die Schreie derjenigen, die gegen den Vater aufbegehrten und des Nachts in der Scheune von seinen Schergen verprügelt wurden. Gewerbetreibende, die ihren Tribut an ihren Vater ableisteten und weinten, weil ihnen nicht genug zum Leben blieb.

Und sie hatte gesehen, was die Männer ihres Vaters ihrem geliebten Sergio angetan hatten.

Wie gern hätte Rosa auf all den Luxus, der sie umgab, verzichtet und wäre einfach nur eine normale junge Frau gewesen. Als Kind hatte sie irgendwann gespürt, dass sie zu den Spielen der anderen nur zugelassen worden war, weil sie Angst vor dem Don hatten – und nicht, weil sie Rosa mochten.

So sollte es nicht länger sein. Ihr Kind, ihres und Sergios, sollte eine unbeschwerte Kindheit und Jugend erleben dürfen.

Und noch während sie vor Angst zitternd über all das nachdachte, trat der Pfarrer ein und winkte ihr.

»Rasch«, flüsterte er. »Dottore Molinari steht mit seinem Wagen vor der Tür.«

Er half Rosa auf – sie hatte sich neben eine Bank gekauert, damit sie für Eintretende nicht sofort sichtbar war –, und bevor sie aus der Tür traten, hielt er sie an den Schultern fest.

»Leb wohl, Rosa. Du bist ein guter Mensch, mein Segen soll dich begleiten. Ich habe dafür gesorgt, dass der Dottore dich in Sicherheit bringt.«

Rosa bekreuzigte sich. »Danke, Pater. Ich bin Ihnen zu großem Dank verpflichtet …«

Er schüttelte den Kopf. »Nein, das bist du nicht. Es ist meine Pflicht. Lebe ein gutes und rechtschaffenes Leben, Rosa, dann ist mir genug gedankt.«

Sie nickte und trat aus der Sakristei. Der Doktor hatte seinen Wagen direkt an der Tür geparkt, sie lief gebückt zu der geöffneten Tür und legte sich bäuchlings auf die Rückbank. Sie hörte, wie jemand hinter ihr die Autotür zuwarf, und betete, dass sich der Doktor nun rasch hinter das Steuer setzen und Gas geben mochte. Stattdessen aber hielt dieser noch ein Schwätzchen mit dem Pfarrer! Rosa wollte gerade den Kopf heben und zur Eile mahnen, als sie hörte, wie Dottore Molinari sagte: *»Buon giorno, Don Lorenzo!«*

Rosas Herz setzte aus. Ihr Vater! Ihr Vater fuhr vermutlich gerade vorbei, er würde in wenigen Minuten nach Hause kommen, wo ihn seine Frau empfangen und ihm von ihr erzählen würde … Bitte, lieber Gott, betete Rosa inbrünstig, bitte lass mich davonkommen! Sie hatte kaum das Gebet zu Ende gedacht, als sich der Doktor hinter das Steuer setzte und endlich den Wagen anließ. Fröhlich verabschiedete er sich vom Pfarrer, eine Scharade, um keine Aufmerksamkeit zu erregen. Mit jeder Faser ihres Körpers spürte sie den Weg, den er aus Pietra heraus nahm. Es gab nur diese Hauptstraße, sie führte in einigen Haarnadelkurven hinunter nach Castelbore und von dort zum Fuß des Vesuv.

Der Doktor fuhr ruhig, mit gleichbleibender Geschwindigkeit. Rosa hielt es kaum aus, sie krallte ihre Fingernägel in die ledernen Rücksitze, und irgendwann rutschte sie in den Spalt zwischen der Rückbank und den Vordersitzen. Dort fühlte sie sich noch sicherer, war vor allen Blicken geschützt – sollte sie ein anderer Wagen oder gar ein Bus überholen.

Je länger die Fahrt dauerte, desto mehr entspannte sie sich. Der Doktor sagte ihr nach einer ganzen Weile, dass er glaube, dass ihnen kein Wagen folgte. Sie hatten die Gegend um den Vesuv hinter sich gelassen und fuhren nun am Meer entlang. Er war sehr zuvorkommend, fragte Rosa, ob sie Hunger oder Durst habe, er könne anhalten und etwas für sie besorgen, aber sie wollte die Fahrt um keinen Preis unterbrechen. Sie getraute sich auch nicht zu fragen, wohin er sie bringen würde. Sie wollte nicht darüber nachdenken, ob der Ort, den der Doktor und der Pfarrer für sie gewählt hatten, sicher war oder nicht. Ob sie dort würde bleiben können oder weiterziehen musste. Im Moment wollte sie all das nicht wissen.

Der Doktor schaltete das Autoradio ein, und fröhliche Schlagermusik drang an ihre Ohren. Wie sehr hatte sie sich gewünscht, eine Frau zu sein, die mit ihrem Verlobten in ein

Tanzlokal gehen und dort zu ebendieser fröhlichen Musik tanzen würde. Eine ganz normale junge Frau, die mit einem jungen Mann verabredet war, mit dem sie tanzen und flirten durfte. Zwei Menschen, die einander vor aller Augen an den Händen halten und stolz zeigen konnten, dass sie verliebt waren.

War dies ein vermessener Wunsch? War das denn zu viel verlangt für eine Frau von zwanzig Jahren?

Stattdessen lag sie im Fußraum eines Wagens und musste sich verstecken, weil sie auf der Flucht war.

Ach, Sergio, dachte Rosa, ich weiß, dass du das nicht für mich gewollt hast. Jetzt konnte sie sich nicht mehr zurückhalten und spürte, wie ihr Tränen aus den Augen rannen und auf das schwarze Gummi des Wagenbodens tropften. Sergio … würde sie ihn jemals wiedersehen? Würde ihr Traum vom gemeinsamen Leben jemals in Erfüllung gehen? Jetzt, in diesen Stunden, auf der Fahrt in ein ungewisses Leben, kamen Rosa große Zweifel. Ob sie die richtige Entscheidung getroffen hatten, als sie beschlossen, dass Sergio allein nach Deutschland gehen sollte und sie irgendwann nachholen? Wie konnte er jemals erfahren, wo sie war? Sie hatte keine Adresse von ihm, nichts. Und seine Eltern durften nicht eingeweiht werden, wo der Pfarrer sie versteckte, es wäre zu gefährlich.

Sergio, *amore mio,* dachte sie, verzeih mir. Aber ich muss unser Kind retten. Vielleicht sehen wir uns niemals wieder, aber du sollst wissen, dass ich dich immer lieben werde.

Immer.

In diesem Moment stoppte der Wagen des Dottore. Er lehnte sich zu ihr nach hinten. »Bleib, wo du bist, Rosa. Ich kläre das. Erst wenn ich dir sage, dass du herauskommen kannst, steigst du aus dem Auto.«

Dann verließ er sie. Lange blieb er nicht fort, doch Rosa zählte jede Sekunde. Sie fühlte sich schutzlos und ausgeliefert. Was, wenn plötzlich die Autotür geöffnet wurde und sie ihrem Vater ins Gesicht blicken musste? Konnte sie denn wirklich sichergehen, dass sowohl der Pfarrer als auch der Doktor auf ihrer Seite standen?

Es gehörte unfassbar viel Mut dazu, sich gegen den Don, gegen die Organisation der Camorra zu stellen. Rosa konnte es niemandem verübeln, der den Mut dazu nicht besaß. Zu oft hatte sie erlebt, was mit »Verrätern« und »Abtrünnigen«, was mit »Feinden« geschah. Sie hatte ihr Leben und das ihres Kindes in die Hände der zwei Männer gelegt, denen sie vertraute. Aber dieses Vertrauen basierte lediglich auf ihrem Instinkt, auf ihrem Bauchgefühl. Sicher, beide, sowohl Pater Zeffirelli als auch Dottore Molinari, hatten bei der falschen Beerdigung Sergios mitgespielt – aber der Tochter des Dons zur Flucht zu verhelfen bedurfte noch mehr Mut.

Gerade als sie begann, sich in das Gefühl, betrogen worden zu sein, hineinzusteigern, öffnete jemand die Tür zum Fond.

»Steig aus, mein Mädchen«, sagte eine sanfte weibliche Stimme.

Rosa stemmte sich hoch und drehte den Kopf.

Sie blickte in das freundliche Gesicht einer Nonne. Die Frau mochte so alt sein wie ihre Mutter, sie hatte einen offenen Blick, lächelte Rosa an und streckte ihr die Hand hin.

Rosa ergriff sie, und als sie mithilfe der Äbtissin aus dem Auto stieg, als sie die Mauern des Klosters sah, das weit abgelegen von städtischer Zivilisation hoch oben an der Steilküste stand, als sie durch den großen steinernen Torbogen des Klosters blickte, wusste sie: Sie war in Sicherheit.

»Pater Zeffirelli schreibt, dass du ein gottesfürchtiges junges Mädchen bist, mit reinem Herzen«, sagte die Äbtissin, nachdem sie gemeinsam den Doktor verabschiedet hatten, der sich beeilen wollte, nach Pietra zurückzufahren, damit er keinen Verdacht erregte. Die Nonne hatte Rosa in ihr Büro geführt, sie waren durch den sonnenbeschienenen Kreuzgang gelaufen, von dem aus Rosa die Nonnen bei der Gartenarbeit beobachten konnte. Alles schien ihr so freundlich zu sein, harmonisch, die Frauen verrichteten schweigend, aber mit entspannten Gesichtern ihre Arbeit.

Die Mutter Oberin hatte einen Brief vor sich liegen, offenbar hatte Pater Zeffirelli rasch ein Schreiben aufgesetzt, das der Doktor der Oberin ausgehändigt hatte, um zu erklären, wen er ihr ins Haus brachte.

»Ich danke ihm für seine Worte«, antwortete Rosa, »aber dennoch habe ich gesündigt.« Sie legte ihre Hände schützend auf ihren Bauch.

Die Frau ihr gegenüber nickte. Offenbar hatte auch das in dem Begleitschreiben gestanden. »Wir verurteilen oder strafen niemanden«, sagte sie. »Wir nehmen dich auf, solange es sein muss. Du kannst keine von uns werden, aber du darfst an unserem klösterlichen Leben teilnehmen. Wir bieten dir und deinem Kind Schutz – aber du wirst ein entbehrungsreiches Leben in Demut führen und hart arbeiten müssen, solange es eben nötig ist. So lange, bis du gefahrlos das Kloster verlassen kannst.«

Rosa musste sich auf die Lippen beißen, um nicht in Tränen auszubrechen. Sie spürte, dass die Erlebnisse des Tages, aber auch der vergangenen Wochen – die Erkenntnis, dass sie schwanger war, der vorgespielte Selbstmord Sergios, sein Begräbnis und seine Flucht und nun sie, die ihrem Elternhaus für immer den Rücken kehrte –, dass all diese Ereignisse wie eine Welle über sie hinwegfegten und die mühsam aufrechterhaltene Mauer der Selbstkontrolle mit sich rissen. Rosa wurde von ihren Emotionen überrollt.

»Womit habe ich das verdient?«, fragte sie, sich mühsam zusammennehmend.

»Verdient hast du es nicht.« Die Mutter Oberin lächelte. »Aber du wirst es dir verdienen, da bin ich gewiss. Auch wenn wir in unserem Kloster von der Welt abgewandt leben, können wir doch die Augen nicht vor Unrecht verschließen.« Ihre Miene wurde ernst. »Pater Zeffirelli und der Doktor kämpfen schon lange gegen das Verbrechen. Sie sind nicht die Einzigen. Sie haben den Mut, sich der Brutalität und dem Unrecht der Camorra entgegenzustellen. Sie verdienen jede Unterstützung.«

Rosa holte tief Luft und nickte tapfer. »Danke«, sagte sie. »Danke, dass ich hier sein darf.«

15

Selina

Pietra Alta, 2023

Bloß Steine?«, echote ihr Bruder Fabio. Er hatte sich mit seinem Rückruf Zeit gelassen, aber Selina konnte ihm einfach nicht böse sein. Zeit war für ihn immer schon etwas Relatives gewesen – ein Rückruf nach zwei Tagen war für Fabio durchaus »schnell«. Wie schafft er es eigentlich, pünktlich zur Arbeit zu kommen, fragte sie sich oft. Das schien offenbar zu funktionieren, denn er machte die Lehre nun schon seit geraumer Zeit.

Außerdem war sie glücklich, dass er sich überhaupt an ihre Bitte um Rückruf erinnerte – sie hatte ihre Erwartungen an ihren Bruder schon sehr weit nach unten geschraubt –, und sprudelte sofort los. Erzählte ihm haarklein alles, was ihr widerfahren war, angefangen mit dem Grabstein ihres Großvaters und seiner offensichtlichen Lüge über die Todesursache seiner Eltern über das Projekt von Tonio Santini und die Tatsache, dass Pietra lange Jahre im Klammergriff eines Camorra-Bosses gewesen war, bis schließlich hin zu dem Ausruf des alten Niccolò: »Es waren bloß Steine!«

Fabio unterbrach nur selten mit einer Zwischenfrage, hörte ansonsten zu und konnte sich schließlich über das Gehörte gar nicht mehr einkriegen. »Mann, ich wünschte, ich wäre mitgefahren!«

»Ich auch«, gestand Selina. »Ich habe nicht gedacht, dass ich so etwas hier erlebe. Ich meine, ich habe einfach nur gehofft, Opas Geburtsort zu sehen und vielleicht etwas mehr über die Familie zu erfahren. Aber das ist echt ein bisschen *too much.*«

»Meinst du wirklich, Opa war ein Lügner?«

Selina antwortete nicht sofort. Es fiel ihr schwer, etwas Schlechtes über ihren Nonno zu sagen, aber sie mussten den Tatsachen ins Auge blicken. »Jedenfalls, was den Tod seiner Familie angeht. Sowohl seine Mama als auch sein Papa sind erst gestorben, als er schon erwachsen und in Deutschland war. Also das mit dem Waisenhaus ist auf alle Fälle ein Märchen.«

»Und wenn er gar nicht der echte Sergio Catalongo ist? Wenn er in Wirklichkeit ganz anders heißt und die Identität des Toten angenommen hat? Vielleicht ist er ein Verbrecher und hat sich unter falschem Namen nach Deutschland abgesetzt.«

»Daran habe ich natürlich auch schon gedacht«, gab Selina zu. »Vor allem wegen dieser Camorra-Geschichte.«

Sie schwiegen beide, ihre Betroffenheit war mit Händen zu greifen.

»Nein«, brach Fabio das Schweigen. »Das glaube ich nicht. So einer ist Opa nicht gewesen. Denk mal, wie er sich für die Obdachlosen eingesetzt und sich bei der Tafel engagiert hat und all so was. Der war im Leben nicht kriminell.«

Selina war erleichtert, dass Fabio den unguten Verdacht so vehement vom Tisch wischte. Sie sah es genauso. Ihr Großvater war manchmal anstrengend gewesen mit seinem

Fleiß und dem Streben nach Perfektion, aber immer ein herzensguter Mensch. Freundlich zu allem und jedem, ein liebevoller Ehemann, großzügiger Vater und ein verlässlicher Freund. Die Verbrechen der organisierten Kriminalität brachte Selina nicht mit ihm in Verbindung. Es war ihre Aufgabe, so einen Verdacht ein für alle Mal aus der Welt zu schaffen. Sie musste herausfinden, was es mit dem Grab von Sergio Catalongo auf sich hatte.

»Willst du nicht zur Polizei gehen?«, fragte Fabio.

»Auf gar keinen Fall! Denk mal an Papa und Oma! Die werden ihres Lebens nicht mehr froh, wenn so ein Verdacht im Raum steht. Ich möchte ihnen das alles nicht zumuten. Entweder gelingt es mir, die Wahrheit über Opa allein herauszufinden, oder ich lasse die Sache ruhen und spreche nie wieder darüber.«

»Ja okay, verstehe.«

»Auch eine Exhumierung kommt deshalb nicht infrage«, erläuterte Selina. »Obwohl es natürlich interessant wäre, ob der alte Nico recht hat mit der Behauptung, sie hätten nur Steine begraben.«

»Was sagt denn seine Tochter dazu?«

»Die meint, ihr Vater ist nicht richtig im Kopf. Das stimmt ja auch, aber eben nur zum Teil. Manchmal erinnern sich Alte oder Demente gerade besonders gut an die Vergangenheit.«

»Und diese Rosa, von der die Rede war?«

»Das werde ich herausfinden. Mit der fange ich an. Das kann nicht so schwer sein, ich forsche nach ihr in den alten Akten. Tonio Santini lässt mich bestimmt darin suchen.«

»Viel Glück, Schwesterherz! Und halt mich auf dem Laufenden.«

»Rosa? Sie suchen eine Frau namens Rosa?«

Professor Santini hatte Selina zurückgerufen, er war an diesem Tag nicht in seinem Büro in Pietra, sondern in Neapel an der Universität. Selina hatte ihm von ihrem Besuch bei Niccolò Bassani erzählt und dass sie nun versuchen wolle, die Identität der Frau namens Rosa zu lüften – die anscheinend in engerer Verbindung zu Sergio Catalongo gestanden hatte. Dem damals Verstorbenen oder dem, der erst vor Kurzem das Zeitliche gesegnet hatte, das galt es herauszufinden.

»Vielleicht müssen Sie nicht lange suchen«, sagte Santini, »die Tochter von Don Lorenzo hieß Rosa.«

Selina war wie elektrisiert. »Von dem Camorra-Boss? Guardini? Die verschwunden ist?«

»Ganz genau. Sie können natürlich im Kirchenregister nachsehen, aber wenn Sie mehr über Rosa Guardini beziehungsweise ihre Familie erfahren wollen, dann empfehle ich die Ausstellung.«

»Welche Ausstellung?«

Der Historiker erklärte Selina, dass es eine Ausstellung im Gutshaus, dem ehemaligen Wohnhaus der Familie Guardini, gebe.

»Die Stiftung hat das vor ein paar Jahren beauftragt«, sagte er. »Dort wird die Geschichte der Camorra in dieser Gegend und speziell alles um Lorenzo Guardini behandelt. Wir können die Ausstellung nicht dauerhaft geöffnet lassen, dazu fehlt es an Personal und Geld. Aber wir zeigen sie auf Anfrage. Schulklassen oder Studierenden zum Beispiel. Der Schlüssel liegt bei Gabriella im Tourismusbüro. Wenn Sie wollen, sage ich ihr Bescheid.«

»O ja! Das wäre großartig«, freute sich Selina.

Keine zwei Stunden später holte sie den Schlüssel zum Gutshaus bei Gabriella ab. Der Kellner aus dem netten Café am Marktplatz grüßte sie wie eine alte Bekannte, und Selina hatte das Gefühl, den kleinen Ort schon richtig gut zu kennen. Wie gern wäre sie hier nur im Urlaub unterwegs, um die Schönheit Pietras und seiner wundervollen Umgebung völlig unbeschwert genießen zu können. Sie hatte die nette Wohnung in Castelbore für vier Tage gemietet, danach wollte sie ursprünglich ein bisschen in der Gegend herumfahren. Unbedingt ans Meer, vielleicht an die Amalfiküste oder auf die Inseln, Ischia, Capri oder Procida. Und natürlich noch nach Neapel! Das würde sie jetzt unmöglich schaffen. Es war bereits der dritte Tag hier, und Selina ahnte, dass sie die Geheimnisse der Vergangenheit so rasch nicht lüften würde. Sie müsste ihre Vermieterin Nathalie fragen, ob das Appartement ein paar Tage länger zur Verfügung stand.

»Hier ist auch noch die Broschüre zur Ausstellung.« Gabriella gab ihr ein kleines Heftchen zusammen mit dem Schlüssel für das Gutshaus.

Selina nahm beides dankbar entgegen und machte sich auf den Weg. Das ehemalige Anwesen der Guardinis lag hinter den Weinbergen, malerisch auf einer kleinen Anhöhe mit herrlichem Blick über die Obstgärten, Weinberge, die Ausläufer des Vesuv bis hinunter zum Meer. Eine Zypressenallee führte zum Haus hin und mündete in einem Rondell, in dessen Mitte ein Springbrunnen lag. Dieser war nicht in Betrieb und führte auch kein Wasser, wie überhaupt das gesamte Anwesen still und verlassen dalag. Es war ein schönes Haus, Selina vermutete, dass es Ende des 19. Jahrhunderts errichtet worden war, eine süditalienische Villa wie aus dem Bilderbuch. Zweistöckig, in heller Terrakottafarbe mit hell abgesetzten Fensterstürzen und steinernen Balkons, davor eine breite Treppe, die in einer umlaufenden Terrasse mündete. Die Fensterläden waren überall geschlossen, was dem Anwesen die Anmutung einer Schönheit im Dornröschenschlaf verlieh.

Wie schade, dass hier kein fröhliches Leben herrschte, bedauerte Selina, aber vielleicht war dies bei der traurigen Vergangenheit auch nicht angebracht.

Sie beschloss, es sich erst einmal auf der Treppe gemütlich zu machen, die so einladend in der Vormittagssonne lag, und in der Broschüre zu blättern.

Die »Doktor-Molinari-Stiftung« war Herausgeberin des Druckwerks, und schon auf den ersten Seiten erfuhr die geneigte Leserin, wer dieser Dottore Molinari gewesen war. Offenbar stammte er aus Pietra, war dort praktizierender Arzt gewesen und hatte sich, zusammen mit dem hiesigen Pfarrer Zeffirelli, gegen die organisierte Kriminalität eingesetzt. Er hatte mit der Staatsanwaltschaft in Neapel zusammengearbeitet und diese mit Informationen über Lorenzo Guardini und die Camorra versorgt. Irgendwann wurde er verraten und von den Leuten Guardinis erschossen. Es gelang ihm nicht mehr rechtzeitig zu fliehen, der Pfarrer jedoch entkam und sagte in einem späteren Prozess als Kronzeuge aus.

Selina schauderte. Sie hatte das Gefühl, je tiefer sie in die Vergangenheit ihres Großvaters eintauchte und je mehr sie erfuhr, desto rätselhafter wurde es für sie! Denn dass irgendetwas Geheimnisvolles sowohl vor als auch nach Sergios Abreise nach Deutschland vorgefallen war, dessen war sie sich mittlerweile sicher. Ihr Opa hatte gelogen, was seine Eltern betraf. Der alte Niccolò hatte Sergio gekannt, und es hatte sich alles danach angehört, dass dies keine reine Kinderfreundschaft gewesen war. Er hatte über Sergio gesprochen wie über einen erwachsenen Freund, doch dann, als es um den Tod Sergios ging, wurde alles etwas verworren. Niccolò hatte Angst gehabt, darüber zu reden, hatte ständig wiederholt, dass er nichts verraten dürfe. Diese Geheimniskrämerei passte irgendwie zu Pietra, zu dem Mann, der hier in dem Haus, vor dem Selina nun in der Sonne saß, ein Schreckensregime errichtet hatte.

Und dann war plötzlich die Tochter des Camorra-Bosses nicht mehr auffindbar – Rosa, von der Nico gesprochen hatte, als stünde sie in direktem Zusammenhang mit ihrem Opa. Warum sonst sollte Niccolò Bassani glauben, dass sie Sergio nach Deutschland gefolgt war?

Selina hatte die Broschüre überflogen, sie nahm sich vor, sie am Abend noch einmal richtig durchzulesen. Jetzt wollte sie lieber die Ausstellung auf sich wirken lassen. Sie stand auf, schloss mit dem Schlüssel die schwere Holztür auf und wunderte sich zunächst, dass es keinerlei weitere Sicherheitsvorkehrungen gab. Die Tür konnte jeder halbwegs begabte Einbrecher mit Leichtigkeit aufbrechen, warum existierte nicht einmal eine Alarmanlage?

Die Antwort konnte sie sich selbst geben, sobald sie die Tür geöffnet hatte und ins Vestibül der Villa getreten war.

Das Haus war leer.

Bis auf einige Stellwände mit Bildern und Texten der Ausstellung und feste Einrichtungsgegenstände wie Marmorreliefs oder in die Wand eingelassene Spiegel gab es hier nichts. Warum das so war, erklärte gleich die erste Schautafel. Die Ausstellungsmacher wollten dem Anwesen des Verbrechers Lorenzo Guardini keinen musealen Charakter verleihen, um der Gefahr, ihm ein Denkmal zu setzen, zu entgehen. Die Einrichtung der Villa war in Bezug auf die Geschichte der organisierten Kriminalität der Gegend, die hier rekonstruiert werden sollte, nicht von Belang. Es existierten offenbar innerhalb der Ausstellung Fotos, die den pompösen Lebensstil des Camorra-Bosses zeigten, das sollte genügen, um zu verdeutlichen, in welchem Luxus der Mann mit seiner Familie gelebt hatte – Luxus, den er auf dem Rücken der von ihm Ausgebeuteten erworben hatte.

Langsam wanderte Selina durch die liebevoll kuratierte Ausstellung. Sie las jede der auf Italienisch und Englisch geschriebenen Hinweistafeln sehr genau durch und sah sich interessiert die Fotos an.

In der Ausstellung ging es nicht ausschließlich um Lorenzo Guardini, es wurden auch die Anfänge der Camorra in der Gegend rund um Neapel beleuchtet. Was Selina jedoch richtiggehend gruselig fand, war die Tatsache, dass Guardini seine Herrschaft erst nach dem Zweiten Weltkrieg aufgebaut und zementiert hatte. Eine Zeit, die noch nicht so lange zurücklag und die sie in ihren Vorstellungen viel mehr mit Moderne, mit Fortschritt und Demokratie verband. Dass eine einzelne Person mit Brutalität – Erpressung und Gewalt – über eine ganze Region herrschte und sich Arbeiter wie Sklaven hielt, die zwar bezahlt wurden, aber so schlecht, dass es selten reichte, um davon eine ganze Familie gut durchzubringen, und die Arbeiter von den Gefälligkeiten ihres Bosses abhängig waren, erschreckte sie. Italien war eine Demokratie, wie konnte es sein, dass die Justiz und die Politik den Mann so lange gewähren ließen? Die Antwort fand sich in der Ausstellung: Bestechung und Infiltration der zuständigen Staatsorgane mit Mafiosi. Eine Hand wusch die andere. Guardini war gut vernetzt gewesen, er hatte hochrangige Freunde gehabt, für die er Dinge erledigte, mit denen sie sich nicht die Finger schmutzig machen wollten. Dafür standen sie in seiner Schuld.

Selina lernte viel über die Camorra, mehr als das aber interessierte sie sich für die Fotos, die das Anwesen der Guardinis zeigten, die Ländereien, das Dorf. In der Tat sah Pietra damals nicht sehr viel anders aus als heute, Tonio Santini und seine Kommilitonen hatten ganze Arbeit geleistet. Damals wirkte Pietra allerdings sehr ärmlich, was vielleicht den Schwarz-Weiß-Fotografien geschuldet war. Auf einem Bild, Selina hatte sich auf der Zeitschiene der Ausstellung bereits in die Fünfzigerjahre vorgearbeitet, posierte die Familie Guardini auf der Freitreppe vor dem Gutshaus, der Treppe, auf der sie selbst gerade noch gesessen und die Broschüre durchgeschaut hatte. Guardini, das Familienoberhaupt, stand in der Mitte, in einem eleganten grauen Anzug, eine dicke Zigarre in der einen Hand, mit der anderen umfing er die Hüfte einer schmalen Frau. Er selbst war beleibt, haarlos und schien deutlich älter als sechzig Jahre. Das allerdings erschien Selina immer so – wenn sie Fotos ihrer Urgroßmutter sah, die Mutter von Marianne, kam ihr diese mit fünfundsechzig wie eine alte Frau vor, ihre Großmutter jedoch sah mit über achtzig noch jünger aus.

Die Frau, die Guardini im Arm hielt, wirkte freudlos. Mochte sie einst schön gewesen sein, so dominierte auf dem Bild ihr Ausdruck – und der war alles andere als fröhlich. Wie hielt man es an der Seite eines Verbrechers aus, fragte Selina sich. Was wusste die Frau? Wie viel wollte sie wissen?

Ganz anders dagegen das weibliche Wesen auf der anderen Seite des Mannes. Ein junges Mädchen, vielleicht fünfzehn Jahre. Sie trug einen Tennisdress und grinste keck in die Kamera. Ihr hochgebundener Pferdeschwanz schien lustig zu wippen, überhaupt strahlte der Teenager eine durch und durch positive Energie und Fröhlichkeit aus. Selinas Augen wanderten vom Foto zur Bildunterschrift: »Lorenzo Guardini mit seiner Frau Silvia und Tochter Rosa«.

Selina zuckte zurück. Hier war sie! Rosa Guardini. War dies die Rosa, von der Niccolò gesprochen hatte? Selina rechnete zurück. Die Aufnahme war von 1951. Das Mädchen auf dem Bild war irgendetwas zwischen vierzehn und sechzehn Jahren. Also musste sie ebenfalls zwischen 1935 und 1937 geboren worden sein – so alt wie ihr Großvater Sergio. Die beiden mussten sich gekannt haben! Pietra war ein winziger Ort, gewiss kannte damals jeder jeden.

Von plötzlicher Erregung gepackt, flogen Selinas Augen über die Bilder der Ausstellung. Vielleicht fand sie Rosa noch einmal, sie musste herausbekommen, was mit ihr geschehen war.

Ein paar Stellwände später wurde sie fündig. Eine Aufnahme von Guardinis Tochter, diesmal ohne ihre Eltern. Sie stand vor der Kirche, das erkannte Selina sofort. Neben ihr der Pfarrer, laut Bilduntertitelung handelte es sich um Pfarrer Zeffirelli, der, so erinnerte sich Selina, gegen Guardini heimlich mit der Polizei zusammengearbeitet hatte. Sie las unter dem Foto: »Das letzte existierende Foto von Rosa Guardini, aufgenommen im Oktober 1956. Drei Monate später verschwand die junge Frau spurlos. Der Grund für ihr Verschwinden konnte niemals aufgeklärt werden.«

Drei Monate nach dem Tod von Sergio Catalongo beziehungsweise kurz nachdem Sergio Catalongo nach Deutschland emigrierte. Ein junger Mann verschwindet, eine junge Frau aus dem gleichen Ort ebenfalls. Konnte das Zufall sein? Und noch eine Frage drängte sich Selina auf: Konnte Rosa die Frau gewesen sein, die Sergio am Bahnsteig in Neapel verabschiedet hatte und von der er Giancarlo gegenüber steif und fest behauptete, es sei seine Schwester gewesen? Von einer Schwester aber hatte sich in Pietra keine Spur gefunden, Selina hatte mit Tonio im Kirchenregister nachgesehen.

Elektrisiert besah Selina sich die weiteren Fotos aus den Fünfziger- und Sechzigerjahren. Sie las über den Tod des Camorra-Bosses, er hatte das Verschwinden der Tochter nicht verwinden können, war sehr krank geworden und hatte schließlich wenige Jahre später einen Herzinfarkt erlitten. Nach seinem Tod hatte seine Frau Silvia versucht, seine Geschäfte weiterzuführen, war aber von anderen Bossen der Camorra unter Druck gesetzt worden. Sie hatte schließlich einen Großteil der Besitztümer abgegeben. Nur das Haus hatte sie behalten. Vor ihrem Tod überschrieb sie es an einen Mann, der nicht aus dem Ort stammte und der später die Stiftung Dottore Molinari gründete.

Selina bekam eine Gänsehaut und sah sich in der Villa um. Der blank polierte Marmorboden, die goldgefassten Handläufe, das hohe Vestibül, das sich über beide Stockwerke öffnete – keine Frage, so freundlich die Villa von außen wirkte, so kühl war sie im Inneren. Die Innenarchitektur entsprach der Mode der Fünfzigerjahre, in denen plötzlich kalter polierter Schick en vogue war. Guardini liebte Protz und Prunk, sicherlich hatte er seinen Reichtum zur Schau gestellt. Selina mochte sich die Tragödie der zurückgelassenen Ehefrau, die alles verloren hatte – Mann, Tochter, Geld und Einfluss –, nicht vorstellen. Und dennoch hielt sich ihr Mitleid in Grenzen – als Frau an der Seite eines Verbrechers wusch Silvia Guardini ihre Hände nicht restlos in Unschuld.

Relativ am Ende der Ausstellung fand sich eine ganze Wand, die sich mit dem Namensgeber der Stiftung beschäftigte, mit Dottore Molinari. Anhand von verschiedenen Bildern wurde sein Leben erzählt, bis zu dem traurigen Ende. Sogar ein Bild von dem Toten hatten die Macher der Ausstellung ausgegraben – anscheinend hatten die Bewohner Pietras dem Doktor ihre Ehre erwiesen und ihn in der Kirche aufgebahrt, wo sie von ihm Abschied nahmen.

Andere Bilder zeigten den überaus sympathisch aussehenden Mann in Uniform im Zweiten Weltkrieg, mit seiner Familie, mitten im Dorf, lachend am Tisch mit Freunden. Auf einem Foto stand er mit Landarbeitern Guardinis in einem Obstgarten.

Moment, dachte Selina, den kenne ich doch? Sie besah sich das Bild näher. Links neben dem Doktor standen einige junge Männer, ganz offensichtlich Arbeiter. Sie trugen ärmellose Unterhemden, waren verschwitzt und stützten sich auf ihre Spaten. Einer von ihnen grinste frech in die Kamera, er war schmal und nicht besonders groß. Das Auffallende an ihm aber war die schwarze Haartolle.

Keine Frage, es war ihr Großvater, Sergio Catalongo.

16

Sergio

Wuppertal, 1957

Was für eine Veränderung! Sergio konnte sich gar nicht vom Fenster losreißen. Er blickte nun nicht mehr auf das Schild »Hunde und Italiener verboten«, sondern auf den begrünten Innenhof der Mietshäuser, in denen ihre Wohnung lag. Sie hatten es geschafft!

Aus der kleinen Küche zog der Geruch nach Pasta und köstlicher Soße herüber, Sergio beeilte sich, den Tisch zu decken.

»Allora! Pasta presto«, rief Giancarlo gut gelaunt zu ihm ins Wohnzimmer und kam schon wenige Sekunden später mit dem dampfenden Topf voller Nudeln herüber.

Die beiden Männer setzten sich an den gedeckten Tisch, Giancarlo füllte Maccheroni auf die Teller, und sie schaufelten kräftig gewürzte Arrabbiata darüber. Anschließend hobelten sie Parmesan über den Pastaberg auf ihren Tellern. Der Käse stammte aus dem Paket aus Sizilien, das Giancarlo einmal im Monat geschickt bekam.

Sergio beglückwünschte sich erneut für seine Entscheidung, mit dem Sizilianer zusammenzuziehen. Sich mit Giancarlo zusammenzutun hatte viele Vorteile gehabt, das regelmäßige Essenspaket aus der Heimat war nur einer davon.

Ein sehr gewichtiger allerdings.

»Buon appetito«, wünschte er seinem Freund. »Wir müssen sparsam mit dem Käse sein. Ich ertrage es nicht, die Nudeln mit Emmentaler zu essen.«

Giancarlo lachte. »Du übertreibst, Sergio, wie immer. Ich finde diesen Emmentaler gar nicht so schlecht. Vielleicht nicht über die Pasta gerieben, aber auf dem Brot …«

»Auf dem Brot! Du bist ja schon ein richtiger Deutscher!«

Tatsächlich hatte Giancarlo diese Sitte ihres Gastlandes übernommen, sich für die Arbeit »Stullen« zu schmieren. Der Freund kaufte Graubrot – oder noch schlimmer: Vollkornbrot! Oder Pumpernickel! –, bestrich es mit Butter und Leberwurst oder legte Käsescheiben darauf und nahm es mit zur Arbeit. Sergio dagegen sehnte sich nach Tramezzini. *Alla caprese,* mit Mozzarella und Tomaten. Oder mit Thunfisch und Kapern. Mit Prosciutto crudo, Pancetta oder San Daniele. Aber Giancarlo schwärmte von seinen »Stullen«, und tief im Inneren musste Sergio zugeben, dass er ein kleines bisschen neidisch war, wenn er sah, wie sein Freund herzhaft und mit großem Appetit in seine Pausenbrote biss. Vielleicht sollte er doch einmal probieren?

Ein Eichhörnchen huschte im Schein der Laterne durch die Grünanlage. Vielleicht fand es seinen Weg auch zu ihrem kleinen Balkon, auf dem Sergio Nüsse für die possierlichen Tiere bereitgelegt hatte.

In Duisburg hatte er außer Ratten oder Mäusen, Hunden an der Leine oder umherstreunenden Katzen keinerlei Tiere gesehen. Hier in Wuppertal allerdings, in der Wohnanlage der Firma, in der sie untergekommen waren, gab es einige Wildtiere zu beobachten, was Sergio sehr genoss. Erst als er die Tiere durch das Fenster oder vom Balkon aus betrachtete, spürte er, wie sehr ihm das gefehlt hatte. In Pietra war er von klein auf immer draußen gewesen, die Geckos und die Füchse, die Wildschweine und Singvögel gehörten zu seinem Alltag. Er hatte immer Tiere um sich herum gehabt, neben den Wildtieren die Ziegen nicht zu vergessen, die sein Freund Niccolò mit seinem Vater hütete.

Pietra ... wie sehr sehnte er sich danach! Nach seinen steinernen Mauern, die noch in der Nacht vor Wärme glühten, weil sie tagsüber von der Sonne Italiens aufgeheizt worden waren. Nach dem Gesang seiner Mutter, wenn sie am Herd stand und die Polenta rührte. Nach den Witzen, die sein Vater riss, wenn er nach getaner Arbeit mit seinem Sohn vor dem winzigen Häuschen saß und etwas bastelte oder reparierte.

Nach Rosa. Ihren Augen, tiefe dunkle Teiche, in denen er versank. Ihre Haare, die ihn einhüllten wie ein Schleier aus Seide, wenn sie sich auf ihn rollte, um ihn zu küssen.

Ihre Lippen, ihre Haut... er konnte all das noch abrufen, die Gefühle, die sie in ihm auslöste, er brauchte nur die Augen zu schließen. Aber die Erinnerung wurde von Tag zu Tag blasser, auch das spürte er mit Schrecken.

Das Schlimmste aber war, dass er keine Nachrichten mehr aus der Heimat erhielt. Der letzte Brief seiner Mutter war zu Weihnachten gekommen. Ein trauriges Weihnachtsfest, das Sergio allein in der Duisburger Mietskaserne verbracht hatte. Alle seine Kollegen waren über die Feiertage zu ihren Familien in die Heimat gefahren – nur er nicht. Kurz hatte er mit dem Gedanken gespielt, ob er es wagen sollte, wenigstens nach Neapel zu fahren, sich dort in eine Pension einzumieten und Kontakt zu Rosa aufzunehmen, aber dann hatte ihn der Brief seiner Mutter erreicht, und der hatte ihn alarmiert. Wenn er richtig interpretierte, was sie ihm zwischen den Zeilen schrieb, dann war Rosa aus Pietra geflüchtet – mit Unterstützung. Der Don tobte, hatte alles und jeden in Verdacht, die Stimmung war aufgeheizt und gefährlich. Seine Mutter hatte angekündigt, dass sie sich vorerst nicht traue, ihm zu schreiben, und bat auch ihn, ihr keine Briefe zu schicken, es würde sie in Gefahr bringen.

Sergio hätte mit den Fingernägeln die Tapete von den Wänden kratzen können – seine Geliebte war mit ihrem gemeinsamen Kind auf der Flucht und musste sich vor dem eigenen Vater verstecken. Ihm war der Weg in die Heimat verbaut, seine Eltern ganz und gar auf sich gestellt – oh, wie sehr er Don Lorenzo und die ganze versammelte Mafia hasste! Sergio betete Tag um Tag, dass die Justiz der ehrenwerten Gesellschaft das Handwerk legte, aber es passierte einfach gar nichts. Kaum ermannte sich ein mutiger Staatsanwalt, den Kampf aufzunehmen, wurde er mundtot gemacht. Und so ging es immer weiter mit Gewalt und Erpressung, mit Repressalien und Ausbeutung. In Pietra stemmten sich lediglich der Doktor und der Pfarrer gegen den Don, es konnte sie den Kopf kosten, wenn das herauskam. Redliche und gute Leute wie Sergio und seine Eltern wurden unter das Joch des Camorra-Bosses gezwungen, und nun saß er hier, im Ausland, zum Nichtstun verdammt.

Zu seinem großen Glück hatte er Giancarlo kennengelernt, der ihm ein treuer Freund und Gefährte geworden war. Der Junge aus Sizilien schaffte es stets, Sergio aufzuheitern, und vor allem: Er stellte keine Fragen. Schnell hatte der Sizilianer kapiert, dass Sergio kein Sterbenswörtchen über seine Vergangenheit verraten wollte, also fragte er nicht weiter. Im Gegenzug bemühte sich Sergio, den Freund in seine Pläne einzubeziehen. Die da lauteten: raus aus dem Tagebau. Rein in eine gute Beschäftigung. Und dann weiter, immer nach vorne und nach oben. Den ersten Schritt hatten sie schon geschafft: Sie hatten eine neue Arbeit und sich verbessert.

Anfang Januar waren sie eingezogen. Alles war sehr schnell gegangen – kaum hatte Sergio beschlossen, dass er sein Leben in Deutschland nicht unter Tage fristen wollte, hatte er begonnen, sich umzutun. Die Kollegen zu fragen, auch die Türken und Griechen. Irgendjemand wusste immer irgendetwas, und tatsächlich! Einer hatte einen Cousin, der in der Pharmafirma Bayer in Wuppertal-Elberfeld arbeitete und wusste, dass die Firma Mitarbeiter im Lager suchte. Sergio bat ihn, einen Kontakt herzustellen, und wenige Tage später hatte er einen Vorstellungstermin gehabt. Giancarlo hatte er überredet mitzukommen, nicht zuletzt, weil der bereits besser Deutsch sprach als er selbst und ein geschmeidiges Auftreten hatte.

Und was hatten sie für ein Glück – der Vorarbeiter im Lager war selbst Italiener! Sie hatten keine zehn Minuten geplaudert, da hatten sie ihre Jobs in der Tasche. Mit der Auflage, dass sie einen Deutschkurs absolvierten. Eine kleine Werkswohnung gab es obendrein – das tröstete sie auch über den niedrigeren Lohn hinweg. Denn natürlich war die Arbeit im Lager körperlich weniger anstrengend als unter Tage, war also deutlich schlechter bezahlt. Auf dem Rückweg in der Bahn brachte Sergio all seine Überzeugungskraft auf, um Giancarlo zum Mitmachen zu bewegen.

Dieser war unsicher – sein Plan war es schließlich, in Deutschland innerhalb kürzester Zeit so viel Geld wie möglich zu verdienen, um dann schnellstmöglich nach Sizilien zurückzukehren. Und nun hatte dieser verrückte Neapolitaner ihn überredet, einen Job anzunehmen, für den er weniger Geld bekam!

Sergio feixte. Giancarlo würde schon noch sehen, er tat gut daran, Sergios Rat zu befolgen, denn er hatte noch Großes vor. Die Szene vor dem Fernsehgeschäft hatte ihn nicht losgelassen. Eine Idee spukte in seinem Kopf herum, er konnte sie nur noch nicht konkretisieren. Aber er war besessen davon, den Deutschen Italien näherzubringen. Wie auch immer er es anstellen sollte.

Giancarlo goss Rotwein nach. Es war ein Chianti in der Korbflasche – kein Fusel allerdings, sondern ein guter Tropfen, einer, der den Namen Chianti wohl verdiente. Giancarlo hatte es geschafft, Walter davon zu überzeugen, den Wein anzubieten – und tatsächlich hatte der sich darauf eingelassen, sodass sich die beiden Italiener jederzeit Nachschub beschaffen konnten.

Walter war der Besitzer des Büdchens in der gleichen Straße, in der ihre Werkswohnung lag. Schon in Duisburg hatten sie diese sehr deutsche Institution schätzen gelernt, insbesondere da die Geschäfte in Deutschland an Sonntagen geschlossen hatten. Abends schlossen sie bereits um sechs. Die Mittagspause von zwölf bis drei nicht zu vergessen, und an Mittwochnachmittagen war sowieso alles zu.

»Wollen die Deutschen keine Geschäfte machen?«, hatte Giancarlo einmal gefragt, als sie schon wieder vor dem verschlossenen Supermarkt standen, weil ihre Schicht bis siebzehn Uhr dauerte, aber bis sie geduscht und sich umgezogen hatten, war es längst achtzehn Uhr – und alle Läden zu. Wie gut war es da gewesen, die Büdchen zu entdecken. Jedes hatte ein individuelles Sortiment – neben Zeitungen, Tabak, Lottoscheinen, Bier und Schnaps natürlich. Karl-Heinz zum Beispiel verkaufte schlüpfrige Heftchen unter dem Ladentisch. Bei Schulle dagegen gab es immer frischen Kuchen, den seine Frau backte. Und Walter nun, in Wuppertal, Walter hatte einfach alles. Vom Pflaster über Hundefutter, von Lockenwicklern zu frischen Eiern – sogar Krawatten hatte er einmal verkauft! Das lag daran, hatte Walter ihnen erklärt, dass einer seiner Söhne Fernfahrer war. Anscheinend fiel immer etwas vom Laster, und plötzlich kam Walter in den Genuss, Sachen verkaufen zu können, die man üblicherweise in einem Büdchen nicht bekam. Man brauchte Walter nur zu fragen: »Na, wat jibbet heute?« – und schon zauberte er besondere Ware hervor.

Der Chianti nun. Sergio und Giancarlo hatten ihre neue Arbeitsstelle, vor allem aber die kleine Wohnung, die sie sich teilten, von ihrem ersten Gehalt gefeiert. Dazu hatten sie das einzige italienische Restaurant in der Stadt aufgesucht. Natürlich hatten sie Wein bestellt – und ebenjenen köstlichen Chianti serviert bekommen. Der findige Giancarlo hatte daraufhin den Ober gefragt, ob er die leere Flasche mit nach Hause nehmen könne – und diese anderntags Walter präsentiert.

»Walter, kannst du besorge?«, hatte er sich erkundigt, und Walter hatte nachdenklich den Kopf gewiegt, wie es seine Art war.

Keine Woche später hatte er triumphierend auf das Regal mit den Spirituosen gezeigt – und dort stand tatsächlich der Chianti! Seitdem gönnten sich Sergio und Giancarlo einmal in der Woche ein bis zwei Flaschen.

»Kommst du mit zum Tanzen?«

Sie hatten den Tisch abgeräumt und standen beide mit ihren Zigaretten auf dem Balkon, rauchten hinunter in die dunkle Stille der Wohnanlage. Sergio warf Giancarlo einen Seitenblick zu.

»Deswegen hast du dich so schick gemacht?«

Sein Freund trug wie immer ein reinweißes Hemd, akkurat gebügelt, und die schmal geschnittene Hose nach der neuesten Mode. Der Sizilianer war stets wie aus dem Ei gepellt.

Giancarlo schnippte seine Kippe über die Balkonbrüstung und strahlte Sergio an. »Ja, die Kollegen haben erzählt, dass es im *Café Amalia* Sonntagabend Swing gibt. Mit Musikkapelle! Komm, Sergio, wir sind junge Männer, wir müssen doch auch leben. Und nicht nur arbeiten.«

»Plocken«, verbesserte Sergio, der diesen wichtigen deutschen Ausdruck gelernt hatte. »Plocken heißt das, mein Freund.«

»Also kommst du nun?«

Aber Sergio zierte sich. Tanzen … wie hatten sie davon geträumt, Rosa und er, dass sie wie andere junge Paare auch gemeinsam zum Tanzen gehen konnten! In der Öffentlichkeit Händchen halten und allen zeigen, dass sie zusammengehörten. Auch in Pietra waren die jungen Leute zum Tanzvergnügen gefahren, nach Castelbore oder gar Neapel. Oder hatten eine Milchbar besucht. Ihnen waren all diese Vergnügungen verwehrt gewesen. Warum sollte er jetzt zum Tanz gehen? Er wollte mit niemandem tanzen außer mit ihr, Rosa.

»Jetzt komm schon, Sergio. Lass mich nicht hängen.«

Sergio zuckte mit den Schultern. »Na gut. Was soll's.«

Große Lust hatte er keine, aber er fand, dass er seinem Gefährten diesen Gefallen tun konnte, ohne sich allzu sehr verbiegen zu müssen. Denn wenn er ehrlich war, stand auch ihm der Sinn nach Tapetenwechsel. Einfach mal einen Abend unbeschwert sein, was war schon dabei?

Das *Café Amalia* lag nicht weit entfernt von ihrer Unterkunft, und es war viel weniger ein Café als vielmehr ein großer Tanzsaal mit Bühne. Sergio war beeindruckt – hier zeigte sich ihm Deutschland einmal von einer ganz neuen Seite! Gemeinsam mit vielen anderen jungen Leuten standen Sergio und Giancarlo in einer Schlange an der Kasse und wunderten sich, wie jung, schick und bunt Deutschland sein konnte! Und wie gut gelaunt! Viele der jungen Frauen um sie herum trugen die neueste Mode – flache Ballerinas und weit ausgestellte Petticoats, bunte, keck gebundene Halsbänder und hohe, lustig wippende Pferdeschwänze. Die jungen Männer gaben sich männlich-desinteressiert, schielten aber immer wieder zu den Mädchen, rauchten, klopften Sprüche. Es lag etwas in der Luft, das Sergio so selten in seinem jungen Leben gespürt hate: eine flirrende Erwartungshaltung, gepaart mit Vorfreude auf das, was der Abend vielleicht bereithielt. Flirts. Spaß. Vielleicht ein kleiner Rausch. Ausgelassenheit und die Möglichkeit, den harten Arbeitsalltag zu vergessen.

Vor allem aber: die dunklen Jahre, die hinter ihnen allen lagen. Sie waren Kriegskinder, alle miteinander. Die Eltern waren Täter gewesen, jedenfalls von den meisten der jungen deutschen Menschen, die hier vor dem Tanzcafé herumwuselten, und sie, die Kinder, wollten vor allem eines: vergessen. Sie wollten Freiheit, laute Musik und ja, auch das: Sex.

Als die beiden Italiener am Kassenhäuschen angelangt waren, hörten sie von drinnen, hinter dem schweren dunklen Samtvorhang, die ersten Töne der Swing-Kapelle. Sergio und Giancarlo begannen auf der Stelle zum Rhythmus der Musik zu wippen, die Finger zu schnippen. Selbst Sergio, der keine Erwartungen an den Abend gehabt hatte, der sich nicht zugestehen wollte, dass er Spaß haben durfte, er allein, wo doch seine geliebte Rosa irgendwo auf der Flucht war, fern von ihm, fern von Pietra und gottlob fern von ihrem Vater, selbst er verspürte plötzlich dieses Wippen in den Beinen, das Zucken in den Hüften. Die Musik ging ihm durch und durch, es war das erste Mal seit Wochen, ach nein, seit Monaten, dass er ein bisschen Lebensfreude empfand. Wie sehr sehnte er sich nach Leichtigkeit!

Sie zahlten, der Einlasser schob den schweren Vorhang beiseite, und die beiden Freunde betraten das Tanzcafé. Die Augen wollten ihnen übergehen! Ein weiträumiger Saal lag vor ihnen, eine blank polierte Tanzfläche, die eingefasst war von kleinen runden Tischen mit jeweils zwei oder drei Stühlen. An der Stirnseite des Saals befand sich eine Bühne, darauf die Big Band. Der Saal war in angenehm schummriges Licht getaucht, bunte Glühbirnen in Girlanden kreuz und quer gespannt, Mädchen mit Bauchladen liefen durch die Reihen und boten Zigaretten an. Kellner im Frack servierten, die Luft vibrierte, und Sergio und Giancarlo konnten es kaum erwarten, sich ins Getümmel zu stürzen.

»Moment mal.«

Ein breiter Schrank versperrte ihnen den Weg. Er hatte die Arme vor der Brust verschränkt, seine enormen Muskeln drückten sich durch sein Hemd. Er hatte die Augen zu schmalen Schlitzen zusammengepresst und musterte die beiden Italiener missbilligend. Kaum hatte er sich in Position gestellt, gruppierten sich links und rechts neben ihn andere Halbstarke.

»Seit wann haben Spaghettifresser hier Zutritt?«

Giancarlo und Sergio sahen sich verständnislos an. Das Wort Spaghettifresser war ihnen geläufig, aber den Rest des Satzes verstanden sie nicht.

Was sie aber sehr wohl verstanden, war die Botschaft, die ihnen übermittelt werden sollte: Sie waren nicht willkommen.

»Entschuldigung«, sagte Giancarlo und setzte sein freundlichstes Gesicht auf. »Entschuldigung, nicht verstehen.«

Der Schrank und seine Genossen grinsten breit, sie freuten sich an der Begriffsstutzigkeit der beiden Fremden. Der Rädelsführer ließ die Arme sinken, aber nicht, um Giancarlo und Sergio vorbeizulassen, sondern er krempelte sich provokant die Hemdsärmel auf zum Zeichen, dass er bereit war, die Konversation auf nonverbale Art weiterzuführen.

Sergio stellte sich gerade auf das Schlimmste ein, als sich eine schlanke junge Frau zwischen die feindlichen Linien schob. Sie hatte ebenfalls junge Männer im Schlepptau, die einander alle ähnelten, blonde Haare so wie sie.

»Wollen wir tanzen?«

Die Blonde lächelte Sergio an und zog ihn mit sich auf die Tanzfläche. Noch bevor der Schrank protestieren konnte, stellte sich einer der Begleiter der jungen Frau vor ihn, stemmte die Arme in die Hüften, schob sein Gesicht ganz nah an das des Schlägers und raunte ihm etwas zu, das weder Sergio noch Giancarlo verstanden. Aber es zeigte Wirkung – der Schrank wurde blass und sah augenblicklich zu, dass er Land gewann. Seine Adjutanten scharwenzelten kleinlaut hinter ihm her. Der Junge, der Sergio und Giancarlo vor einer handfesten Schlägerei gerettet hatte, drehte sich triumphierend zu ihnen, dem Mädchen und den anderen Jungs, die einander ähnelten wie ein Ei dem anderen, um, lachte sie an und rief: »Und jetzt: viel Spaß beim Tanzen, *amici!*«

Ehe Sergio sichs versah, legte er mit der Blondine, die ihn um einen Kopf überragte, zu *Stompin' at the Savoy* von Benny

Goodman eine kesse Sohle aufs Parkett. Auch Giancarlo hatte eine Tanzpartnerin, die ihn sich ebenso forsch geschnappt hatte. Die Schar blonder Jungen, die einander so sehr ähnelten, stand am Rand der Tanzfläche, und sie schienen bester Laune zu sein, nachdem sie Frieden gestiftet hatten.

Sergio verstand nicht richtig, was vor sich gegangen war und warum die Gruppe Jugendlicher sich für sie eingesetzt hatte. Aber seine Sprachkenntnisse reichten nicht aus, um sich darüber Klarheit zu verschaffen. Also kratzte er das wenige Deutsch, das er im Deutschkurs gelernt hatte, zusammen und fragte seine Tanzpartnerin: »Wie heißt du?«

»*Io sono* Marianne«, gab diese zurück, und ihre blauen Augen blitzten Sergio an. *»Sono mi fratelli.«* Sie deutete auf die Jungen, die ebenso strohblond waren wie sie. Ihre Brüder winkten fröhlich zurück. »*Io* lerne *italiano.*«

Sergio musste lachen, er konnte sich nicht dagegen wehren, aber er fand die freche Blonde einfach süß.

»E tu?«, erkundigte sich diese nun. »Wie heißt du? *Nome?*«

»Sergio, *mi chiamo* Sergio Catalongo.« Und ob er wollte oder nicht, sein Herz machte einen klitzekleinen Satz, als sie sich näher an ihn heranschob und leise sagte: »Sergio Catalongo. *Che bello.*«

17

Selina

Pietra Alta, 2023

Anstatt zurück nach Castelbore zu laufen, hatte Selina sich aufgemacht, die Spitze des Vesuv, den Krater, zu erwandern. Sie hatte ihren Rucksack mit etwas Obst, einer Wasserflasche und einem kleinen Notizbuch bei sich, das Handy hatte sie ausgeschaltet. Sie hatte das Gefühl, sich konzentrieren und sammeln zu müssen, wollte sich die nächsten Schritte sehr gut überlegen.

Das Bild ihres Großvaters in der Ausstellung hatte ihr eines sehr deutlich vor Augen geführt: Ihr Opa hatte bis zu seinem Weggang nach Deutschland in Pietra Alta gelebt. Als erwachsener Mann. Das Foto, auf dem sie ihn gesehen hatte, war datiert auf 1956. Es musste also im Sommer aufgenommen worden sein, bevor er Italien verlassen hatte.

Und bevor er in Pietra offiziell gestorben war. Die Frage, die sich ihr aufdrängte, war nun: Warum hatte er seinen Tod fingiert? Und wie hatte er das getan? Wer wusste darüber Bescheid? Und wer lag tatsächlich an seiner statt auf dem Friedhof in Pietra begraben?

Aber auch: In welchem Zusammenhang stand ihr Großvater mit Rosa Guardini?

Selina glaubte nicht daran, dass das Verschwinden der jungen Frau so kurz nach dem Tod beziehungsweise Weggang von Sergio ein Zufall war. Er galt als gestorben, sie als verschwunden.

Was wäre denn, wenn auch Rosa noch lebte?

All diese Fragen hatte Selina in ihr Notizheft geschrieben, und sie dachte unablässig darüber nach, während sie durch die beeindruckende Landschaft des Nationalparks zum Gipfel des Monte Somma lief. Dieser Teil des Kraters war bewaldet, hier bildeten Steineichen, Buchen, Kastanien und einige wenige Birken eine idyllische Landschaft – im Gegensatz zum kargen Binnenkegel des Doppelkraters, der außer Flechten, Macchia und wenigen Kiefern kaum Vegetation aufwies.

Als sie am Gipfel angelangt war und das Kraterloch sah, genoss sie einerseits die sagenhafte Aussicht von hier oben über das Meer und die traumhafte Landschaft Kampaniens, andererseits konnte sie sich eines wenig heimeligen Gefühls nicht erwehren. Was, wenn plötzlich die Erde erzitterte? Der Vesuv war noch immer aktiv! Und auch wenn seine Bewohner den schlafenden Riesen kaum zu fürchten schienen, Selina war es nicht wohl bei dem Gedanken, dass sie sich ganz in der Nähe des Kraterlochs eines Vulkans befand, dem die Wissenschaftler attestierten – das hatte sie noch in Wuppertal über den Vulkan im Internet gelesen –, dass er jederzeit ausbrechen konnte.

Trotzdem machte sie es sich auf dem Gipfel bequem, packte ihre Pfirsiche und Nüsse aus, trank etwas Wasser und machte viele Fotos. Einer plötzlichen Eingebung folgend, wählte sie die Telefonnummer ihres Vaters.

»Hallo, Schätzchen!«

Das war eindeutig nicht die Stimme ihres Vaters, sondern die ihrer Mutter Inga. Selina warf einen Blick auf das Display. Hatte sie sich verwählt? Nein, es war Marcellos Nummer.

»Mama? Was machst du an Papas Telefon?«

»Dein Vater ist gerade beschäftigt, deshalb habe ich abgenommen.« Inga klang wie immer äußerst fröhlich. »Und wie gut, dass ich das gemacht habe, ich freue mich so, von dir zu hören!«

Selina wollte einwenden, dass das keine Antwort auf ihre Frage war, denn eigentlich wollte sie wissen, was ihre Mutter in Wuppertal machte, wo sie doch in Berlin eine Wohnung suchte und ein Yogastudio aufbaute, schluckte diesen Einwand aber um des lieben Friedens willen herunter.

»Sag mal, wie ist es denn da bei dir? In Süditalien?«

»Ich stehe gerade ganz oben auf dem Vesuv«, gab Selina bereitwillig Auskunft. »Und schaue von hier aus aufs Meer. Auf die Inseln und Neapel. Es ist gigantisch! Das kannst du dir nicht vorstellen.« Selina hatte sich erhoben und tat wirklich das, was sie ihrer Mutter schilderte: Sie blickte auf Kampanien und die Horizontlinie des Meeres. »Es ist so unfassbar schön hier.«

»Ach, das höre ich gern! Und hast du schon Spuren von Sergio gefunden?«

Lügen wollte Selina nicht, aber auch nicht die Wahrheit erzählen. Sie blieb dabei: Zunächst wollte sie versuchen, Antworten auf die verwirrenden Fragen zu finden, und erst dann ihren Vater einweihen. Der konnte dann immer noch entscheiden, ob sie Oma Marianne davon erzählen sollten oder besser nicht.

»Also ja«, antwortete Selina zögernd. »Ich bin in Pietra gewesen, mehrmals. Dort gibt es auf dem Friedhof ein Grab seiner Eltern.«

»Tatsächlich! Wie spannend! Und ist es ein hübsches Dorf?«

Selina atmete auf. Jetzt konnte sie die Geschichten von Tonio Santini und den anderen Studenten erzählen, vom Camorra-Boss Guardini und Dottore Molinari, dem Widerstandskämpfer, ohne in gefährliches Fahrwasser zu kommen. Tatsächlich hörte Inga gespannt zu – eine seltene Reaktion ihrer Mutter, die manchmal die Aufmerksamkeitsspanne einer Eintagsfliege zu haben schien.

»Du liebe Zeit, das ist ja wie in einem Krimi! Du müsstest ein Buch darüber schreiben!«, kommentierte Inga, als Selina mit ihrer Erzählung am Ende angelangt war.

»Das haben andere schon getan. Santini und seine Studenten arbeiten mit einer Stiftung zusammen und haben eine tolle Ausstellung auf die Beine gestellt. Es gibt eine Broschüre und Bachelor- und Masterarbeiten.« Damit wollte Selina das Thema Pietra gern beenden, nicht dass Inga auf die Idee kam weiterzufragen.

»Was machst du in Wuppertal, Mama?«

Inga seufzte theatralisch. »Ich gehe deinem Vater zur Hand. Stell dir vor, wir haben für Marianne eine ganz tolle Wohnung gefunden. Ebenerdig, behindertengerecht, mit allem Pipapo. In so einer Anlage für betreutes Wohnen. Mit Pflegemöglichkeit.«

Selina bekam einen Schreck. Ihre Oma sollte ausziehen? So schnell schon? Sie hatten alle den Tod Sergios noch nicht verkraftet, der Gedanke, dass es die gemütliche Wohnung der Großeltern nicht mehr geben sollte, Selinas zweites Zuhause, behagte ihr gar nicht.

»Aber warum denn so schnell?«

Inga legte die Hand über den Hörer, jedenfalls hörte sie sich plötzlich leiser und gedämpft an. »Ich glaube, sie hat es eilig, aus ihrer Wohnung zu kommen. Alles darin erinnert sie an Sergio. Dein Vater nimmt es gar nicht gut auf. Deshalb bin ich gestern von Berlin angereist – die beiden brauchen moralische Unterstützung.«

Selina dachte an ihren Papa. Sie wusste, wie sehr ihm der Tod seines Vaters an die Nieren ging. Plötzlich würde er mit der in Zukunft pflegebedürftigen Mutter und der Eisdiele allein dastehen. Das war schwer für Marcello – der alles schwernahm, schließlich knabberte er noch immer an der Trennung von Inga.

»Das ist total lieb von dir, Mama, aber hast du nicht selbst genug zu tun?« In Wahrheit zweifelte Selina daran, ob ausgerechnet Inga die Richtige war, um emotionalen Support zu leisten, sprach es aber nicht laut aus.

»Ach papperlapapp. Wir helfen einander, wir sind schließlich Familie!«

Schön, dass du es jetzt erkennst, dachte Selina bitter. Besser spät als nie. Doch kaum hatte sie diesen Gedanken zu Ende gedacht, sagte ihre Mama etwas sehr Überraschendes.

»Ich habe etwas gutzumachen, weißt du? Ich habe das Gefühl, dass ich deinen Papa im Stich gelassen habe. Und deshalb bin ich jetzt hier.« Im Hintergrund waren Stimmen zu hören. »Ja, ich komme gleich!«, rief Inga und wandte sich dann wieder an ihre Tochter. »Ich muss aufhören, Schätzchen, wir müssen die Altkleidersäcke zum Auto bringen. Schick doch mal ein paar Fotos.«

»Mach ich, Mama.«

»Und Selina …«

»Ja?«

»Genieße es. Lass es dir gut gehen. Denk an dich und nicht an uns Alte hier. Okay?«

»Hab dich lieb, Mami.«

Selina legte auf und spürte, wie tröstlich das Telefonat mit ihrer Mutter gewesen war. Dieses Gefühl hatte sie in den vergangenen fünf Jahren selten gehabt, sie hatte immer Wut auf Inga gespürt, hatte sich von ihrer Mutter im Stich gelassen gefühlt. Jetzt beschlich sie zum ersten Mal der Gedanke, wie unfair sie gewesen war. Schließlich war sie bereits über zwanzig gewesen, als Inga beschlossen hatte, sich zu trennen und nach Bali zu gehen. All die Jahre davor hatte sich ihre Mama mit großer Hingabe um die Familie gekümmert. War es nicht vermessen von ihr als erwachsener Tochter, dass sie ihrer Mutter den Aufbruch in ein neues Leben nicht gegönnt hatte? Fabio hatte nicht so empfunden wie sie, er fand es irgendwie cool, dass Inga nach Bali gegangen war. Selina dagegen sah nur die Trauer von Marcello und hatte den radikalen Schritt ihrer Mutter als egoistisch gebrandmarkt. Aber war es das wirklich gewesen? Jetzt dachte sie wieder an Sven, der ebenfalls eine radikale Wendung in seinem Leben vollzogen hatte – vom BWLer zum Schäfer. Bei ihm hatte sie den Move cool gefunden, warum dann nicht bei ihrer Mutter? Maß sie mit zweierlei Maß?

Nachdenklich trat Selina den Rückweg an. Sie merkte in den letzten Tagen, was die Reise in die Vergangenheit Sergios bei ihr in Gang setzte. So intensiv wie hier in Italien hatte sie noch nie über ihr Leben und ihre Familie nachgedacht. Die Reise zu Sergios Wurzeln war auch zu einer Reise in ihr Innerstes geworden.

Auf ihrem Abstieg hinunter nach Castelbore kam Selina wieder durch Pietra. Sie überquerte den Marktplatz, wo Gabriella vor der Touristeninformation stand und ihr zuwinkte. Selina fiel ein, dass sie noch immer den Schlüssel für das Gutshaus mit sich trug, und sie lief rasch auf Gabriella zu, um sich wortreich zu entschuldigen. Aber die Frau von der Touristeninformation winkte ab.

»Ist nicht so schlimm, ich hätte dich schon angerufen. Bist du fündig geworden?«

Selina erzählte ihr, dass sie tatsächlich ihren Großvater auf einem der Fotos entdeckt hatte.

»Meinst du, dass die Stiftung Zugang zu weiteren Bildern hat? Ich würde mir gern mehr Fotos ansehen, vielleicht kann ich noch andere von ihm finden?«

Gabriella warf einen Blick auf ihre Uhr. »Jetzt ist es vielleicht schon zu spät, um dort anzurufen, aber wie sieht's aus – kannst du morgen? Dann rufe ich in der Stiftung an und frage, ob du dort vorbeikommen kannst.«

»Wo sitzen die?«, erkundigte sich Selina. »Wenn es nicht zu weit weg ist, komme ich natürlich!«

»In Positano«, gab Gabriella zurück. »Mit dem Auto brauchst du keine Stunde.«

Selina spürte, wie es in ihrem Bauch rumorte. Sie war aufgeregt – wer wusste, was ihr noch alles bei der Recherche begegnen würde? Sie sagte Gabriella zu, dass sie am nächsten Tag gegen zehn Uhr bei ihr aufschlagen würde – dann aber würde sie den Bus von Castelbore nach Pietra nehmen, denn von der vielen Wanderei, den Berg hoch und wieder hinab, hatte sie veritablen Muskelkater bekommen –, und machte sich auf den Weg zurück zu ihrem Appartement. Sie wollte Nathalie fragen, ob sie verlängern konnte, und außerdem noch etwas einkaufen und kochen. Es ging auf sieben Uhr am Abend zu, und Selina spürte, dass der ereignisreiche Tag sie ermüdet hatte.

Sie kochte Pasta mit Amalfi-Zitronen und Pistazien, gönnte sich einen kleinen Schluck Limoncello und dazu Wasser mit Eiswürfeln und begann, ihrer Familie die schönsten Fotos von Pietra und ihrer Wanderung auf den Gipfel des Vulkans zu schicken. Kurze Zeit darauf rief ihr Papa an.

»Das sieht ja alles toll aus, da, wo du bist«, begann er das Gespräch.

Selina hörte seiner Stimme sofort an, dass er etwas auf dem Herzen hatte, aber sie hakte nicht nach, er würde gewiss von selbst auf den Grund seines Anrufs zu sprechen kommen. Zunächst aber erzählte Marcello, dass Mariannes Umzug in das betreute Wohnen von heute auf morgen einem glücklichen Zufall geschuldet sei, dass seine Mutter es nicht erwarten könne, die Wohnung zu verlassen, die sie fünfzig Jahre mit ihrem Mann bewohnt hatte, und wie schwierig es für ihn sei, mit all den Veränderungen klarzukommen.

»Und Mama ist dir eine Hilfe?«

Die Antwort ihres Vaters kam leicht verzögert. »Doch, doch, es ist ganz gut, dass sie gekommen ist.«

»Papa, brauchst du mich? Soll ich zurückkommen?«

»Nein, nein. Bleib du, wo du bist. Wir machen das hier schon.«

Richtig überzeugend klang es nicht, deshalb platzte Selina mit ihrer Frage heraus. »Irgendwas hast du doch? Du klingst nicht so richtig okay.«

Marcello seufzte. »Ich mache mir Sorgen.«

»Worüber?«

Ihr Vater ließ sich Zeit mit der Antwort. »Ich befürchte, dass du etwas über Papa herausfindest, das ich gar nicht wissen will.«

Selina schwieg. Was sollte sie dazu sagen? Dass die Befürchtungen ihres Vaters gerade Gestalt annahmen?

»Wie kommst du darauf?«, fragte sie stattdessen.

»Weichst du mir aus? Selina?«

»Ich habe heute eine Ausstellung besucht. Da sind eine ganze Menge historischer Fotos aus Pietra. Auf einem habe ich Opa entdeckt.«

Marcello atmete geräuschvoll aus. »Wann? Von wann ist das Bild?«

»1956«, gab Selina ehrlich zur Antwort. »Er ist es eindeutig. Er sieht genauso aus wie auf den alten Fotos, die Oma in ihrer Kiste hat. Die Haartolle …«

»1956 … vielleicht ist er nur zu Besuch vorbeigekommen?«

»Ja. Vielleicht. Kann schon sein.« Selina wusste nicht, was sie sagen sollte. Dein Vater hat gelogen? Das brachte sie nicht übers Herz! Zumal noch gar nichts bewiesen war. Aber Marcello wusste so gut wie sie selbst, dass es unwahrscheinlich war, dass Sergio nur zu Besuch in Pietra gewesen war. Wer in einem Waisenhaus groß wurde, weil die gesamte Familie umgekommen war, kehrte nicht einfach so an den Ort des Unheils zurück – und lachte gut gelaunt in die Kamera.

»Die Ausstellung ist von einer Stiftung, die sich mit organisierter Kriminalität in Neapel und Umgebung …«

»Organisierte Kriminalität? Die Camorra?«, fiel Marcello ihr ins Wort. »Was hat das denn mit Papa zu tun?«

»Wahrscheinlich gar nichts.« Selina fing an zu schwitzen, sie musste ihren Vater beruhigen. Das, was sie ihm bis jetzt erzählt hatte, war nicht gerade hilfreich gewesen. »Hör mir einfach mal zu, Papa, bitte«, sagte sie, und dann begann sie, die Geschichte von vorne zu erzählen. Sie berichtete vom Grabstein, von Tonio Santini, von der verschwundenen Tochter des Camorra-Bosses, einfach allem, was sie bislang erfahren hatte. »Ich glaube auf keinen Fall, dass Opa Dreck am Stecken hatte. Ich vermute viel eher, dass er seinen Tod fingiert hat und nach Deutschland geflohen ist. Vielleicht«, das war ein Gedanke, der ihr gerade erst gekommen war, »vielleicht gehörte er zum Kreis um Doktor Molinari und den Pfarrer, die gegen die Camorra arbeiteten. Auf dem

Foto steht er direkt neben Molinari, und sie wirken vertraut und gut gelaunt.«

Marcello konnte das nur wenig beruhigen. »Genau das habe ich gemeint, Selina. Warum wirbelst du den alten Staub auf? Was soll das bringen?«

Selina biss sich auf die Lippe. »Es tut mir leid, Papa, aber ich …«

»Anstatt dich um deine eigenen Probleme zu kümmern! Du brichst dein Studium ab, du bist Ende zwanzig, hast keinen Beruf und jobbst in der Eisdiele. Anstatt dein Leben auf die Kette zu kriegen, bringst du das von uns allen durcheinander! Lass die Toten ruhen, Selina!«

Der Vorwurf traf sie mitten ins Herz und berührte ihren wunden Punkt. Selbstverständlich hatte Papa recht, vielleicht wollte sie sich nur vor ihren eigenen Problemen drücken, aber er hatte doch gewusst, dass sie nach Italien fuhr! Ja, er hatte sie sogar ermutigt, warum in aller Welt reagierte er plötzlich so schroff? Und unfair. Aber Selina ahnte, dass sie das nicht fragen durfte. Irgendetwas lief nicht rund in Wuppertal, das spürte sie. Und es ging nicht nur darum, dass Oma plötzlich ihr Zuhause auflöste. Da war noch etwas anderes, über das ihr Vater nicht sprechen wollte. Und jetzt ließ er seinen Unmut an ihr aus.

Selina holte einmal tief Luft und sagte so ruhig, wie es ihr möglich war: »Ich wollte mehr über meine italienischen, *unsere* italienischen Wurzeln erfahren. Es liegt mir nicht daran, Opa eine Lüge nachzuweisen oder ihn anderweitig mit Dreck zu bewerfen. Das weißt du. Aber jetzt bin ich hier, und ich bin ganz nah dran, etwas herauszufinden, von dem wir alle nichts ahnen.«

Marcello stöhnte, schwieg aber dazu.

»Es tut mir leid, Papa. Das lässt sich jetzt nicht mehr zurückdrehen.«

»In Gottes Namen. Tu, was du nicht lassen kannst. Aber kein Wort zu Oma.«

Kurz glaubte Selina, ihr Vater hätte aufgelegt, weil es so still war in der Leitung. Aber dann hörte sie, dass ihre Mutter etwas sagte, sie verstand nur nicht, was es war.

»Mama sagt, das Essen ist fertig«, meldete sich auch sogleich ihr Vater wieder.

»Ja, okay. Dann habt einen schönen Abend.«

Selina fragte sich, wann ihre Eltern das letzte Mal zusammen gegessen hatten, nur sie zwei. Es musste Lichtjahre her sein, irgendein Hochzeitstag wahrscheinlich. Sie versuchte, sich die beiden in der Wohnung ihres Vaters vorzustellen, aber es mochte ihr partout nicht gelingen. War Inga allen Ernstes bei ihrem Ex untergekommen? Schlief sie im Gästezimmer? Eine komische Vorstellung.

»Ich hab dich lieb, mein Mäuschen«, hörte sie ihren Papa sagen, und bei diesen Worten kamen ihr fast die Tränen. Sie war Ende zwanzig, aber manchmal fühlte sie sich wie fünf. Das war so ein Moment.

»Ich dich auch, Papa. Bis bald.«

Selina legte auf.

Am nächsten Morgen stand sie pünktlich um zehn, wie verabredet, vor der Touristeninformation und wartete auf Gabriella. Sie war unausgeschlafen, die Nacht war unruhig gewesen. Die Sorgen und auch die Vorwürfe Marcellos machten Selina zu schaffen, denn er hatte ja recht: Was würde sie zutage fördern? Es konnte alles sein – ihr Großvater entpuppte sich in seinem früheren Leben als kleiner Ganove, als Handlanger der Camorra –, alles war im Bereich des Möglichen. Selina hatte eine Lawine losgetreten, die sie nicht mehr aufhalten konnte.

Gleichzeitig dachte sie natürlich über sich selbst nach. Was sollte aus ihr werden? Hatte sie irgendeine noch so vage Vorstellung von der Zukunft? Sie dachte an Tonio Santini und seine Leidenschaft für Pietra und die Geschichte der Camorra in Kampanien. Sie hatte ihn zu seinem heutigen Berufsleben getragen, er brannte für sein Thema – warum fand sie so etwas nicht?

Frustriert hatte sich Selina früh ins Bett gelegt – von unten war der fröhliche Lärm aus den Gassen Castelbores zu ihr emporgedrungen. Anstatt den warmen süditalienischen Abend in Gesellschaft zu genießen, hatte sie oben im Bett gelegen und sich den Kopf mit trüben Gedanken zermartert, das hatte alles noch schlimmer gemacht, beinahe hätte sie vor Selbstmitleid ins Kopfkissen geweint. Nicht einmal auf eine Nachricht von Sven hatte sie antworten wollen, Selina hatte das Handy ausgemacht und sich die halbe Nacht mit trüben Gedanken herumgewälzt.

Jetzt stand sie auf Pietras Marktplatz und blinzelte mit leichtem Druck im Kopf in die Sonne. Sie würde den Weg Sergios verfolgen, das hatte sie am Morgen nach der durchwachten Nacht für sich beschlossen. Es gab kein Zurück. Und ihr Bauchgefühl sagte Selina, dass sie damit richtiglag – ihr Großvater war ein guter Mensch gewesen, und nichts, was sie über ihn herausfinden würde, konnte diese Gewissheit zunichtemachen.

»Ciao, Selina!« Gabriella war mit ihrer Vespa angebraust gekommen, parkte sie nun vor der Touristeninformation, zog den Helm ab und kam gut gelaunt auf Selina zu.

»Du siehst aus, als brauchtest du einen *caffè!*«

»Ja bitte«, gab Selina zurück, deren Laune sich in der Gegenwart Gabriellas sofort hob.

Nachdem sie zwei doppelte Espresso macchiato aus dem Café gegenüber für sie beide geholt hatte, griff Gabriella gleich zum Hörer und rief in der Stiftung Dottore Molinari in Positano an. Sie redete so schnell in den Hörer, dass Selina beim besten Willen nicht verstand, was Gabriella sagte, aber diese legte kurz darauf eine Hand über den Hörer und wandte sich an sie.

»Sie sagen, du kannst jederzeit kommen. Aber es ist alles sehr chaotisch und ungeordnet in Kisten, du musst dich selbst zurechtfinden.«

Selina nickte. Unruhe ergriff von ihr Besitz. »Selbstverständlich! Gar kein Problem. Wann kann ich kommen?«

Gabriella sprach wieder in den Hörer, dann strahlte sie Selina an. »Du kannst gern heute vorbeikommen. Du sollst dich bei Elena melden. Ich habe die Adresse.«

Selina nickte mit einem Kloß im Hals. »Ich breche sofort auf.«

18

Rosa

Kampanien, 1957

Die Zeit war gekommen, Rosa konnte nur noch watscheln wie eine Ente, ihr Bauch war so angeschwollen, als trüge sie Zwillinge mit sich herum. Die Schwestern beobachteten sie rund um die Uhr, ließen sie keinen Schritt mehr allein machen und behandelten die junge unverheiratete Schwangere, als sei sie die heilige Mutter Maria. Was die Äbtissin immer wieder dazu herausforderte, mahnende Worte an ihre Mitschwestern zu richten. Sie sollten bei aller Freude auf das erste im Kloster geborene Kind niemals vergessen, dass es die Frucht der Sünde war! Um sich hernach, wenn sie Rosa in ihrer Kemenate besuchte, sorgenvoll nach deren Befinden zu erkundigen und danach, ob das Baby noch strampelte. Manchmal nahm Rosa die Hand der Mutter Oberin und legte sie dorthin, wo ihr Junge lag – sie wusste einfach, dass es ein Junge werden würde, sie wusste es von Anfang an. Wölbte sich dann die Haut des prall gespannten Bauches und war der Abdruck des winzigen Fußes, der von innen gegen sein Gefängnis trat, sichtbar, huschte ein ganz und gar irdisches Freudestrahlen über das Gesicht der Nonne.

Der Doktor Palamara wurde gerufen, ein junger Arzt, der seinen Vater ablöste, was der Mutter Oberin überhaupt nicht behagte, denn dem alten Palamara hatten sich die Herzen und Körper ihrer Schwestern gefahrlos anvertrauen können – aber dieser junge Mann war ihr suspekt. Sie konnte nicht anders, als ihm zu unterstellen, dass er die nackte Haut der Nonnen nicht so unvoreingenommen begutachten konnte, wie das ein sehr viel älterer Mann, der alles schon gesehen hatte in seinem Leben, getan hätte. Doch Salvatore Palamara räumte mit seiner unerschütterlichen Freundlichkeit, seiner herzlichen Art all ihre Vorurteile zur Seite. Er war beliebt bei den Nonnen, die ihn wegen jedwedem Gebrechen, das sie nicht selbst zu heilen vermochten, ins Kloster riefen und sich ihm rückhaltlos anvertrauten.

Der junge Arzt hatte Rosa von Beginn an durch die Schwangerschaft begleitet, oftmals mit seiner Mutter an der Seite. Die hatte selbst elf Kinder zur Welt gebracht, ihre Expertise war unverzichtbar – denn auch wenn die Nonnen Schwindsucht, Halsschmerzen oder Augenentzündungen selbst hervorragend behandeln konnten, Geburtsvorbereitung war keineswegs in ihrem Portfolio.

Als nun die Fruchtblase platzte und Rosa, die mit prall gespanntem Bauch und Brüsten breitbeinig im Kräutergarten saß und tatenlos den Nonnen bei der Gartenarbeit zusah – manches Mal durfte sie kleine Kräutersträußlein binden, das war die einzige Tätigkeit, die die besorgten Schwestern ihr zugestanden –, als sie nun in der Junisonne saß, breitbeinig, auf einmal das Plätschern hörte und die feuchte Wärme zwischen ihren Beinen spürte, schrie sie laut auf.

Alle Nonnen, die im Garten beschäftigt waren, hoben wie eine Frau die Köpfe, und nun begann das lange besprochene Szenario abzulaufen, präzise wie ein Uhrwerk, auf das sie viele Monate gewartet hatten. Eine der Nonnen, Caterina, lief, die schwarze Tracht hochgerafft, sodass man ihre Beine sehen konnte – später würde sie dafür einen Rüffel von der Äbtissin bekommen –, in das Büro der Mutter Oberin, wo diese zum Telefonhörer griff, noch bevor Caterina überhaupt nur den Raum betrat, und die Nummer des Arztes wählte. Drei Mal wählte sie die falsche Ziffer, obwohl sie sich in weiser Voraussicht einen Zettel unter das Telefon gelegt hatte. Aber ihre Hände zitterten derart, dass sie nicht auf Anhieb in das richtige Loch der Wählscheibe traf.

Währenddessen halfen die anderen Nonnen Rosa in eine Gartenschubkarre und fuhren mit ihr in das zum Geburtszimmer umgestaltete Kämmerchen, wo ein großer Stapel reinweißer gestärkter Laken und Handtücher bereits darauf wartete, mit dem Blut Rosas und dem Fruchtwasser getränkt zu werden.

Noch kamen die Wehen in großen Abständen, sie spülten über Rosa hinweg, die die Schmerzen stoisch ertrug, sie starrte aus dem Fenster in den blauen Himmel und versuchte, sich das Gesicht Sergios vorzustellen, damit er ihr beistehen möge.

Doch es wollte ihr nicht mehr gelingen.

Sie erinnerte sich an seine Haare, die schwarze Tolle, die ihm in dichten Strähnen ins Gesicht fiel, wenn er sie küsste. Sie versuchte, sich seine Augen zu vergegenwärtigen, aber es waren einfach nur Augen, die ihr in den Sinn kamen, braun, mit schwarzem Wimpernkranz, sie konnten zu jedem anderen gehören, ebenso wie die Nase und seine Lippen.

Trauer überkam Rosa, tiefe Trauer darüber, dass sie ihre Liebe verloren hatte. Sergios Hände, seine Sanftmut, seine Berührungen und die schönen Worte aus seinem Mund – sie verwehten wie vergangene Träume, waren flüchtig und entfernten sich von ihr. Wehe für Wehe stand sie durch, jede

Wehe ein Abschied von Sergio Catalongo, ihrer ersten Liebe, der Liebe ihres Lebens.

Rosa bekam kaum mit, dass Doktor Salvatore Palamara mit seiner Mutter das Zimmer betrat. Dass heißes Wasser gebracht wurde und die Witwe Palamara mit strenger Stimme die Nonnen aus dem Zimmer verbannte.

Durch den Schleier ihrer Tränen sah Rosa, wie sich nach vielen Stunden der Schmerzen, der Schreie und der Trauer der Doktor mit seiner Mutter verständigte, sie nahm wahr, wie diese ihr ein Olivenholz zwischen die Zähne schob, ein letztes Mal die Stirn mit einem heißen Tuch abwischte, ihrem Sohn zunickte, der sich nun mit einem Knie auf Rosas Bauch stemmte, während sich seine Mutter zwischen Rosas Beine kniete.

Sergio, dachte Rosa, Sergio, verzeih mir, aber ich muss dich gehen lassen, *arrivederci!*

Sie presste ein einziges Mal und spürte augenblicklich Erleichterung, etwas glitt aus ihr heraus, der Doktor nahm sein Knie von ihrem Bauch, er strahlte, und dann stand Mutter Palamara auf, hielt ein nacktes und blutverschmiertes Wesen im Arm, das sie Rosa sofort an die Brust legte.

Rosa umfing das Kind mit beiden Armen, sie sah das dichte schwarze Haar auf seinem Schopf und drückte einen Kuss darauf.

»Willkommen, Francesco, *ti amo.*«

Drei Tage später betrat Salvatore Palamara das Zimmer der jungen Mutter und ihres prächtigen Sohnes. Er hatte einen Strauß Blumen in der Hand, kniete nieder und fragte Rosa, ob sie ihn heiraten wolle.

Rosa musste nicht überlegen. Sie hatte keinerlei romantische Gefühle für den jungen Doktor, aber sie hatte in den vergangenen Monaten gesehen, dass er ein guter Mann war. Er war sanft, sie vertraute ihm, er liebte ihren Francesco und versicherte ihr, dass er den Jungen annehmen wolle als seinen Sohn.

Rosa Guardini gab ihm ihr Jawort, weil er ihr die Hand zu einem neuen Leben ausstreckte. Sie hatte keinen Beruf, ein Kind in Sünde geboren, und sie war vor ihrer Familie geflüchtet. Ein neuer Name, ein anderer Mann, ein Leben in Sicherheit – das alles bot ihr dieser junge Mensch, der vor ihr kniete und sie wahrhaftig liebte.

Weitere vier Tage darauf verließ Rosa das Kloster. Sie dankte der Äbtissin und nahm tränenreich Abschied von den anderen Schwestern. Ihren Sohn Francesco im Arm und gänzlich ohne anderes Gepäck stieg sie in den Wagen des Doktors und fuhr mit ihm hinunter nach Positano, in das Haus seiner Eltern. Ihre Schwiegermutter nahm sie nicht mit Begeisterung auf, auch nicht mit Liebe, aber der kleine Francesco eroberte das Herz der Witwe Palamara im Sturm. Ihre Liebe zu ihm war unverbrüchlich, und als Rosa ihr weitere Enkelkinder schenkte, noch drei an der Zahl, war ihre Schwiegermutter längst versöhnt mit der Frau ohne Vergangenheit, der Frau, die niemals ein Wort darüber verlor, woher sie kam und wie sie in das Kloster geraten war, und die sich ab dem Moment, wo der Priester sie mit dem Doktor vermählte, nur noch bei ihrem zweiten Vornamen rufen ließ.

Aus Rosa Guardini aus Pietra Alta war Luisa Palamara aus Positano geworden.

Eine einzige Bedingung jedoch hatte Rosa ihrem Zukünftigen gestellt. Schon damals, direkt nachdem er im Geburtszimmer um ihre Hand angehalten hatte, hatte sie ihm ein Versprechen abgenommen.

Sie hatte einen Brief geschrieben, einen winzigen Zettel, vor Regen und Tieren geschützt durch ein Bienenwachstuch, in das Rosa ihn eingewickelt und später an Salvatore übergeben hatte.

Es war ein Brief an Sergio, und Salvatore sollte dafür sorgen, dass er an der geheimen Stelle deponiert wurde, an der all ihre kleinen geheimen Zettelchen zuvor gelandet waren: unter dem losen Mauerstein der verfallenen Kapelle in Pietra Alta.

Salvatore Palamara war ein Mann, der stets hielt, was er versprach, und so ruhte die kleine Rolle aus Bienenwachstuch lange in dem Mauerspalt.

So lange, bis der Richtige sie fand und die erlösende Botschaft erhielt.

19

Selina

Positano, 2023

Tatsächlich war es weniger einfach als gedacht, von Castelbore nach Positano zu kommen. Keinesfalls würde Selina es an einem Tag hin und zurück schaffen – obwohl die beiden Orte gar nicht so furchtbar weit auseinander lagen. Mit dem Auto hätte sie für die Strecke eine Stunde gebraucht, aber über die verwinkelten Küstenstraßen führte keine direkte Zugverbindung, erst recht kein Schnellzug. In jedem Fall führte der Weg sie zunächst über Neapel und dann über Sorrent, sie würde knappe vier Stunden unterwegs sein.

Kurz entschlossen rief Selina selbst noch einmal bei der Telefonnummer der Stiftung an, die Gabriella ihr gegeben hatte. Es meldete sich eine Elena Battaglia. Der Stimme nach eine junge Frau, die sofort wusste, dass Selina die war, wegen der Gabriella sie angerufen hatte.

Selina schilderte ihr Problem: Sie würde es zwar heute noch nach Positano schaffen, aber nicht mehr zurückfahren können. Sie müsste also in Positano bleiben, aber da Hochsaison war, hatte sie vergeblich nach einer Unterkunft für eine Nacht gesucht. Ob Elena vielleicht einen Tipp habe? Es sei so wichtig für sie, mehr über ihren Großvater herauszubekommen …

»Aber natürlich!«, gab die Frau von der Stiftung zur Antwort. »Wir organisieren etwas. Sie bleiben nur eine Nacht?«

»Vorerst, ja«, gab Selina erleichtert zurück. »Es hängt ein bisschen davon ab, was meine Recherchen ergeben.«

»Ich verstehe. Wir sind eine große Familie, irgendjemand hat immer ein Gästebett frei, Sie können sich getrost auf den Weg machen. Und nehmen Sie die Fähre! Das ist schöner, als mit dem Zug zu fahren.«

Dann beschrieb sie Selina, wie sie fahren musste, und die beiden Frauen verabschiedeten sich auf später. Selina war kurz irritiert, dass Signora Battaglia etwas von einer großen Familie gesagt hatte, das klang weniger professionell, als sie sich eine Stiftung vorstellte. Aber dann packte sie rasch ein paar Sachen für eine Übernachtung zusammen und verließ das Haus, um den Zug nach Neapel zu nehmen. Da sie noch Zeit bis zur Abfahrt hatte, machte Selina einen Abstecher in die Boutique, in der ihre Vermieterin Nathalie arbeitete.

»Verlängern kannst du gern«, gab diese zu Selinas Erleichterung zurück. »Die Wohnung ist noch zehn Tage frei, dann kommt der nächste Mieter.«

Selina sagte zu, und wenig später saß sie im Zug. Sie hatte nicht widerstehen können und sich bei Nathalie noch ein großes, bunt bedrucktes Tuch gekauft, das ihr jetzt locker über den Schultern lag. Sie hatte das dringende Bedürfnis gehabt, sich einzuhüllen, trotz der Hitze draußen. Nach dem Gespräch mit Marcello war Selinas Euphorie der Skepsis gewichen; sie dachte nun ständig darüber nach, was sie tun sollte, wenn sie Dinge über Sergio erfuhr, die ihre Familie traurig machten. Die das Bild, das sie alle von ihrem Opa hatten, beschädigte. Doch es gab jetzt kein Zurück für sie, nicht nachdem sie sein Foto in der Ausstellung entdeckt hatte. Sie musste wissen, welche Rolle er in Pietra gespielt hatte. Und trotzdem hatte Selina Angst vor dem Weg, der noch vor ihr lag.

Der Tipp von Elena Battaglia war Gold wert: Die Strecke von Neapel nach Positano mit dem Schiff zurückzulegen war die beste Idee! Während sich die Fähre von Neapel weg- und auf Capri zubewegte, machte Selina es sich im Bug des Schiffs gemütlich, kuschelte sich in ihr neues Tuch ein und genoss das Eis, das sie sich an Bord gekauft hatte. Der Vesuv rückte immer weiter von ihr weg und mit ihm die Sorgen, die sie die ganze Zeit begleitet hatten. Selina beschloss, fürs Erste die Reise zu genießen. Capri, die Amalfiküste, das Mittelmeer, Neapel – wäre sie ohne ihre Suche nach den Wurzeln ihres Großvaters jemals hierhergefahren? Vermutlich nicht, aber was hätte sie versäumt! Die Küste war malerisch, kleine bunte Häuschen klebten wie Türchen eines Adventskalenders an der Steilküste, schroffe Felsen wachten über sanft geschwungenen Buchten. Über allem spannte sich der blaue Himmel Süditaliens, die warme Sommerluft duftete nach dem Salz des Meeres.

Ungefähr auf der Hälfte der Strecke wandte Selina sich um und blickte der berühmten Insel entgegen. Capris vorgelagerte Faraglioni-Felsen kannte sie lediglich von Bildern, in der Realität waren sie weit beeindruckender. Die Insel selbst wirkte wie das Lummerland der Augsburger Puppenkiste – die gesamte Insel schien aus Berg zu bestehen. Selina überlegte, ob sie auf der Rückreise am nächsten Tag ein paar Stunden auf Capri verbringen sollte, um mit der Seilbahn ins höhergelegene Capri-Stadt zu fahren. Sie durfte bei all ihrer Recherche auch das Reisen nicht vergessen, ganz so, wie Inga es ihr geraten hatte.

Als die Fähre auf Capri anlegte, gingen die meisten Passagiere von Bord, Selina jedoch blieb mit einigen wenigen anderen auf dem Schiff, weil sie nach Positano weiterreiste, das sie nach weiteren dreißig Minuten erreichte.

Der Bootsanleger befand sich direkt am Strand, linker Hand kam der Torre di Fornillo in Sicht, hinter dem Strand erhob sich die imposante Kirche Santa Maria Assunta, in deren Rücken sich die Häuser Positanos wie Legosteine aufeinanderstapelten, eng an den Berg gepresst. Am Strand herrschte dichtes Getümmel – Badende, Souvenirverkäufer, Bootsbesitzer, kinderreiche Familien –, alle schrien und liefen durcheinander, Selina wähnte sich in einem Wimmelbilderbuch ihrer Kindheit.

Sie suchte die Adresse der Stiftung, gab diese in ihr Handy ein und stellte fest, dass die Adresse keine zehn Minuten von der Anlegestelle entfernt war. Kurz darauf stand sie vor einer schweren alten Holztür, die zu einem hübschen Stadthaus gehörte, das vor Jahrzehnten vermutlich einmal ein richtiger Palazzo gewesen war. Die Stiftung Dottore Molinari hatte ihren Sitz über einer Praxis für Physiotherapie, ein Zettel wies darauf hin, dass sie bei der Praxis klingeln sollte. Kurz darauf ertönte der Summer, und Selina trat ein. Sie war kaum durch die Tür gegangen, als sie das Weinen eines Säuglings vernahm sowie die spitzen Schreie eines Kleinkinds, das nach Aufmerksamkeit schrie. Selina lief die breite alte Holztreppe nach oben, und im zweiten Stock erwartete sie ein ziemlich dicker Mann, der ein Kind im Tuch um den ohnehin schon mächtigen Bauch trug, ein anderes Kind, das Selina auf ungefähr vier Jahre schätzte, hing an seinem Bein und quengelte. Der Mann jedoch ließ sich davon nicht beirren, er lachte die deutsche Besucherin breit und freundlich an.

»Guten Tag«, sagte er auf Deutsch. »Und herzlich willkommen!«

»Sie sprechen Deutsch?« Selina warf einen Blick auf das Klingelschild neben ihm, offenbar befand sich hier die Praxis für Physiotherapie.

Der Mann schüttelte den Kopf und antwortete in gebrochenem Englisch. »Nur wenige Worte. Einer meiner besten Freunde hat lange in Deutschland gelebt. Pippo Battaglia, sagen Sie Pippo zu mir.«*

»Selina«, gab Selina zurück, lächelte ihn an und trat ein. Sie standen in einem hübsch eingerichteten Warteraum, Sonne fiel auf das Eichenholzparkett, ein paar Grünpflanzen lockerten die Atmosphäre auf.

»Meine Frau ist noch in einer Behandlung«, erklärte Pippo. »Sie braucht nicht mehr lange. Bitte warten Sie hier, sie kommt gleich. Möchten Sie etwas essen? Trinken?«

Selina lehnte dankend ab, dann ließ der Mann, der Pippo hieß, sie allein. Offenbar kümmerte sich Elena Battaglia, seine Frau, nebenher um die Stiftung, reimte sich Selina zusammen. Hauptberuflich schien sie eine Praxis für Physiotherapie zu betreiben. Während Selina wartete, dachte sie über ihre hochgeschraubten Erwartungen nach. Der Begriff Stiftung löste bei ihr reflexhaft die Vorstellung von reichen und sehr reichen Menschen aus, deren Geschäftsräume in den Zentren großer Städte lagen und so edel wie dezent ausgestattet waren. Verschwiegenes Personal würde sehr diskret Anfragen bearbeiten, vornehmlich auf Büttenpapier mit dem Logo der Stiftung. Ganz bestimmt hatte sie sich keinen fröhlichen beleibten Mann namens Pippo vorgestellt, an dem zwei Kinder baumelten. Und auch nicht, dass die Geschäftsräume der Stiftung mit dem Namen eines Kämpfers gegen die Mafia in einer Physiotherapiepraxis lagen.

* s. *Ein Sommer wie Limoneneis* bzw. *Unter dem Limonenhimmel*

Eine Viertelstunde später hatte Elena Battaglia ihr die Umstände der Stiftung erklärt. Sie saßen zusammen in der Küche der Battaglias, einen Stock über der Praxis. Elenas Mann Pippo kümmerte sich um die Kinder, während Elena Tee kochte und ein Tellerchen mit köstlichen Mandelkeksen vor Selinas Nase platzierte.

»Die Stiftung wurde vor zwanzig Jahren gegründet«, erklärte sie ihrem deutschen Gast. »Sie ist quasi ein Nebenprodukt der Forschungsgruppe, der auch Tonio Santini als Student angehörte.«

Das hatte der Historiker ihr auch schon erzählt, erinnerte sich Selina. Die Studentengruppe war damals auf das leer stehende Gutshaus gestoßen und hatte Kontakt mit den Besitzern aufgenommen.

Elena nickte, als Selina ihr das erzählte. »Ich war damals noch klein, aber ich glaube, dass mein Großvater das Haus in Pietra vor sehr, sehr vielen Jahren gekauft und meiner Oma zum Geschenk gemacht hat. Ich weiß nicht, ob sie jemals dorthin ziehen wollten, das war lange vor meiner Geburt, aber ich kann mir vorstellen, dass sie irgendwann von der traurigen Vergangenheit des Hauses erfahren haben und es dann nicht mehr als Wohnsitz infrage kam.«

Das wiederum fand Selina sehr nachvollziehbar. Wer würde schon in das Haus eines ehemaligen Gangsterbosses einziehen wollen?

»Als die Studenten schließlich Kontakt zu meinen Eltern aufnahmen, haben sie wohl gemeinsam die Idee gehabt, die Stiftung zu gründen. Sie sammeln Geld und finanzieren damit Projekte in Neapel und Umgebung, um Kinder und Jugendliche aus der Kriminalität herauszuholen oder sie überhaupt davor zu schützen.« Elena zog ein betrübtes Gesicht. »Wenn man als Touristin hierherkommt und diese wunderschöne Gegend sieht, fällt einem nicht als Erstes organisierte Kriminalität ein, aber das Problem gibt es in Süditalien und speziell in Neapel nach wie vor.«

Selina fiel ein, dass sie vor einiger Zeit das Buch eines Schriftstellers über die Machenschaften der Camorra gelesen hatte; der Autor wurde bis heute mit dem Leben bedroht und lebte unter Polizeischutz.

»Ich verstehe. Aber darf ich fragen, woher das Geld kommt? Die Ausstellung war geschlossen, so viel spült das vermutlich nicht in die Kassen?«

Elena lachte jetzt, schüttelte den Kopf und erklärte Selina, dass die Stiftung einerseits von Spendengeldern lebte und andererseits an einigen Tourismusprojekten in Pietra beteiligt war. »Eigentlich habe ich gar nicht so viel damit zu tun«, schloss sie. »Das war immer das Steckenpferd meiner Großmutter, jedenfalls nachdem mein Opa gestorben war. Die beiden haben die Stiftung gegründet, und es war ihr gemeinsames Projekt. Mein Nonno war Arzt, und als er nicht mehr praktizierte, hat er Vergangenheitsforschung betrieben. Von ihren Kindern wollte eigentlich niemand die Stiftung weiterführen, die haben mit Pietra nichts am Hut. Mein Papa hat eine Eisdiele und …«

»Das gibt's doch nicht!«, entfuhr es Selina. »Mein Vater ebenfalls!«

Ab dem Moment hatten sich die beiden Frauen so viel zu erzählen, dass Selinas eigentlicher Grund, in den Archiven der Stiftung Dottore Molinari nach weiteren Fotos ihres Vaters zu suchen, in den Hintergrund geriet. Pippo, Elenas Ehemann, kam ebenfalls dazu und erzählte, dass auch er sich einige Jahre als Eismann durchgeschlagen hatte – er hatte mit einer Piaggio Ape sein Eis an der Amalfiküste verkauft. Wären nicht die Kinder gewesen, die bekocht und bettfertig gemacht werden mussten – sie hätten vermutlich ewig in der gemütlichen Küche der Battaglias gesessen. Immer mehr Gemeinsamkeiten entdeckten sie: Selina erzählte von ihrer Familie in Wuppertal, von ihrem Leben in Berlin, von Sven, dem Freund, der Schafe hütete – denn Pippo war der Sohn eines Ziegenhirten und hatte noch immer einige Girgentana-Ziegen auf seinem Grundstück bei Amalfi.

Irgendwann jedoch, Selina hatte von Sergio berichtet, erinnerte sich Elena an den Grund für Selinas Besuch.

»Die Kisten mit den Fotos sind in einem Schuppen«, sagte sie und kramte in einer Küchenschublade nach den Schlüsseln. »Dort ist auch die Einrichtung aus dem Gutshaus untergebracht. Es ist ziemlich staubig, niemand von uns geht dorthin, und Besucher haben wir auch nicht.« Sie warf Selina einen entschuldigenden Blick zu. »Die Studenten von Tonio haben die Fotos damals gesichtet und welche für die Ausstellung herausgesucht. Danach ist alles wieder in den Schuppen gewandert. Um ehrlich zu sein: Keiner von uns interessiert sich wirklich dafür.«

Sie liefen durch das Treppenhaus nach unten, verließen das Haus, überquerten die Straße und gingen in eine kleine Gasse. An deren Ende führte eine schmale, in den Stein gehauene Treppe nach oben in die am Steilhang gelegenen Viertel, doch sie mussten die Treppe nur ein kleines Stück erklimmen. Schnell bog Elena in einen Trampelpfad ab. Dieser führte durch einen sehr kleinen Garten mit ein paar Zitronenbäumen, und dahinter erkannte Selina eine Art Gartenhaus. Elena sperrte auf, machte Licht – und Selina taumelte fast wieder rückwärts. Das kleine Häuschen war über und über mit Möbeln vollgestellt. Sie waren übereinandergestapelt – Stühle, Sessel, Tische, Spiegel, Sofas, Schränke, Vasen. Dazu Kisten über Kisten.

»Ich weiß.« Elena runzelte die Stirn. »Es ist das reinste Chaos. Deshalb meiden wir alle diesen Ort. Was soll bloß damit geschehen?«

»Wollt ihr es nicht verkaufen? Die Sachen sind doch bestimmt was wert?«

»Sicher«, nickte Elena. »Aber weißt du, wie viel Arbeit das ist? Alles muss fotografiert, vermessen und geschätzt werden. Und dann muss man unbedingt vermeiden, dass herauskommt, dass es die Sachen aus dem Wohnhaus von Don Lorenzo Guardini sind. Am Ende kaufen es die falschen Leute – du weißt, was ich meine. Devotionalienhändler oder so.«

Selina nickte. Sie dachte an ihren Papa und ihre Oma, die alle Hände voll zu tun gehabt hatten, Sergios wenige Sachen auszusortieren und entweder zu spenden, zu verkaufen oder gleich wegzuschmeißen. Nein, sie verstand Elena gut und wollte nicht in ihrer Haut stecken.

Elena ging zu einer großen Kiste, hob sie mit Selinas Hilfe von einem Stapel herunter und öffnete sie. Darin waren einige Fotoalben, aber auch Mappen mit Bildern. Dazu säuberlich zusammengebundene Stapel Briefe.

»Die private Korrespondenz der Ehefrau von Guardini«, erklärte Elena. »Alles andere, seine Geschäftsunterlagen und Notizen, hat damals die Polizei beschlagnahmt, nach seinem Tod. Das ist so lange her, damals haben meine Eltern noch gar nichts von der Existenz des Gutshauses gewusst.«

»Wie sind sie denn überhaupt darauf gekommen, das Haus zu kaufen?«, erkundigte sich Selina. »Tonio Santini hat mir erzählt, dass die Ehefrau dort allein bis zu ihrem Tod gelebt hat. Beschlagnahmt so etwas dann nicht der Staat?«

Elena zuckte mit den Schultern. »Keine Ahnung, darüber habe ich mir keine Gedanken gemacht. Das müsstest du meine Großmutter fragen. Die weiß das alles noch.« Sie sah auf die Uhr. »Aber dafür ist es zu spät. Vielleicht morgen, bevor du aufbrichst? Ich könnte sie fragen, ob sie Zeit für einen Kaffee hat.«

»Gern! Aber nur, wenn es keine Umstände macht.«

Elena hielt Selina den Schlüssel hin. »Du kannst dir alle Zeit der Welt lassen. Wenn du gehst, nur das Licht ausmachen und abschließen.«

Selina nickte. Es war ihr peinlich, Elena darauf anzusprechen, aber bis jetzt hatte diese kein Wort über eine Übernachtungsmöglichkeit verloren. »Und wo soll ich dann hinkommen?«, fragte sie.

»Zu uns! Du kannst im Gästezimmer schlafen.«

»Das kann ich nicht annehmen«, gab Selina ein wenig erschrocken zurück, »ihr kennt mich doch gar nicht.«

»Nein«, lachte Elena. »Aber wir sind Italiener.«

Damit kehrte sie Selina den Rücken zu und ließ sie allein.

Selina öffnete das erste Album und begann eine Zeitreise, die sie weit zurückführte, in eine Epoche, die ihr fremd war: die Dreißigerjahre zur Zeit des Zweiten Weltkriegs, des faschistischen Italiens, dann in die Vierziger und schließlich in die Jahre des Wiederaufbaus nach dem Krieg. Sie sah, wie das einstmals bitterarme Pietra durch den Camorra-Boss einen Aufschwung erlebte. Straßen wurden ausgebaut, irgendwann gab ein Kino, einen Supermarkt, und der Marktplatz wurde neu gepflastert. Der Don wurde dicker und fuhr ständig ein neues Auto, seine Frau trug Pelz, die Tochter spielte Tennis. Trotz aller Verbesserungen blieb die Landbevölkerung aber arm wie eh und je. Zwar lachten die Arbeiter auf den Feldern, den Obstgärten oder Weinbergen in die Kamera des Fotografen, aber Selina meinte zu erkennen, dass ihr Lachen künstlich war – was hätten sie anderes tun sollen? Die Bilder, die sie fand, waren im Auftrag des Don Guardini aufgenommen worden, oder sogar von ihm selbst angefertigt, denn sie dokumentierten durchweg seine Macht und seinen Reichtum, und nur in den seltensten Fällen, sehr vereinzelt, zeigten sie etwas von dem wahren Leben in dem kleinen Bergdorf.

Drei Stunden saß Selina auf dem Boden im Schuppen und besah sich die Bilder. Es wurde dunkel, ihre Kehle war vom Staub völlig ausgetrocknet, aber sie rührte sich nicht vom Fleck, fasziniert von der Geschichte, die sich vor ihren Augen zu einem Schwarz-Weiß-Film des alten Süditaliens auffächerte.

Als sie sich schließlich mit schmerzenden Knien und steifem Rücken erhob, hatte sie fünf Bilder in der Hand. Auf allen hatte sie ihren Großvater identifiziert. Auf einem kniete er mit drei anderen jungen Kerlen stolz vor einem Brunnen, der frisch gemauert aussah. Ob sie ihn ausgehoben und gebaut hatten? Auf dem zweiten Bild war er nur im Hintergrund zu sehen, im Vordergrund befand sich eine lange Festtafel, und Selina glaubte, die Auffahrt des Gutshauses zu erkennen. Sie vermutete, dass der Don ein Fest für seine Landarbeiter gegeben hatte. Auf der langen Tafel standen Flaschen, Gläser, Schüsseln. Menschen saßen daran und hoben ihre Gläser in Richtung der Kamera. Hinter ihnen, an der Treppe zum Haus, konnte sie zwei Personen entdecken, von denen die eine mutmaßlich Sergio war. Die andere war eine junge Frau, deren Gesicht sie nicht identifizieren konnte, es war von einem Sonnenschirm verdeckt. Rosa Guardini? Ein drittes Bild zeigte Sergio vor der Kirche, er stand neben dem Pfarrer zur Linken, zur Rechten erkannte Selina Doktor Molinari. Dieses Bild gab ihr die Hoffnung, dass ihr Großvater mit den beiden Männern vertraut war, den Männern, die heimlich gegen den Don und die Camorra arbeiteten.

Auf dem vierten Foto war ihr Großvater allein zu sehen, er stand vor einer weißen Wand, stocksteif, und starrte mit aufgerissenen Augen in die Kamera. Es wirkte ein wenig wie die Bilder, die die Polizei von Verbrechern zur Katalogisierung aufnahm. Selina konnte sich keinen Reim auf dieses Bild machen, aber ihr Nonno sah nicht glücklich aus. Er hatte Angst, das konnte sie sehen. Ja, er war angsterfüllt, und er war sehr, sehr jung. Jünger als sie heute, jünger sogar als Fabio. Auf dem Foto stand kein Datum, aber da Sergio zum Zeitpunkt seiner Emigration nach Deutschland zwanzig gewesen war, konnte er auf dem Bild nicht älter, sondern musste noch jünger sein.

Das fünfte Foto schließlich, das sie von ihm fand, brachte sie zum Weinen. Sie hatte es aus einem der Umschläge gezogen, es war in kein Album eingeklebt, und der Grund war offensichtlich: Es hatte für den Don keinen Wert. Es zeigte weder ihn noch seine Arbeiter noch seinen Besitz. Es musste ein Zufallsprodukt des Fotografen gewesen sein, denn es war eine Aufnahme von Sergio und seinen Eltern – vermutlich vor ihrem Haus. Angelica, Gabriele und ihr Sohn Sergio 1952, stand mit zartem Bleistiftstrich hinten auf dem Bild. Es zeigte einen kleinen untersetzten Mann mit ebenso dichtem schwarzen Haar wie das seines Sohns. Er trug ein lockeres Hemd, die Ärmel aufgekrempelt. Eine Hand hatte er auf die Schulter seiner Frau gelegt, die vor ihm auf einem Stuhl saß. Auf ihrem Schoß eine Schüssel, Selina glaubte Bohnen zu erkennen. Die Frau, Angelica, Sergios Mutter, Marcellos Großmutter und folglich ihre Urgroßmutter, hatte das dunkle Haar zu einem lockeren Knoten gebunden, einige Haarsträhnen fielen ihr in das runde Gesicht. Sie lachte ebenso wie ihr Mann herzlich, ihr Kleid war knielang, sie saß breitbeinig wegen der Schüssel und trug keine Schuhe. Neben ihr stand der Junge. Sergio, ihr Sohn. Er hatte eine Katze auf dem Arm und lächelte scheu.

Sie sahen aus wie gute Menschen, dachte Selina, die die Augen nicht von dem Bild lösen konnte. Wie eine kleine, einfache und arme, aber glückliche und intakte Familie.

Ihre Familie. Das hier waren ihre italienischen Blutsverwandten.

Was nur war geschehen, fragte sie sich, dass Sergio seine Eltern verlassen hatte, nicht mehr über sie redete und ja, sogar mit einer Lüge über sie ins Grab gegangen war.

Selina starrte so lange auf das schwarz-weiße Foto, bis sie in Tränen ausbrach.

20

Sergio

Pietra Alta, 1958

Je näher er Neapel kam, desto heftiger klopfte sein Herz. Schon als Sergio den Zug in Wuppertal bestiegen hatte, war ihm übel gewesen, in seinen Handinnenflächen bildete sich Schweiß. Giancarlo, der ihn zum Zug gebracht hatte, wollte ihm eine Flasche Chianti zustecken.

»Trink, mein Freund. Das entspannt dich.«

Aber Sergio hatte abgelehnt. Er wollte einen klaren Kopf behalten, sein Vorhaben war gefährlich. Es war noch lange kein Gras darüber gewachsen, dass er den Don mit einem groß angelegten Schwindel hinters Licht geführt hatte. In der Zwischenzeit war Rosa verschwunden, und das hatte den Camorra-Boss mit Sicherheit nicht gerade milder gestimmt. Wenn ihn irgendjemand erkennen sollte, würde die Hölle losbrechen. Nicht nur Sergio wäre in Lebensgefahr, auch seine Eltern und alle seine Freunde. Diejenigen, die Rosa zur Flucht verholfen hatten, sowieso.

Denn dass seine schwangere Geliebte das Weite gesucht hatte, dessen war Sergio gewiss. Ihr konnte nichts zugestoßen sein, niemand wagte es, der Tochter des Dons etwas zuleide zu tun.

Nein, die spärlichen Informationen, die er den Briefen seiner Mutter entnommen hatte, deuteten alle darauf hin, dass Rosa sich und das Baby in Sicherheit gebracht hatte. Sie hasste ihren Vater, sie hasste ihre Mutter, und sie hasste ganz besonders das Umfeld, in dem sie aufgewachsen war. Die Gewalt und die Repressionen, die ewige Angst vor der Konkurrenz und der Polizei.

Sie hatten so oft darüber gesprochen, damals, als sie gemeinsam fliehen wollten, als sie noch nicht ertappt worden waren und Don Lorenzo Sergio nicht mit dem Tode bedrohte. Rosa wollte keine Familie in Pietra gründen. Sie hatte immer nur eines gewollt: fort von ihrem Elternhaus.

Das Baby, dachte Sergio, das Baby müsste fast ein Jahr alt sein. Mein Sohn? Meine Tochter? Jeden Abend betete er dafür, dass es gesund war, dass Rosa gesund und in Sicherheit war, dass den beiden nichts Schlimmes widerfahren war.

Der Zug hatte den Brenner hinter sich gelassen, Sergio erinnerte sich nur zu gut daran, wie er mit Giancarlo bei Eiseskälte in die entgegengesetzte Richtung über den Pass gefahren war. Die ersten Flocken in Vipiteno auf dem Bahnsteig, obwohl es erst Oktober gewesen war und in Pietra noch so mild. Seitdem waren nicht einmal zwei Jahre ins Land gegangen, und was war alles geschehen!

Sie hatten ihre Arbeit und den Wohnort gewechselt, sie lebten in einer anständigen eigenen kleinen Wohnung und verdienten gutes Geld. Sie lernten Deutsch – er mühseliger als sein Freund Giancarlo –, aber es reichte auch bei ihm schon dafür, sich mit ihren neuen Freunden zu verständigen. Denn auch das war ein Wunder: Sie hatten Freunde in Deutschland gefunden, deutsche Freunde, die keinen Unterschied machten zwischen sich und den »Spaghettifressern«. Freunde, die ihre Kultur liebten und ihnen zeigten, dass auch Deutsche lustig und warmherzig sein konnten.

Seit dem Abend im *Café Amalia,* als sich Marianne und ihre Brüder vor sie und die Schlägertypen gestellt hatten, waren sie den Geschwistern nicht mehr ausgekommen. Marianne hatte darauf bestanden, den ganzen Abend mit Sergio zu tanzen, und er hatte sehr wohl gemerkt, dass die junge Frau einen Narren an ihm gefressen hatte. Und obwohl sein Herz Rosa gehörte, musste er sich eingestehen, dass sie ihm gefiel. Sie hatte sich nicht körperlich an ihn rangeschmissen, denn auch so etwas gab es: junge Frauen, die unbedingt einen Fremdarbeiter abschleppen wollten, aber so eine war Marianne nicht! Zumal sie ihre fünf Brüder ständig um sich herum hatte, und die hätten jedes unsittliche Benehmen sofort unterbunden. Aber sie hatte durchaus ein Auge auf ihn geworfen, und er fand sie niedlich, insbesondere ihr Bemühen, sich mit ihm auf Italienisch zu unterhalten. Sie hatten den ganzen Abend geredet und getanzt, und am Sonntag darauf musste Giancarlo Sergio schon etwas weniger überreden, ihn zum Tanztee zu begleiten. Schließlich war aus dem Sonntag ein fester Termin geworden – auch wenn Sergio das Geld reute, das er dafür ausgab. Schließlich war es bloßes Vergnügen, er fühlte sich stets ein wenig schuldig, dass er das Geld so verschleuderte. Andererseits versüßten ihm die Besuche im *Café Amalia* die Woche.

Mariannes Brüder waren nette Burschen, sie kümmerten sich darum, dass Giancarlo und Sergio keinen Anfeindungen ausgesetzt waren, und als ein Monat ins Land gegangen war, wusste Sergio auch, warum das so war. Eines Tages, als er nach Feierabend zu Walters Büdchen ging, um sich Zigaretten zu holen, empfing ihn dort nicht Walter, sondern Günther. Sergio zeigte sich erstaunt, aber der Bruder Mariannes klärte ihn darüber auf, dass er seinem Vater ab und an unter die Arme greife, und nicht nur er, sondern alle Geschwister. Die Blonden waren also die Kinder ihres liebsten Büdchenbesitzers! Jetzt wunderte Sergio gar nichts mehr, denn Walter war der freundlichste und lustigste Mensch, den er jemals in Deutschland getroffen hatte. Für ihn waren alle Kunden gleich – ob es sich um die siebenjährigen Lausebengel handelte, die, wenn er einmal nicht hinsah, in das Glas mit den Bonbons griffen, oder die Rentnerin, die von der Rente ein Kreuzworträtselheft kaufte und eine Flasche Eierlikör. Ob es griechische, türkische oder italienische Fremdarbeiter waren, die sich freuten, wenn er Artikel aus ihrer Heimat in sein Sortiment übernahm, die Fußballer aus dem nahe gelegenen Verein, die bei ihm nach dem sonntäglichen Training ein Export zischten, oder die Hausfrauen aus dem Block, die sich bei Walter mit Herzschmerz-Groschenromanen eindeckten und ihm ihr Leid mit den Ehemännern klagten. An Walters Büdchentheke waren alle willkommen – und diese Einstellung schien er seinen sechs Kindern vererbt zu haben. Walters Söhne machten es sich zur Mission, den beiden jungen Italienern ihr Wuppertal zu zeigen. Sie luden sie ein, am Samstag mit ihnen zu kicken, und wenn sie in ihrer Laube ein paar Koteletts und Würstchen auf den Grill schmissen, trugen Giancarlo und Sergio mit selbst gemachten Antipasti und ein paar Flaschen von dem guten Chianti zum Gelingen des Abends bei. Sie lehrten sich gegenseitig ihre Sprachen, und natürlich blieb der Tanztee im *Café Amalia* eine feste Instanz.

Giancarlo kam zu den Treffen schon bald nicht nur mit seinem Freund Sergio – immer öfter hatte er die schöne Alessandra im Schlepptau. Alessandra war die Tochter ihres Vorarbeiters, denn das Schicksal hatte es gut mit den Italienern gemeint, und es fügte sich, dass der Vorarbeiter ebenfalls aus Sizilien stammte, so wie Giancarlo. Über diese Gemeinsamkeit freundete man sich an, und schon bald erschien die attraktive Tochter des Kollegen auf der Bildfläche. Mal unternahmen sie alle etwas gemeinsam, mal bildeten Sergio und Marianne mit Giancarlo und Alessandra ein Kleeblatt und gingen zusammen ins Kino oder trafen sich am See zum Baden.

Der Sommer verflog auf diese Weise in Windeseile, doch Sergio fraß das schlechte Gewissen förmlich auf. Er war nicht nach Deutschland gekommen, um sich zu amüsieren, sondern um Geld für seine kleine Familie, Rosa und das Kind, sowie für seine Eltern zu verdienen! Dass Rosa nun spurlos verschwunden war, änderte zwar die Lage, aber welche Schlüsse sollte er für sich daraus ziehen? Sein Vorhaben gänzlich aufgeben?

Er starrte aus dem Zugfenster auf die vorüberziehende Landschaft, die Städte Brixen, Bozen, Trento. Die Berge wurden flacher, verschwanden gänzlich und gingen über in die sanft geschwungene Ebene vor Verona. Die Eisack wurde zu einem breiten Fluss, später abgelöst vom Po. Er sah die Weinstöcke, die Obstgärten, hörte die vertraute schöne Sprache seiner Heimat, und sein Herz wollte schier zerplatzen vor Wehmut. *Bella Italia,* dachte er, du schönes Land, *ti amo.*

Aber er steckte nun in einer Zwickmühle. Der Weg zurück in seine Heimat war ihm so lange verwehrt, wie Don Lorenzo lebte. Er hatte sich als toter Mann inszeniert, und das würde er bleiben müssen. In Deutschland dagegen hatte er eine gute und saubere Arbeit, die viel besser bezahlt wurde als jede Tätigkeit, die er als Hilfsarbeiter in Italien ausüben konnte. Er hatte also eine gute Chance, sich in Deutschland etwas aufzubauen, etwas Dauerhaftes. Aber nun war seine Liebste mit dem gemeinsamen Kind spurlos verschwunden – und ließ Sergio ratlos zurück. Er musste Klarheit über die Situation gewinnen und dann Schlüsse für sich daraus ziehen. Das war der eine Grund, warum er die gefährliche Reise angetreten hatte.

Der andere, noch wichtigere war, dass ihn ein Brief seines Vaters erreicht hatte. Bislang hatte ihm immer nur die Mutter geschrieben. Dass er nun die Handschrift seines Vaters erkannte, hatte Sergio alarmiert, sobald er den Brief in Händen hielt. Und tatsächlich, sein Vater schrieb, dass die Mutter an Fieber erkrankt war. Inneres Fieber, so nannte er es und schrieb, Doktor Molinari mache sich wenig Hoffnung auf Heilung.

Seine Mama war schrecklich krank, lag vielleicht sogar im Sterben! Und sie war noch so jung … Sergio hat auf der Stelle den Entschluss gefasst, dass er sie sehen musste. Er musste die gefährliche Reise nach Pietra antreten, damit seine Mutter ihn noch einmal sehen konnte, seine Wange streicheln, seine Hand halten.

In Rom endete sein Zug, nach Neapel musste er umsteigen. Obwohl er sich in der Hauptstadt nicht auf dem Terrain der Camorra befand, blieb Sergio misstrauisch. Der Zufall war ein Teufel und schlug immer dann zu, wenn man sich in Sicherheit wähnte, deshalb schlug er den Kragen seines leichten Sommermantels hoch und drückte den Hut tief in die Stirn. Er verließ auch den Bahnhof während der zweistündigen Wartezeit nicht, sondern setzte sich mit der Zeitung *Il Mattino* auf eine Bank und verbarg sich dahinter.

Als sein Zug endlich bereitstand und Sergio sich einen Platz suchte, steigerte sich seine Anspannung ins Unermessliche. Überall vermutete er Bekannte aus Pietra oder Castelbore, irgendjemand, der ihn erkennen könnte. Ihm schien, als habe er die ganze Fahrt von Rom nach Neapel die Luft angehalten.

Als er schließlich in Neapel aus dem Zug stieg, senkte er den Kopf, heftete den Blick auf das Pflaster und strebte mit schnellen Schritten dem Ausgang zu.

Die Nacht war seine Freundin, er kannte den Weg nach Pietra abseits der Straßen, quer durch die Macchia, Wälder und Weinberge. Wenn er gut vorankam, konnte er noch vor Tagesanbruch am Haus seiner Eltern sein.

Keine sechs Stunden später hatte er es geschafft. Die Nacht war mild und sternenklar, er hatte die Wanderung richtiggehend genossen, obwohl er auf der Hut sein musste. Aber die vertrauten Gerüche der italienischen Sommernacht gaben ihm Schutz und Zuversicht. Rosmarin, Lavendel, Jasmin und Oleander. Geißblatt, Rosen, die Blüten der Olivenbäume – so vertraut, so süß, das war der Geruch seiner Heimat. Er hörte Grillen zirpen und Nachtigallen singen, hörte Hunde kläffen und Füchse durchs Unterholz streifen. Sergio mied die Lichter, die Straßen und die Höfe, wanderte zielstrebig aufwärts, bis er die heimischen Mauern in der Ferne erblickte. Ab dem Moment bewegte er sich entweder tief gebückt oder auf dem Bauch robbend vorwärts. Zentimeter für Zentimeter. Die Männer des Don Lorenzo bewachten dessen Anwesen und das Dorf gut versteckt mit Schrotflinten, die Verbrecher trauten einander nicht über den Weg.

Aber es gelang ihm, unentdeckt zum kleinen Haus seiner Eltern zu gelangen. Hier empfing ihn der vertraute Geruch, der aus der Gerberwerkstatt seines Vaters drang, die Häute in unterschiedlichen Stadien der Bearbeitung strömten ihren charakteristischen Gestank aus, der in der Nase und den Schleimhäuten biss.

In der Küche brannte bereits Licht, seine Eltern standen immer vor Tagesanbruch auf. Vorsichtig drückte er die Klinke nieder, sah den Rücken seines Vaters, der erschrocken herumfuhr, als er die in den Angeln quietschende Tür hörte.

Gabriele wollte einen Laut des Erstaunens von sich geben, schlug sich jedoch rechtzeitig auf den Mund und breitete stattdessen die Arme weit aus. Und Sergio, der verlorene Sohn, stolperte über die Türschwelle geradewegs in die Arme seines Vaters.

Sie hielten einander lange fest. Sergio konnte sich nicht erinnern, wann er seinen Vater jemals so lange und so fest gehalten hatte, es mochte in dieser Intensität das erste Mal im Leben sein – und wohl auch das letzte Mal.

»Mein Junge«, sagte Gabriele irgendwann mit erstickter Stimme.

»Papa«, erwiderte Sergio. Sie dachten nicht daran, die Fensterläden zu schließen, sie vergaßen, das Licht zu löschen, sie waren beieinander und hielten sich im Arm, das war alles, was zählte.

Irgendwann aber löste sich der Vater von seinem Sohn. Er nickte nur, hatte keine Worte für das, was er empfand, aber Tränen in den Augen.

Dann begann er wortlos, die Fensterläden rundherum zuzuklappen und die Tür zu verschließen. Sergio half ihm, und erst, als sie sich abgesichert hatten, getraute er sich mit erstickter Stimme zu fragen. »Mama?«

In Gabrieles Gesicht zeigte sich ein schmerzhafter Ausdruck, dann führte er seinen Sohn nach nebenan in das kleine Schlafgemach.

Sergios Mama Angelica lag da wie tot. Ihr Gesicht leichenblass, die Augen geschlossen. Das lange schwarze Haar, einstmals voll und lockig, rahmte dünn ihr Gesicht ein, auf der Stirn zeichneten sich Schweißperlen ab, die Lippen waren weiß wie die Wand. Aber als Sergio dicht an das Bett trat, die Hand seiner Mutter in die seinen nahm, öffnete Angelica die schweren Lider. Vorsichtig drehte sie den Kopf.

»Mein Junge«, sagte sie, ihre Stimme nurmehr ein Hauch. Aber sie lächelte.

Sergio fiel es schwer, seine Tränen zurückzuhalten, denn er sah, dass seine Mutter in den letzten Zügen ihres Lebens lag.

Gabriele schob ihm einen Stuhl hin, und Sergio setzte sich. So saß er Stunde um Stunde. Sein Vater servierte ihm einen Milchkaffee, später ein Hörnchen. Er brachte Wasser und Lappen, damit Sergio seiner Mutter die fieberheiße Haut abkühlen und sanft waschen konnte. Und er brachte klein gestoßenes Eis aus ihrem Eiskeller, mit Zitrone und Zucker.

»Sie liebt es«, erklärte sein Papa, als er Sergio das Schälchen mit dem Eis gab. »Gib ihr kleine Löffelchen davon auf die Zunge. Es ist das Einzige, was sie noch zu sich nimmt.«

Und so fütterte Sergio seine Mutter, geduldig, so wie sie ihn gefüttert hatte, als er ein Baby gewesen war. Irgendwann schlief sie ein, und nachdem er sie lange betrachtet und ein wenig still geweint hatte, stand er auf und ging hinüber zu seinem Vater. Gabriele würde an diesem Tag nicht in die Werkstatt gehen, er wollte mit seinem Sohn reden.

Und so erzählte er Sergio, dass Angelica Krebs hatte. Der Doktor Molinari vermutete, dass Dämpfe, die beim Gerben des Leders entstanden, schuld daran sein könnten. Er wollte Angelica nach Neapel in Spital bringen lassen, aber weder

Angelica noch Gabriele waren damit einverstanden. Es gab ohnehin keine Hoffnung mehr, der Krebs fraß Angelica von innen auf – warum dann also in der Fremde sterben?

»Papa, versprich mir«, Sergio nahm die Hand seines Vaters, »wenn Mama einmal nicht mehr ist, kommst du zu mir nach Deutschland?«

Sein Vater lächelte matt. »Was soll ich da, Sergio? In einem Land, in dem ich niemanden verstehe. Wo ich keinen kenne – außer dir. Was soll ich da?« Und als er Sergios betrübte Miene sah: »Aber erzähl mir, wie ist es dort, in der Fremde, wie sind die Deutschen? Behandeln sie dich gut?«

Und Sergio erzählte. Irgendwann stand Gabriele auf und kochte ein Risotto mit Artischocken aus dem Garten, er stellte einen Liter frischen Weißwein von den Feldern des Dons auf den Tisch, eine Karaffe mit Wasser und frisch gebackenes Weißbrot. Sie vergewisserten sich, dass Angelica noch immer schlief, und dann aßen sie. Und Sergio erzählte noch immer. Von seiner Arbeit, seiner Freundschaft mit Giancarlo, dem Sizilianer, von Walter und seinen blonden Kindern. Vom Kicken und der Wuppertaler Schwebebahn, von den Büdchen und den Eichhörnchen im Garten. Kein Wort aber verlor er über Marianne.

»Es hört sich ganz so an, als hättest du dein Glück gefunden«, kommentierte sein Papa und lächelte.

Sergio war verblüfft. Sein Glück? Aber nein, niemals! Sein Glück, das war hier, in Pietra, bei Mama und Papa. Sein Glück, das war Rosa und ihr gemeinsames Kind.

Aber Gabriele schüttelte sanft den Kopf. »Nein, mein Junge. Das ist die Vergangenheit. Deine Zukunft, das ist all das, von dem du mir erzählt hast. Mama wird sterben, und ich werde ihr – so Gott will – bald folgen. Aber du, du hast eine

Zukunft in Wuppertal! Halte nicht fest an dem, was vergangen ist.«

So hatte Sergio es noch nicht gesehen, nicht sehen wollen. »Und Rosa?«, fragte er matt, obwohl er die Antwort kannte.

»Sie ist gegangen.« Gabriele stand auf und holte etwas aus dem Küchenbüfett. Es war ein winziger Zylinder, in Bienenwachstuch eingewickelt. Er reichte ihn seinem Sohn. »Das ist alles, was sie hinterlassen hat. Die Nachricht kam vor einiger Zeit. Deine Mama ist jeden Tag zur Kapelle gegangen, seit Rosa das Dorf verlassen hat. Nie kam eine Nachricht. Aber dann, plötzlich, war das da.«

Sergio nahm den kleinen Kassiber. Er wagte kaum, ihn zu öffnen.

»Wir sind sicher, dass es eine Botschaft an dich ist«, fuhr Gabriele fort.

Mit zittrigen Fingern wickelte Sergio das Bienenwachstuch auf. Darin lag ein Stück Papier, darauf in Rosas Schrift, die er sofort erkannte, ein paar Zeilen, die an ihn gerichtet waren. Die Buchstaben verschwammen vor seinen Augen, Tränen tropften auf das Papier. Dann faltete Sergio es sorgsam zusammen, steckte es in seine Hosentasche, wischte sich die Tränen aus den Augenwinkeln und sagte: »Ich bleibe bis zu Mamas letztem Atemzug. Danach gehe ich wieder nach Wuppertal. Ich komme nicht zurück nach Pietra. Aber du würdest mich glücklich machen, wenn du mich begleitest, Papa.«

Sein Vater stand auf, stellte zwei kleine Gläschen auf den Tisch und goss ihnen beiden einen Fingerbreit Grappa ein, obgleich es erst früher Nachmittag war.

Sie prosteten sich zu, und beide dachten an Angelica, die nebenan im Sterben lag.

»Geh, mein Sohn. Geh und lass das alles hier zurück. Du bist letztes Jahr gestorben, belasse es dabei und fang von vorne an. Ich finde, dein Leben in Deutschland hört sich gut an. Du hast alle Chancen, etwas aus dir zu machen – pack die Gelegenheit beim Schopf.«

Sergios Mama erwachte nicht mehr aus dem Schlaf. Als habe sie mit dem Sterben gewartet, bis Sergio kam, jetzt konnte sie gehen. Am Abend krampfte sie und bäumte sich auf, Doktor Molinari kam und gab ihr Morphiumspritzen. Der Dottore freute sich, Sergio zu sehen, aber er warnte ihn auch: Don Lorenzo durfte keinesfalls zu Ohren kommen, dass Sergio am Leben war! Seit Rosa von der Bildfläche verschwunden war, war der Camorra-Boss noch rascher mit Strafen und Sanktionen bei der Hand, er war jähzornig und übellaunig.

»Um Rosa mach dir keine Gedanken, mein Freund.« Der Doktor nahm Sergio beiseite. »Sie ist in Sicherheit. Ich habe selbst dafür gesorgt.«

Sergios Herz schlug auf der Stelle schneller. Der Doktor wusste, wo Rosa war! Er musste sie sehen! Er würde ihr folgen, nicht mehr nach Deutschland zurückkehren, sie heiraten, das Kind, sein Kind, zu sich nehmen … Aber Doktor Molinari schüttelte den Kopf.

»Ich kann dir nicht sagen, wo sie ist, mein Freund. Ich hatte sie im Kloster der Barmherzigen Schwestern untergebracht. Aber nun hat sie einen eigenen Weg gewählt. Sie ist auch aus meinem Blickfeld verschwunden. Ich sage es dir in aller Freundschaft: Such nicht nach ihr. Es ist besser für euch beide. Du bringst uns sonst alle in Gefahr.« Dann lächelte er. »Sie hat dir einen kräftigen Sohn geboren, das hat mir die Mutter Oberin geschrieben.«

Damit ließ er Sergio stehen und kümmerte sich um Angelica. Sergio war verwirrt, er wusste nicht, was er denken sollte, aber er erkannte auch, dass es jetzt nicht an der Zeit war, seine eigenen Interessen zu verfolgen – er musste seinen Eltern in der schwersten aller Stunden beistehen.

Sergio und Gabriele wachten an Angelicas Bett, und kurz vor Mitternacht tat sie ihren letzten Atemzug. Gabriele schloss ihr sanft die Augenlider, Sergio öffnete weit die Fenster, damit ihre Seele hinausziehen und in den Himmel fahren konnte, auch wenn er sich selbst dadurch in Gefahr brachte.

Er hielt eine weitere Stunde Totenwache mit seinem Vater, dann umarmten sie sich erneut, und Sergio machte sich im Schutz der Nacht auf den Weg zurück nach Neapel. Er nahm den ersten Zug nach Rom und von dort einen weiteren nach München. Und erst als er die Grenze zu Österreich überquerte, als der Zug sich durch die Alpenschneise quälte, holte er den Zettel aus der Hosentasche und las ihn erneut.

Geliebter. Sorge Dich nicht, es geht mir gut. Und dem Jungen auch! Ja, es ist ein Junge, Francesco soll er heißen. Du wirst niemals erfahren, wo ich bin, ich will Dich, uns, nicht in Gefahr bringen. Aber so viel sollst Du wissen: Ich liebe Dich, Sergio. Ich werde Dich immer lieben. Aber jetzt heirate ich einen anderen, einen guten Mann, und Du sollst frei sein.
In Liebe ewig, Deine Rosa.

21

Selina

Positano, 2023

Das Gästezimmer war im eigentlichen Sinne kein richtiges Zimmer, eher eine Kammer mit Bett. Und dennoch ungemein gemütlich. Als Selina am Abend aus dem Schuppen gekommen war, in der Hand die fünf Fotos von Sergio, die sie gefunden hatte, erkannten Pippo und Elena sehr schnell, dass ihr Gast durcheinander und ein wenig erschüttert war. Sie setzten sich noch kurz in die gemütliche Küche der Battaglias und tranken etwas zusammen. Selina hatte bislang kaum etwas gegessen, der Tag war entsetzlich lang gewesen, sie hatte ihn bei Gabriella in der Touristeninformation in Pietra begonnen, das schien ewig her zu sein. Ihre Glieder waren schwer wie Blei, sie wünschte sich nichts sehnlicher, als sich hinzulegen und zur Ruhe zu kommen, aber gleichzeitig genoss sie es, mit diesen fremden Menschen, denen sie die Geheimnisse ihrer Familie anvertraut hatte, den Abend ausklingen zu lassen. Obgleich sie es sehr bedauerte, mit ihren Gastgebern Englisch sprechen zu müssen. Wie sehr wünschte sie sich, die Sprache dieses wundervollen Landes zu beherrschen! Das kam ganz oben auf ihre To-do-Liste.

Pippo stellte Brot, Butter, Käse, Schinken und Oliven auf den Tisch, und Selina griff beherzt zu, es gab in diesem Moment nichts Köstlicheres.

»Ich frage meine Nonna, ob du die Bilder behalten kannst«, sagte Elena, nachdem sie diese betrachtet hatte. »Aber ich wüsste nicht, was dagegenspricht, schließlich sind das für uns fremde Menschen. Und für dich ist es Familie.«

»Erben gibt es doch auch nicht, oder?«, warf Pippo ein.

»Die Tochter«, sagte Selina. »Rosa Guardini, die spurlos verschwunden ist.«

»Wie seltsam, oder?« Elena sah nachdenklich aus. »Das können wir uns heute in unserer digitalen Welt gar nicht vorstellen, dass jemand einfach nicht mehr aufzufinden ist, untertaucht. Das ginge heute gar nicht mehr. Aber damals, in den Papierzeiten … Vielleicht ist sie doch ums Leben gekommen.«

»Hör auf«, bat Selina, »das ist gruselig.«

Sie hielt kurz inne und überlegte, ob sie ihren Gastgebern von ihrem Verdacht erzählen sollte, dass Rosas Verschwinden mit Sergios Weggang nach Deutschland in Zusammenhang stand. Aber dann verwarf sie den Gedanken. Sie würde stattdessen noch einmal mit Tonio Santini sprechen und sich danach erkundigen, ob es mehr Informationen über Rosas Verschwinden gab.

Als Pippo das erste Mal hinter vorgehaltener Hand gähnte, befand Selina, dass es Zeit war, ins Bett zu gehen. Die beiden hatten kleine Kinder und würden um jede Stunde Schlaf gottfroh sein, und sie selbst sehnte sich auch danach, Körper und Geist zur Ruhe zu bringen.

Und obwohl sich ihre Gedanken noch immer im Kreis jagten und Selina mit den Fotos beschäftigt war, schlief sie ein, sobald ihr Kopf das Kissen berührt hatte.

Am Morgen wurde sie von köstlichem Kaffeegeruch geweckt. Pippo stand in der Küche, das kleine Kind auf der Hüfte, das andere saß in einem Kinderstuhl am Tisch.

»Caffè Latte?«, erkundigte er sich bei Selina, sie nickte.

»Elena ist bei ihrer Großmutter unten und fragt wegen der Fotos und ob du dich mit ihr unterhalten kannst.« Er zeigte aus dem Fenster. »Luisa wohnt im Erdgeschoss. Das Haus gehört der Familie, aber von den Kindern wohnt nur Elena hier. Die Brüder sind ausgezogen, und Francesco, Elenas Vater, hat die Eisdiele im *centro,* dort wohnt er auch. Hast du noch Zeit, dann können wir dort vorbeigehen und das Eis probieren?«

»Mal sehen«, gab Selina zurück. »Kommt darauf an, ob ich mich mit Elenas Oma unterhalten kann und wann ich dann loskomme.«

»Mein Angebot steht!« Pippo goss ihr heiße Milch auf den Espresso in der großen Schale und schob ihr einen Korb mit frischen Cornetti hin.

Sie hatten sich keine Viertelstunde miteinander unterhalten, als Elena zurückkehrte.

»Es tut mir leid«, sagte sie und schob Selina die fünf Fotos zu. »Ich müsste dich bitten, die Bilder einzuscannen. Meine Nonna möchte nicht, dass etwas aus dem Nachlass entfernt wird.«

»Okay.« Selina verbarg ihre Enttäuschung. Sie fand das Argument nicht nachvollziehbar, schließlich lagerten die Bilder seit vielen Jahren in der Kiste im Schuppen, niemand außer ihr interessierte sich dafür, aber natürlich akzeptierte sie die Entscheidung von Elenas Großmutter.

»Und ein Gespräch?«, fragte sie vorsichtig, obwohl sie die Antwort an Elenas Miene bereits ablesen konnte. Und tatsächlich schüttelte sie den Kopf.

»Ich weiß nicht, was sie hat, sie ist sonst nicht so. Es tut mir furchtbar leid.«

»Und mehr hat sie nicht gesagt?«

»Es tut mir furchtbar leid, Selina. Ich weiß gar nicht, was ich sagen soll, meine Nonna ist der liebste Mensch der Welt. Aber heute …« Sie zuckte bedauernd mit den Schultern. »Sie ist alt, vielleicht liegt es daran, sie hat heute keinen guten Tag. Ich kann dir nur versprechen, dass ich sie noch einmal darauf ansprechen werde. Vielleicht ändert sie noch ihre Meinung.«

Selina nickte nur. Sie hatte einen Kloß im Hals. Bis jetzt hatte sie zwei Menschen getroffen, die ihren Großvater noch aus seiner Zeit in Pietra kennen konnten. Aber der alte Niccolò war dement, und die Großmutter von Elena wollte nicht darüber reden. Dabei wäre es für sie immens wichtig!

»Wie lange bleibst du denn noch in der Gegend?«

»Ich muss in sechs Tagen zurück nach Deutschland. Wie lange ich in Pietra bleibe, weiß ich noch nicht. Ich will mir eigentlich noch ein bisschen was ansehen. Capri, die Amalfiküste, etwas herumfahren.«

Elena nickte. »Ich rufe dich an, wenn sie ihre Meinung ändert.«

Kurz darauf verabschiedete sich Selina und machte sich auf den Weg zu den Fähren. Eigentlich hätte sie durch Positano bummeln wollen, aber die ablehnende Reaktion von Elenas Oma auf ihre Fragen traf sie tief. Es gab ihr das Gefühl, als wolle sich die alte Dame nicht an Sergio erinnern, und ließ in Selina, die noch immer nicht das Geheimnis hinter dem Weggang und den Lügen ihres Großvaters gelüftet hatte, den Verdacht aufsteigen, dass ihn ein dunkles Geheimnis umgab.

Als sie aus der Tür des Hauses trat, bemerkte sie, dass hinter den Fenstern im Erdgeschoss jemand stand. Sie wandte den Kopf und fing den Blick einer Frau auf, deren weißes langes Haar ein apartes Gesicht umrahmte. Das musste Elenas Großmutter sein. Aber als Selina den Ansatz machte, zu grüßen, zog die Frau ruckartig die Vorhänge zu.

Wie seltsam! Was hatte es mit diesem beinahe schon feindseligen Verhalten auf sich? Elena war sehr zuvorkommend und aufgeschlossen gewesen, es schien sich also eher um eine persönliche Aversion zu handeln. Selina wurde aus dem Verhalten der Frau nicht schlau.

Nachdenklich lief sie zum Hafen, als ihr Handy den Eingang einer Nachricht anzeigte.

»Komme 17:25 in Napoli an – kommst du zur *stazione?*«

Fabio! Ihr Bruder kam hierher! Dieser verrückte Kerl, dachte Selina, es passte zu ihm, dass er sich spontan entschieden und ihr nichts über sein Vorhaben gesagt hatte. Es war Freitag, offenbar hatte er sich kurzfristig einen Tag freigenommen, um mit ihr ein langes Wochenende zu verbringen. Die Aussicht darauf, die nächsten Tage mit Fabio zu erleben, hob ihre Laune beträchtlich. Selina warf einen Blick auf die Uhr. Es war bereits zehn, vor halb zwei würde sie nicht in Neapel sein. Es lohnte also gar nicht, erst nach Castelbore in die Wohnung zu fahren, sie würde stattdessen die wenigen Stunden, bis ihr Bruder ankam, in der Stadt verbringen. Wie herrlich! Sie freute sich darauf, ihren Erkundungsgang von letztens fortzusetzen und zu intensivieren. Sie hatte erst einen winzig kleinen Ausschnitt der Stadt gesehen und freute sich über die Gelegenheit, alles auf sich wirken zu lassen.

Zwei Stunden später saß Selina auf einer mondän anmutenden Piazza, vor sich den teuersten Salat ihres Lebens und eine Cola, die so viel kostete wie in Wuppertal ein Glas Crémant, und obwohl sie sich bewusst war, dass sie sehenden Auges in eine Touristenfalle geraten war, bedauerte sie es kein bisschen. Denn der Platz war malerisch, der Salat war frisch und köstlich – Selina wollte es sich unbedingt gut gehen lassen und sich eine Freude machen.

Sie hatte ihre Tage in Pietra und Castelbore Revue passieren lassen und begriffen, was daran sie so anstrengte. Kampanien war ein Traum, die Landschaft, Sonne, Meer, der Vesuv. Ihr Appartement, das Essen – es könnte schöner nicht sein. Und vor allem: alle Menschen, die sie bis jetzt getroffen hatte, waren freundlich, fröhlich und hilfsbereit.

Im krassen Gegensatz dazu stand alles, was sie über die Vergangenheit Pietras, ihren Großvater, die Widerstandskämpfer wie Doktor Molinari oder eben die spurlos verschwundene Rosa Guardini herausfand. Die Zeiten damals mussten düster gewesen sein, dunkle Geheimnisse, Kriminalität und Repressalien standen auf der Tagesordnung. All das mochte so gar nicht zu dem Bild von heute passen – und vor allem nicht zu ihrem Opa Sergio, der ihr stets heiter und liebevoll erschienen war. Wie passte er ins Bild? Solange sie nicht wusste, ob er damals zu den Guten oder den Bösen gehört hatte, so lange würde sie die Gegend nicht verlassen können.

Kurz entschlossen wählte Selina die Nummer von Claudia Bassani und fragte sie, ob es möglich wäre, einen neuen Versuch zu unternehmen, sich mit ihrem Papa Niccolò zu unterhalten. Signora Bassani sagte sofort zu, und sie verabredeten sich für den kommenden Tag. Vielleicht, so hoffte Selina, hatte der alte Herr wieder einen lichten Moment und konnte ihr etwas über Sergio und Rosa erzählen und ob die beiden ein Paar gewesen waren.

Selina zahlte und machte sich auf den Weg durch das Viertel San Lorenzo, eine sehr lebendige Gegend. Sie entdeckte verwunschene Hinterhöfe, jede Menge verrückter kleiner Läden, coole Bars, traditionelle Konditoreien, eine verzauberte Welt.

Pünktlich um 17:25 Uhr stand sie auf dem Bahnsteig, um ihren Bruder in Empfang zu nehmen. Tatsächlich hatte der Zug nur wenige Minuten Verspätung, sie musste nicht lange warten, um Fabio in die Arme zu schließen!

Er drückte sie fest und sah sich strahlend um.

»Geil, Neapel! Erst mal ’ne Pizza, oder?!«

Es war so ungefähr das, was Selina erwartet hatte, deshalb hatte sie sich vorsorglich schon bei ihrem Spaziergang durch das Viertel San Lorenzo umgesehen, ob ihr eine Pizzeria ins Auge fiel, die weniger astronomische Preise bei guter Qualität bieten würde. Tatsächlich hatte sie mehrere versteckt gelegene und einladend anmutende Osterien gefunden, am liebsten hätte sie jede ausprobiert. Schlussendlich hatte sie Nathalie, ihre Zimmervermieterin, angeschrieben, die, soviel sie in Erinnerung hatte, aus Neapel stammte. Kurz darauf hatte sie drei Tipps auf dem Handy gehabt, jeden mit dem Vermerk: keine Touristenfalle!

»Lass uns erst mal durch die Stadt bummeln und Eis essen«, schlug sie vor. »Vor acht, neun Uhr am Abend müssen wir uns in keinem italienischen Restaurant blicken lassen.«

Fabio, wie immer völlig unkompliziert, war sofort einverstanden, und so ließen sie sich durch die traumhaft schöne Metropole treiben. Währenddessen brachte Selina ihren Bruder auf den Stand ihrer Recherchen, und ganz wie erwartet blieb dieser völlig cool.

»Du bist viel zu vergrübelt«, sagte er, während sie miteinander durch die Galleria Umberto schlenderten und die Geschäftsauslagen inspizierten. Gucci-Taschen, handgefertigte Lederschuhe, teure Parfüms und Schokolade – nichts davon wollten sie besitzen, nichts hätten sie sich leisten können, und doch machten ihnen die luxuriösen Schaufenster gute Laune.

»Zugegeben, das mit Opas Grabstein ist total *spooky*, aber ich finde es eher beruhigend, dass du ihn als erwachsenen Mann auf den Fotos entdeckt hast. Das heißt zumindest, dass er kein Schwindler ist und die Identität des Toten angenommen hat, oder?«

»Ich weiß auch nicht. Ich bin einfach nur verwirrt«, gab sie zurück. Sie blieb stehen und besah sich stattdessen die Auslage eines Geschäfts mit Bademode. Ein hellblaues Bikinioberteil war mitsamt einem wunderschön gemusterten Pareo darin drapiert, und Selina dachte an den ausgeleierten Billig-Lappen, den sie in ihrem Reisegepäck hatte. Aber ein Blick auf den Preis des wunderschönen Ensembles ließ sie zurückschrecken.

Gerade als sie sich umdrehte, um mit Fabio weiterzuschlendern, nahm der sie am Arm, grinste und zog sie sanft in Richtung des Geschäfts. »Rein mit dir.«

»Was? Nein! Spinnst du?«, wehrte Selina lachend ab, aber ihr Bruder war unerbittlich.

»Wir gehen da jetzt rein, und du probierst das Ding. Wenigstens probieren!«

»Ich habe doch nur geschaut.«

»Nein.« Fabio lächelte sie an. »Du hast geträumt. Ich kenne dich seit über zwanzig Jahren und weiß genau, wie du guckst, wenn du was haben willst. Vor dem Blick hat sich Mama schon im Supermarkt gefürchtet, wenn du in die Nähe von den Ü-Eiern gekommen bist.«

Selina hatte keine Chance auf weiteren Protest. Fabio war bereits im Laden und machte der Verkäuferin klar, dass seine Schwester die hellblaue Kombination aus Bikinioberteil und Pareo probieren wollte. Ehe Selina sichs versah, wurde sie in die Umkleide bugsiert, und sie bekam den Bikini – zu dem es noch ein Unterteil gab – hineingereicht. Also fügte sie sich und probierte den Traum in Meerblau an.

»Che bella!« Die Verkäuferin hatte den Kopf zwischen die Vorhänge gesteckt, und als sie sah, dass Selina das Ensemble angelegt hatte, öffnete sie die Stoffbahnen und bat Selina, ein paar Schritte im Geschäft zu machen.

»She'll take it«, sagte Fabio und ließ Selina kaum die Möglichkeit zum Widerspruch.

»Also gut«, lenkte sie ein. »Aber die Pizza nachher geht auf dich. Ich bin jetzt pleite.«

Sie ließen sich noch weitere zwei Stunden durch Neapel treiben, liefen kreuz und quer, blieben immer wieder stehen, um Fotos zu machen, und Fabio bestand dann und wann darauf, dass sie sich setzten, damit er in Ruhe eine Zigarette rauchen konnte. Weit nach acht Uhr abends klapperten sie die drei Restaurantempfehlungen von Vermieterin Nathalie ab und blieben in einer kleinen Osteria, aus der laute Rapmusik drang und die voller junger Leute war. Das winzige Restaurant schien mehr Kneipe als Restaurant zu sein und entsprach ganz und gar nicht der romantischen Vorstellung vom Italiener an der Ecke, aber hier tobte das Leben, und die Pizza war außergewöhnlich gut. Selina war ihrem Bruder dankbar auch für dieses Erlebnis; allein wäre sie wohl nicht am Abend in Neapel unterwegs gewesen.

Es war schon lange dunkel, als sie auf dem Weg zum Bahnhof an einer hell erleuchteten Werkstatt vorbeikamen, in der trotz der späten Uhrzeit noch reges Kommen und Gehen herrschte. Selina begriff, dass die Werkstatt gleichzeitig eine Auto- und Rollervermietung war, und ging kurz entschlossen hinein. Zehn Minuten später brauste sie mit Fabio auf dem Rücksitz einer schwarzen Vespa aus dem historischen Zentrum der Stadt hinaus und nahm die Straße nach Castelbore.

Eine Vespa war immer schon ihr Traum gewesen! Den sie sich nie erfüllt hatte. Warum eigentlich nicht, fragte sich Selina und genoss die warme Nachtluft, die ihr der Fahrtwind ins Gesicht blies. Du meine Güte, dachte sie, ich bin siebenundzwanzig und habe jetzt schon eine lange Liste von Dingen auf meiner Bucketlist, es wird Zeit, dass ich anfange, die einmal abzuarbeiten. Auf einem Motorroller durch die neapolitanische Nacht zu düsen, hatte sie nicht auf dem Zettel gehabt, umso mehr erfreute sie sich an dem Moment. An einer Parkbucht mit Blick über das Meer hielt sie an, damit sie den Blick auf die Bucht und auf den wunderbaren Sternenhimmel, der sich darüber spannte, genießen konnten. Sie sagten beide kein Wort, Fabio verzichtete sogar darauf, sich eine Zigarette anzuzünden, wofür Selina ihm sehr dankbar war. Bevor sie die Vespa startete, sagte sie: »Ob Opa uns jetzt sehen kann?«

»Falls er das kann«, antwortete Fabio, »würde er sich sehr freuen, dass wir hier sind.«

Selina überlegte einen Moment. Stimmte das? Würde ihr Großvater sich freuen, dass seine Enkel versuchten, sein Geheimnis aufzudecken? Aber dann entschied sie, dass es so sein musste. Niemand lebte gut mit einem Geheimnis auf der Seele. Vielleicht nahm es ihm eine Last von den Schultern, wo auch immer er jetzt sein mochte.

Sie gab Gas, und wenig später kippten die beiden Geschwister todmüde ins Bett im Appartement. Sie schafften es gerade noch, sich eine gute Nacht zu wünschen.

Am nächsten Morgen weckte Selina ihren Bruder mit frischem Gebäck und Kaffee. Sie konnten draußen auf dem Balkon frühstücken, die Luft war mild, und der erneut strahlend blaue Himmel versprach einen weiteren heißen und ungetrübten Sommertag.

»Eigentlich wäre Badewetter«, meinte Fabio, nachdem er die grandiose Aussicht bewundert hatte.

»Erst die Arbeit, dann das Vergnügen«, konterte Selina scherzhaft, und Fabio verzog auch sofort das Gesicht.

»Ihhh, wie bist du denn drauf? Bist du etwa zum Arbeiten hier?« Aber dann lenkte er rasch ein. »Wir können am Nachmittag ans Meer fahren, was meinst du? Wann treffen wir diesen Niccolò?«

»Um zwei. Seine Tochter Claudia hat Mittagspause, und im Heim haben sie dann gerade gegessen.«

»Okay.« Fabio klatschte in die Hände. »Und was ist der Plan für den Vormittag?«

»Ich zeige dir Pietra.«

Die Vespa ließen sie in Castelbore stehen, Selina hatte sie für die gesamte Zeit von Fabios Anwesenheit gemietet. Am späten Sonntagnachmittag würde er den Zug zurück nehmen und mit dem Liegewagen reisen, weil er am Montag zur Arbeit musste. Dann würde sie den Motorroller wieder abgeben. Aber nach Pietra musste man einfach wandern, der Weg war ein Highlight, und tatsächlich war Fabio, der ohnehin sportlich und durchtrainiert war, sehr einverstanden damit, dass sie zu Fuß gingen. Er war ebenso gefangen von der Schönheit der Natur im Nationalpark des Vesuv und stellte die gleiche Frage, die auch Selina beständig umtrieb: »Warum ist Opa von hier weggegangen? Waren die so arm? Ich meine, ausgerechnet Deutschland …!«

Die Antwort konnte sie noch immer nicht geben, aber Selina gab die Hoffnung nicht auf, sie zu finden, bevor ihre Zeit hier um war.

Als sie Pietra erreicht hatten, führte Selina ihren Bruder durch den malerischen Ort, zeigte ihm die Kirche, den Marktplatz, die Weinberge drum herum, die kleinen Gässchen und in der Ferne das Gutshaus des Don Lorenzo Guardini. Sie erzählte ihm alles, was sie wusste, und stellte erstaunt fest, dass sie in der Kürze der Zeit so viel über den kleinen Ort gelernt hatte, dass sie sich gut und gern als Fremdenführerin betätigen könnte. Das Ende des Rundgangs führte die Geschwister auf den Friedhof, zu dem Grab, das halb verfallen am Rand stand.

Fabio, dem es normalerweise schwerfiel, ernst zu sein, war die Betroffenheit anzusehen. Minutenlang blieb er davor stehen, still in sich gekehrt. Schließlich sah er Selina an.

»Ich finde, wir könnten hier was tun.« Er zeigte auf die Fläche vor dem Kreuz, wo längst kein Grabhügel mehr auszumachen war, lediglich Gräser, Flechten und Gestrüpp wuchsen dort.

»Du hast recht.« Selina sah auf die Uhr. »Die Zeit wird allerdings ein bisschen knapp, wir müssen bald wieder zurück.«

»Egal«, sagte Fabio und kniete bereits auf der Erde. Gemeinsam rissen sie mit bloßen Händen die wild wuchernden Pflanzen aus, und als Selina streng an das Treffen mit den Bassanis gemahnte, hatten sie immerhin eine kleine Fläche von Wurzelwerk befreit. Sie wuschen ihre von Erde schwarzen Arme und Hände im Brunnen am Marktplatz, traten schließlich den Rückweg nach Castelbore an – und nahmen sich vor, am darauffolgenden Tag mit einer Harke und einer Schaufel zurückzukommen. Selina würde nach

Fabios Abreise ein paar Blümchen für das Grab besorgen, denn auch wenn ihr Großvater dort nicht unter der Erde lag – dass ihre Urgroßeltern dort begraben waren, daran hegten sie keinen Zweifel.

»Ich weiß nicht, ob es ihm zu viel wird«, sagte Claudia Bassani bedauernd, als Selina ihr ihren Bruder vorgestellt hatte und fragte, ob er vielleicht ebenfalls mit zu Niccolò kommen durfte.

»Wenn es Ihren Vater anstrengt, gehe ich natürlich«, versicherte Fabio ihr.

Claudia war einverstanden und öffnete die Tür zum Zimmer ihres Vaters. Der alte Herr saß mit dem Rücken zu ihnen an einem kleinen Tisch und beugte sich über ein großes Puzzle.

»Ciao papà«, begrüßte seine Tochter ihn, der sich daraufhin umdrehte. Er sah seine Besucher kurz irritiert an, aber als sein Blick auf Fabio fiel, überzog sein Gesicht ein helles Strahlen. Aufgeregt hievte er sich aus dem Stuhl hoch und breitete die Arme aus.

»Sergio! Mein Freund! *Come stai? Dove sei stato per tutto questo tempo?* (Wie geht es dir? Wo bist du so lange gewesen?)«

Fabio warf einen irritierten Blick zu Claudia, die ratlos die Arme hob, da schloss der alte Niccolò Fabio schon in seine Arme.

Und Fabio spielte mit. Er umarmte den alten Mann.

»Ciao, ciao, come stai?«, fragte er ihn und klopfte ihm auf den Rücken.

Niccolò begann sofort, seinem alten Freund etwas zu erzählen, und Selina bewunderte bei der so überraschenden wie abstrusen Szene, wie ernst Fabio blieb. Claudia bemühte sich indessen, simultan zu übersetzen, aber vom Italienischen ins Englische. Es überforderte sie sichtlich. Sie gab Selina deshalb nur den groben Inhalt wieder.

»Er erzählt ihm etwas von seinen Ziegen«, sagte sie. »Er hat sich offensichtlich in die Zeit seiner Jugend versetzt. Er fragt, ob Sergios Vater schon irgendwelche Häute bearbeitet hat …« Sie machte ein ratloses Gesicht, hörte aber weiter konzentriert zu, was ihr Vater Selinas Bruder erzählte. Der setzte sich nun zu Niccolò an den Tisch, nickte freundlich und tat, als würde er verstehen.

»E Rosa?«, fragte er ihn plötzlich. *»Dove è Rosa?«*

Selina hielt die Luft an. Ihr Bruder war klug, dachte sie, er macht genau das Richtige. Und ihr fiel erst jetzt auf, dass Fabio tatsächlich sehr große Ähnlichkeit mit dem jungen Sergio besaß, den sie auf den Fotos gesehen hatte. Die gleichen dichten schwarzen Haare. Die Augenpartie, das Kinn …

Niccolò schien zunächst mit der Frage nichts anfangen zu können, aber dann machte er ein betrübtes Gesicht, nahm Fabios Hand und erklärte ihm etwas.

»Er sagt ihm, dass Rosa abgehauen ist«, übersetzte Claudia. »Aber Sergio soll sich keine Sorgen machen, sie ist nur untergetaucht.« Sie lauschte weiter den Worten ihres Vaters. »Er sagt, die beiden könnten bestimmt bald heiraten. Irgendwo, in Sicherheit. So eine große Liebe gerät dadurch nicht in Gefahr.«

Als Erstes steckte Fabio sich eine Zigarette an, als sie draußen vor dem Pflegeheim standen. Sie hatten sich bei Claudia bedankt, dass diese ihre Mittagspause geopfert und ihnen ein Gespräch mit ihrem Vater ermöglicht hatte.

»Findest du, ich sehe ihm ähnlich?«

Selina fuhr Fabio sanft durchs Haar. »Ja. Auf alle Fälle. Ist mir aber vorher noch nie aufgefallen, nicht zu Lebzeiten. In meinem Kopf war Opa immer schon alt. Aber auf den Fotos, als junger Mann … Ja, du siehst ihm ähnlich.«

»Also waren sie ein Paar.«

Selina nickte. »Ja, sie waren ein Paar. Rosa und Sergio. Aber was machen wir damit?«

Fabio zuckte mit den Schultern. »Keine Chance, diese Rosa zu finden?«

»Wenn sie bis jetzt niemand gefunden hat, dann werden wir zwei es wohl auch nicht schaffen. Als Deutsche. Jahrzehnte später.«

Selina zog ihr Handy aus der Tasche und schaltete den Flugmodus aus. Sofort zeigte ihr das Display den Eingang verschiedener Nachrichten an. Nichts Wichtiges – aber ein Anruf von Elena. Selina drückte umgehend auf Rückruf.

»Ciao, Selina«, wurde sie begrüßt. »Ich habe gute Nachrichten. Meine Oma hat es sich anders überlegt.«

Selina klopfte das Herz bis zum Hals. Endlich eine gute Nachricht!

22

Sergio

Wuppertal, 1958

Das Eichhörnchen hüpfte auf die schmale Balkonbrüstung, den Schweif in die Höhe gereckt. Sergio beobachtete, wie sich das kleine, wieselflinke Tier vergewisserte, dass ihm von der Balkontür oder dem Fenster keine Gefahr drohte. Da er es nicht erschrecken wollte, rührte er sich nicht, solange es dort draußen herumhüpfte. Die Tiere in ihrer kleinen Grünanlage hinter den Mietskasernen waren ihm vertraut, er beobachtete sie, wann immer er zu Hause war und die Muße dazu hatte. Er fütterte sie, und wenn sich eines der Eichhörnchen dazu hinreißen ließ, eine Nuss direkt aus seiner Hand zu nehmen, war er glücklich.

Auch heute erfreute er sich am Anblick des hübschen Tieres, aber glücklich, glücklich machte ihn das nicht.

Nichts konnte ihn glücklich machen.

Seine Mama war tot.

Rosa heiratete einen anderen Mann.

»Ach, Sergio, komm, was ziehst du für ein Gesicht?«

Giancarlo stellte ihm einen Teller mit dünnen Scheiben Schweineschnitzeln hin. Nicht paniert, so wie die Deutschen es aßen, sondern lediglich in Butter gebraten, in echter Butter! Und mit Salz, Pfeffer und Zitrone gewürzt. Dazu gedämpfter Spinat mit sehr viel Knoblauch. Genauso hatte seine Mama Spinat serviert, dachte Sergio und stocherte trübselig auf seinem Teller herum. Der Spinat, den sie in ihrem kleinen Gemüsegarten hinter dem Haus geerntet hatte. Wo mehr Steine als Erde waren, aber die Erde in Pietra war mineralische Lavaerde vom Vesuv und so fruchtbar, dass eine Handvoll genügte, um einen kräftigen Busch Ochsentomaten darin wachsen zu lassen.

Wie schade, dachte Sergio, wie furchtbar traurig, dass Pietra Alta, sein Heimatdorf, verflucht war. Besessen von diesem Dämon Camorra. Es war so ein wunderbarer Flecken Erde, ein kleines Paradies, aber Don Lorenzo hatte ihnen das Leben dort zur Hölle gemacht.

»Hallo! Sergio! Aufwachen!« Giancarlo schlug mit seiner Gabel an das Wasserglas. »Was ist nur mit dir los? Seit du aus der Heimat gekommen bist, ist nichts mehr mit dir anzufangen.«

Sergio seufzte nur.

»Nicht einmal Essen hast du von zu Hause mitgebracht! Keinen Parmigiano, keinen Caffè, keine Pasta, nichts!«

»Ja. Ich weiß. Es tut mir leid.« Sergio zögerte. Die Trauer schnürte ihm die Kehle zu.

»Hat es mit deiner Freundin zu tun?«

Sergio blickte erschrocken auf. »Meine Freundin? Was meinst du?«

»Na, die Schönheit am Bahnhof damals.« Giancarlo grinste. »Du hast zwar gesagt, es sei deine Schwester, aber ich bin ja kein Idiot.« Er zog mit dem Zeigefinger seiner rechten Hand das rechte untere Augenlid leicht herunter.

Sergio hatte es stets vermieden, über sein Privatleben zu sprechen, er würde seinem Freund auch jetzt nicht die ganze Wahrheit auftischen, aber er wusste, dass der Sizilianer keine Ruhe geben würde.

»Meine Mama ist gestorben«, presste er also hervor.

Der Gesichtsausdruck Giancarlos wechselte augenblicklich von verschmitzt zu betrübt.

»Deine Mama? Himmel noch mal! Wie schrecklich! Das tut mir so leid, Sergio. Bitte entschuldige, wenn ich dumme Witze gemacht habe. Das ist schrecklich. Deine Mama…«

Sergio erzählte ihm von der Krebserkrankung seiner Mutter Angelica und dass er gerade rechtzeitig zu Hause eingetroffen war, um sie auf den letzten Metern ihres Lebens zu begleiten.

Giancarlo bedauerte ihn aufrichtig – und fragte von da ab nicht mehr nach dem Grund von Sergios gedrückter Stimmung, unternahm auch keine weiteren Versuche, seinen Freund aufzuheitern.

In den nächsten Tagen mied Sergio alle Treffen mit den Freunden, er ging nicht zum Tanztee und nicht zum Grillen, nicht zum Fußballspielen und machte außerdem einen großen Bogen um Walters Büdchen.

An einem Samstagmorgen zehn Tage später klingelte es an ihrer Haustür. Die beiden Freunde saßen am Tisch und lasen die *Gazzetta dello Sport,* die Walter ihnen einmal die Woche bestellte, und sahen sich überrascht an. Bei ihnen klingelte selten jemand, höchstens einmal ein Vertreter, die Zeugen Jehovas oder Frau Schminkat, ihre Nachbarin. Aber morgens um halb neun?

Sergio ging zur Tür und öffnete, und beim Anblick der blonden Haare und der darunter blitzenden blauen Augen rutschte ihm das Herz in die Hose. Marianne! Er hatte auf der Stelle ein grauenhaft schlechtes Gewissen, dass er sich seit zwei Wochen nicht bei ihr gemeldet hatte, das gehörte sich nicht.

Aber Marianne schien ihm nicht gram. Sie lächelte ihn an, beinahe schüchtern, wie es eigentlich nicht ihre Art war.

»Mein Beileid«, sagte sie und streckte ihm ihre Hand hin. Sergio ergriff sie.

»Danke.« Seine Stimme war belegt, er hatte einen Kloß im Hals.

»Giancarlo hat es mir erzählt. Ich hoffe, das durfte er?«

Sergio nickte nur. »Marianne, *mi scusi.*« Er suchte nach Worten, deutschen Worten, aber sie wollten ihm nicht einfallen. Er war verwirrt. Sie zu sehen, hier zu sehen, vor seiner Haustür, nachdem er sie tagelang gemieden hatte, machte ihn verlegen. Und zeigte ihm deutlich, warum er sie nicht hatte treffen wollen. Sie gefiel ihm. Er mochte Marianne, er empfand weit mehr für sie als bloße Freundschaft. Und genau das wollte er nicht, konnte es nicht zulassen. Er war noch in der Trauerbewältigung. Der Verlust seiner Mama und von Rosa gleichzeitig, der beiden Frauen, die ihm alles bedeutet hatten – das war mehr, als sein Herz verkraften konnte. Er wusste, dass dieses unbekümmerte Mädchen sein Herz heilen konnte, allein, er war noch nicht bereit dafür.

»Lust, zum Baden mitzukommen?« Marianne grinste ihn schief an. »Sieh mal«, sie deutete aus dem Hausflur auf die Straße. Durch die gläserne Eingangstür konnte Sergio einen Motorroller erkennen. Eine weiße Vespa!

Er zögerte. Ihm stand der Sinn nicht nach Badespaß, aber auf einer Vespa zu fahren, das war sein großer Traum. Schon als Junge in Pietra hatte er sich nichts sehnlicher gewünscht als einen Motorroller, aber seine Familie war viel zu arm. Außer einigen Erwachsenen hatte nur der Sohn des Bürgermeisters eine Vespa besessen – er fuhr mit seiner Freundin auf dem Rücksitz nach Neapel in die Milchbar oder zum

Baden ans Meer. Vergnügungen, die den anderen Jugendlichen aus Pietra verwehrt blieben. Sie konnten höchstens zu Fuß nach Castelbore laufen. Ein Fahrrad war sinnlos – den Berg hinunter war man schnell, aber den Rückweg aufwärts strampeln, wer tat sich das an?

Rosa hatte sich ebenfalls sehnlichst eine Vespa gewünscht, aber ihr Vater war dagegen, er hielt es für gefährlich.

»Na, kann ich dich nicht doch überreden?« Marianne lächelte ihn an.

»Ich packe.« Sergio öffnete die Wohnungstür und bat Marianne einzutreten. »Warte in der Küche auf mich. Giancarlo macht dir einen *caffè*.«

Seine Badehose und ein Handtuch hatte er schnell zusammengesucht, währenddessen hörte er, wie sich sein Freund mit dem Mädchen in der Küche unterhielt. Er hörte ihre Plauderei, ihr Lachen. Wie gern wäre er so unbeschwert wie sie, dachte er betrübt. Es war lange her, dass er sich frei gefühlt hatte. Frei, zu tun und zu lassen, was er wollte. Vor allem zu sagen, was er dachte. Je größer er geworden war, desto mehr Verbote hatte es gegeben. »Da darfst du nicht hin, das gehört Don Lorenzo.« »Sag das nicht, wenn der Don das hört!« »Mach das bloß nicht, der Don hat es verboten.« Diese Sätze begleiteten ihn seine jungen Jahre hindurch.

Und später, als er Rosa nähergekommen war, als sie Blicke wechselten, sich das erste Mal an den Händen hielten, scheu, ängstlich, aber auch aufgeregt und bis über beide Ohren verliebt, hatte sie stets die Angst vor Entdeckung umgetrieben. Die Angst, ihrem Vater könnte zu Ohren kommen, dass seine Tochter mit einem seiner einfachen Landarbeiter, seiner Sklaven, anbandelte.

Wie sehr wünschte er sich, ein ungezwungenes Leben führen zu können.

»Andiamo«, sagte er und steckte den Kopf durch die Küchentür.

»Andiamo!«, wiederholte Marianne. Sie stand auf, gab Giancarlo zum Abschied Backenküsschen, so, wie sie es von den Italienern übernommen hatte, und lächelte Sergio an. Sie konnte ihre Freude darüber, dass er sie begleitete, kaum verstecken, und Sergio dachte, dass er sich gefälligst zusammennehmen und ihr diesen Sommertag nicht verderben sollte. Das hatte sie nicht verdient. Marianne sollte nicht ausbaden, dass er niedergeschlagen war.

Tatsächlich verbrachten sie einen ruhigen und sehr schönen Tag am See. Sie waren heute nur zu zweit und lagen die meiste Zeit auf ihren Handtüchern. Sie waren schon öfter an der Talsperre gewesen, meistens waren sie ein ganzer Haufen junger Leute und hatten eine Menge Spaß – so aber, wie es heute war, kam es Sergio mehr entgegen. Marianne las, Sergio döste. Wurde es ihnen zu heiß, schwammen sie eine Runde, Marianne war sportlich und ausdauernd, meistens forderte sie Sergio zu sportlichen Wettkämpfen heraus – wer erreichte als Erster die Badeinsel oder das andere Ufer –, aber heute verzichtete sie darauf. Er rechnete ihr das hoch an, sie war für ihn da, unternahm aber keine Versuche, ihn aufzuheitern, und legte auch keine künstliche Fröhlichkeit an den Tag. Sie war einfach nur Marianne, und das tat ihm unendlich gut.

Gegen Mittag fuhr ein Mann mit einem Lastenfahrrad vor und verkaufte Eis. Sergio stellte sich mit Müttern, Vätern und Kindern in die Schlange und kaufte für sich und Marianne Eiskonfekt. Ein zweifelhafter Genuss, dachte er, während Marianne genüsslich die Augen verdrehte. Die Idee, mit dünner Zartbitterschokolade kleine Portionen Vanilleeis zu umhüllen, fand er großartig. Aber dieses Eis! Das schmeckte doch gar nicht nach Vanille! Und auch nicht nach anständigem Milcheis. Er schüttelte leicht den Kopf.

»Was hast du?«, fragte Marianne. »Schmeckt es dir nicht?«

Gemäß seinem Vorhaben, der jungen Frau den Tag nicht zu verderben, hielt sich Sergio mit Kritik zurück, erklärte ihr aber, welche Bedeutung Eiscreme in seiner Heimat hatte. Dass die erste Eiscreme aus der Zeit der Medici stamme. Und dass Eis in Italien aus der heiligen Dreifaltigkeit Milch, Sahne und Eiern bestehe.

»Und Vanille! Echte Vanille«, erklärte Sergio ihr. »Oder Fruchtpüree. Du solltest einmal frisches Eis mit Blaubeeren probieren. Oder ganz einfach mit Erdbeeren.« Er geriet ins Schwärmen. Er redete und redete und bemerkte nicht, dass Marianne lächelnd seine Packung Eiskonfekt auch noch aufaß.

»Dort, wo du herkommst«, fragte sie, »gab es da gutes Eis?«

»In Neapel!«, antwortete Sergio. »Angeblich gibt es das beste Eis in Florenz. Wir Italiener streiten oft darum, wer die beste Pasta, den besten Schinken, den besten Käse oder das beste Eis hat. Ich kann es nicht beurteilen, ich bin noch nicht weit herumgekommen. Aber in Neapel gibt es hervorragendes Eis.«

»Da würde ich gern einmal hinfahren«, sagte Marianne und lächelte. »Nach Italien. Nach Neapel. Erzählst du mir ein bisschen von deiner Heimat?«

Und er erzählte. Zum ersten Mal seit seiner Ankunft in Deutschland erzählte Sergio von seiner Heimat. Beschrieb die Weinberge und Obstgärten, das Haus seiner Eltern, die sanften Hänge des Vesuv, die Steilküste am Meer, die große und wunderbare, laute und schmutzige, gefährliche und wunderschöne Stadt Neapel. Er geriet ins Schwärmen – so gut es sein schlechtes Deutsch mit italienischen Versatzstücken zuließ –, und über seine Erzählung von der Heimat vergaß er seine Schwermut.

Er merkte auch nicht, dass Marianne neben ihm die Augen schloss und anfing zu träumen. Sich in seine italienische Welt träumte.

Irgendwann nahm er sanft ihre Hand.

»Danke«, sagte er. »Danke, dass du mich heute abgeholt und an den See gebracht hast. Jetzt geht es mir besser.«

Marianne schlug die Augen auf und lächelte ihn an.

Und wenn Sergio sich vor Kummer gewünscht hatte, dass sein Herz versteinern sollte, konnte er sich nicht dagegen wehren, dass ihn dieser Blick mitten ins Herz traf. Erschrocken ließ er ihre Hand los, stand auf und rief im Laufen: »Wer als Erster an der Badeinsel ist!«

Das ließ sich Marianne nicht zweimal sagen, während Sergio sich mit einem Hecht in den See stürzte, um weniger seinen Körper als vielmehr seine plötzlich aufwallenden Emotionen abzukühlen, kraulte sie bereits eine Nasenlänge vor ihm durchs Wasser.

Plötzlich war es, als sei der Bann gebrochen, es wurde noch ein fröhlicher Nachmittag, und auch wenn das Bild seiner sterbenden Mama immer wieder vor Sergios geistigem Auge auftauchte, schaffte er es dennoch, wenigstens für Momente ein unbeschwerter junger Mann zu sein.

Als Marianne ihn am späten Nachmittag vor seiner Haustür absetzte, folgte er einem spontanen Impuls und lud sie für den kommenden Samstag zu sich zum Essen ein.

»Ich würde dich in ein italienisches Lokal ausführen«, er zuckte bedauernd mit den Schultern, »aber es gibt hier keines. Also muss ich selbst kochen.«

»Das finde ich noch viel besser«, gab Marianne zurück. »Ich komme gern.«

»Natürlich ist Giancarlo auch da«, beeilte sich Sergio, ihr zu versichern. Sie sollte sich nicht unwohl fühlen, so ganz allein in der Wohnung eines alleinstehenden Mannes. Und die Nachbarn durften keinen Anlass haben, sich über den Damenbesuch das Maul zu zerreißen.

»Soll ich Alessandra mitbringen? Dann sind wir zu viert.«

Sergio nickte erleichtert. Er war sich nicht sicher, ob er der Situation – allein mit Marianne – gewachsen wäre. Er war streng katholisch erzogen. Die Tatsache, dass sich ein Mann und eine Frau allein trafen, in seiner Wohnung, ohne Eltern – das bedeutete, man war so gut wie verlobt. Bei Rosa und ihm jedenfalls war bei ihrem ersten Treffen unter vier Augen klar gewesen, worauf es hinauslief. Und bekanntlich hatte ihre Liebe kein glückliches Ende gehabt. Sergio war nicht sicher, ob in Deutschland ebenfalls so strenge Sittenregeln herrschten, aber er wollte auf keinen Fall einen Fehler machen. Am Ende bekam er Ärger mit ihren Brüdern oder Walter. Oder aber sie machte sich falsche Hoffnungen …

Als er eine Woche darauf am Samstagvormittag einkaufen ging – er und Giancarlo hatten gemeinsam ein Menü entworfen, was gar nicht so leicht war, denn die wenigsten Zutaten, wie beispielsweise Basilikum, Zucchini oder Mozzarella, würden sie in den deutschen Lebensmittelläden bekommen –, fiel sein Blick auf ein Schild, das an einem mit Brettern vernagelten Schaufenster hing. »Zu vermieten«, stand darauf. Und darunter kleiner: »Zum Vorzugspreis wegen Renovierungsbedarf«. Nun wusste Sergio weder, was »Renovierungsbedarf«, noch, was »Vorzugspreis« bedeutete, aber allein der Zustand des Gebäudes ließ darauf schließen, dass sich die Monatsmiete nicht in astronomischer Höhe bewegen würde. Das Ruhrgebiet war schwer bombardiert worden, die mühsamen Aufbauarbeiten dauerten noch immer an, die Spuren des Krieges waren überall sichtbar. Auch das Haus, in dem sich das Ladengeschäft befand, wies deutliche Schäden auf. Aber die Lage war hervorragend, das erkannte der findige Sergio Catalongo auf den ersten Blick. Es lag an der Biegung einer großen Straße, in der es einige Geschäfte gab, und es würden in der nächsten Zeit noch weitere hinzukommen, dessen war er gewiss. Diese Gegend würde sich gut entwickeln, das konnte er riechen. Er starrte auf den Zettel und auf das vernagelte Schaufenster. Dann drehte er sich um und blickte mit dem Rücken zum Laden auf die Straße und die umliegenden Häuser.

Er sah es.

Er fühlte es.

Er wusste, was er zu tun hatte.

In seinem Kopf hörte er das Lied von Caterina Valente, das ihn seit jenem Tag begleitete, als er die Menschen vor dem Elektrogeschäft gesehen hatte. Und etwas über die Deutschen und ihre Sehnsucht nach Italien begriffen hatte.

Sergio Catalongo hatte eine Vision. Und er würde alles daransetzen, diese Vision in die Realität zu überführen.

23

Selina

Positano, 2023

Sie fuhren dieses Mal nicht mit dem Schiff nach Positano, sondern nahmen die Vespa. Nach der Hälfte der Strecke wechselten sie sich ab, zuerst fuhr Selina, dann Fabio. Es war ein weiteres Highlight ihres Aufenthalts, denn die Strecke wurde in der zweiten Hälfte richtiggehend malerisch. Die wunderbare Landschaft der Küstenregion zog an ihnen vorbei, sie fuhren durch Pompeji und zogen an Castellammare vorbei, dort verließen sie die Küstenroute und plagten sich auf der Straße zum Monte Faito empor, bis sie steil abwärts nach Positano rauschten – immer begleitet von den herrlichsten Ausblicken auf das Meer. Sie hatten sich zu Hause einen Rucksack mit Badesachen gepackt, denn Fabio bestand zu Recht darauf, noch vor seiner Rückreise im Meer zu schwimmen. Sie hatten sich darauf geeinigt, den Rückweg entlang der Küstenstraße des Golfs von Salerno zu nehmen. Irgendwo anhalten, eine kleine Bucht suchen, ins Wasser springen. Und auf dem Heimweg in einem der zahlreichen hübschen Restaurants einkehren. Sie waren beide wild entschlossen, aus Fabios Kurzurlaub das Maximum an Italien-Feeling herauszuholen.

Selina war so dankbar für die Zeit, die sie mit ihrem Bruder verbringen durfte. Als sie ganz klein waren, hatten sie viel miteinander gespielt. Ihr Altersunterschied betrug fünf Jahre – der kleine Fabio hatte seine große Schwester vergöttert, auch wenn sie ihm Kleider und Röcke anzog und ihn schminkte und an ihm ihre Künste als Friseurin ausprobierte. Es war ganz gleich, was sie tat – für Fabio war sie die angehimmelte große Schwester. Sobald er in die Schule gekommen war, veränderte sich das Verhältnis grundlegend. Fabio hatte schnell viele gleichaltrige Freunde, deren Interessen sich von denen Selinas grundlegend unterschieden. Zwar verbündeten sich die Geschwister zu Hause gern gegen ihre Eltern, aber außerhalb der Familie gingen sie jeder seiner Wege. Das blieb auch nach der Trennung der Eltern so. Selina war ausgezogen, während Fabio noch bei Marcello wohnte. Er hatte Schwierigkeiten in der Schule gehabt, die Mittlere Reife nur mit Ach und Krach geschafft, und Selina, die Vater-Tochter, die das angeknackste Verhältnis von Bruder und Vater nur aus der Ferne und sporadisch betrachtete, nahm immer häufiger die Position Marcellos ein und machte Fabio Vorwürfe, dass er sich hängen ließ. Sie hatten immer weniger Kontakt, jeder lebte in seiner Blase.

Erst als Fabio die Kurve bekommen und seine Ausbildung angefangen hatte, veränderte sich ihr Verhältnis wieder zum Guten. Sie rückten näher zusammen. Und jetzt war es Selina plötzlich, als hätten sie die Rollen vertauscht: Sie steckte in der Krise, ließ sich treiben, wusste nicht, wohin mit sich. Fabio dagegen war diszipliniert und zielgerichtet. Darüber schienen sie mehr Verständnis füreinander zu entwickeln, und die Zeit, die sie nun gemeinsam in Kampanien verbrachten, war so innig wie schon seit vielen Jahren nicht mehr.

Die Reise nach Pietra hatte so viel in Gang gesetzt, freute sich Selina, während sie hinter Fabio auf dem Rücksitz dem in den Fels gebauten Positano entgegensah. Jetzt mussten sie nur noch einen guten Abschluss finden.

Um fünf Uhr nachmittags trafen sie vor dem Haus der Battaglias ein, und wieder erschien sofort das Gesicht der Weißhaarigen an einem der Fenster der Erdgeschosswohnung. Dieses Mal aber zog sich die Frau nicht zurück. Sie blickte ernst auf Selina und Fabio, die die Vespa abstellten und ihre Helme verstauten. Sie nickte den Geschwistern zu, und noch bevor Selina auf den Klingelknopf bei Luisa Palamara drücken konnte, ertönte bereits der Summer.

Die Tür zur Erdgeschosswohnung stand bereits offen, vorsichtig traten Selina und Fabio ein. Vor ihnen öffnete sich eine großzügige Altbauwohnung mit hohen Decken und einem hübsch gemusterten Fliesenboden.

»*Vieni!*«, rief Signora Palamara, und Fabio schloss die Wohnungstür hinter sich, bevor sie durch den Flur in das Zimmer liefen, aus dem die Frau mutmaßlich gerufen hatte.

Sie kamen in einen großen Raum, der sich mit bodentiefen Fenstern zum Garten hin öffnete. Selina wusste nicht, wo sie zuerst hinsehen sollte – zu der alten Dame, die hoch aufgerichtet mitten im Zimmer stand und ihre Gäste mit reglosem Gesicht empfing. Oder zu der Einrichtung des Wohnzimmers, das vielmehr ein Salon war, mit zwei großen Sofas, modernen Gemälden an der Wand und Blumen. Überall Blumen, echte in Vasen und Terrakottatöpfen, aber auch als Druck auf den Vorhängen und Sofabezügen.

Luisa Palamara war schlank und wirkte auf wunderliche Weise agil, wären ihre langen Haare nicht schlohweiß und sprächen die vielen Falten in ihrem Gesicht nicht von ihrem Alter. Selina schätzte, dass die Großmutter Elenas aus der gleichen Generation stammte wie ihre Großeltern. Doch viel weiter kam sie nicht in ihren Gedanken, denn Signora Palamara reagierte ähnlich wie Niccolò, als sie Fabio musterte. Sie stieß einen Laut des Erstaunens aus und legte rasch eine Hand vor den Mund. Ihre Augen wurden weit, und sie schüttelte ganz leicht den Kopf.

»Buon giorno«, grüßte Selina.

»Sie sehen aus wie er«, sagte die alte Dame und hatte nur Augen für Fabio.

»Sie sprechen Deutsch?« Selina war überrascht.

»Entschuldigung, ich bin eine schlechte Gastgeberin.« Signora Palamara bat den Geschwistern ein Sofa an, sie nahm auf dem anderen Platz. Auf dem zierlichen Beistelltisch standen Teetassen, eine chinesische Kanne und ein Schälchen mit den köstlichen Zitronenkeksen, die Selina mehrfach schon in den Geschäften gesehen hatte.

»Ja, ich habe als Deutschlehrerin gearbeitet«, klärte sie die Geschwister auf. »Der Grund, warum ich so ein Interesse an der Sprache hatte, hängt mit Ihrem Großvater zusammen.«

Als sie sich gesetzt hatten, legte Signora Palamara die Hände in den Schoß und wandte endlich ihren Blick von Fabio ab, dem die Situation bereits unangenehm geworden war. Stattdessen sah sie Selina in die Augen.

»Ich muss mich für mein Benehmen von gestern entschuldigen«, begann sie in akzentfreiem Deutsch. »Aber ich war überfordert. Verwandte von Sergio ... nach so vielen Jahren. Jahrzehnten!«

»Sie kennen also meinen Großvater?« Selina beschlich ein seltsames Gefühl. Diese Frau, die ihr hier gegenübersaß, kannte Sergio. Und so, wie sie reagierte, nicht nur flüchtig. Da schien mehr zu sein, mehr Gefühle …

Luisa Palamara seufzte. Dann sah sie auf ihre Hände, schöne schlanke Finger, dachte Selina, die Finger einer Klavierspielerin.

»Was ich Ihnen jetzt erzähle, darf diese vier Wände nicht verlassen. Das Versprechen muss ich Ihnen abnehmen. Meine Kinder und Enkel sollen es nicht erfahren.«

Fabio und Selina sahen sich erschrocken an. In was für eine Geschichte waren sie hier hineingeraten? Aber sie nickten und versprachen der Signora zu schweigen.

»Ich bin es Ihnen schuldig, weil ich es Sergio schuldig bin«, fuhr die Signora fort. »Vorab aber möchte ich gern wissen, wie es ihm ging. Sergio. Meine Enkelin hat gesagt, er ist gestorben?« Sie verzog schmerzhaft das Gesicht.

Selina erzählte ihr, was geschehen war. Luisa Palamara senkte den Kopf, holte ein Taschentuch aus der Rocktasche und drückte es sich auf die Augen. Ihre Schultern zuckten, sie weinte. Selina und Fabio schwiegen betroffen.

Schließlich blickte die Signora auf, nickte und bekreuzigte sich. »Ich erzähle Ihnen meine Geschichte. Und ich wäre Ihnen sehr, sehr dankbar, wenn Sie mir mehr von ihm erzählen könnten.«

Erneut nickten die Geschwister, unfähig, etwas zu sagen, sie waren beide mit der Situation überfordert.

»Mein Geburtsname ist Rosa Luisa Guardini«, hub die alte Dame an, und Selina fiel fast die Teetasse aus der Hand. Damit hatte sie nicht gerechnet! Aber sie sagte kein Wort, sondern lauschte der Geschichte, die ihnen Elenas Großmutter erzählte. Die Geschichte zweier Liebender, füreinander bestimmt, die nicht zueinanderkommen konnten. Dass Rosa Guardini ein entscheidendes Detail in ihrer Erzählung verschwieg, nämlich die nicht unbedeutende Tatsache, dass sie zum Zeitpunkt ihrer Flucht mit dem gemeinsamen Sohn schwanger war, dieser aber als Sohn von Salvatore Palamara ausgegeben wurde und jener ihn auch so annahm, als sei er eines seiner leiblichen Kinder, war das große Geheimnis, das sie mit ins Grab nehmen sollte. Aber ihre Geschichte von der Liebe zu Sergio, seinem vorgetäuschten Tod, der Flucht nach Deutschland mit der Absicht, sie später nachzuholen, und ihrer Flucht, die Dottore Molinari ermöglicht hatte, ihrer Zeit im Kloster und ihrem Zusammentreffen mit dem späteren Ehemann war abenteuerlich genug. Die Geschwister hörten gebannt zu, keiner von ihnen hatte auch nur ansatzweise geahnt, welche Geschichte sich hinter Sergio Catalongos Emigration nach Deutschland verbarg.

»Als Salvatore mich gebeten hat, ihn zu heiraten, habe ich Ja gesagt«, schloss Luisa Palamara ihre Erzählung. »Ich habe ihn geheiratet und seinen Namen angenommen. Wir haben vier gemeinsame Kinder und waren ein Leben lang glücklich.« Sie blickte die Geschwister an und lächelte. »Aber ich habe Sergio niemals vergessen. Er war die erste große Liebe meines Lebens. Er war ein wunderbarer Mann, und ich hoffe, dass er ein gutes Leben leben konnte.«

»Das auf alle Fälle.« Fabio hatte sich als Erster wieder gefangen, Selina war wie erschüttert. Was für eine tragische Geschichte! Sie konnte sich kaum vorstellen, dass ein einzelner Mann ein ganzes Dorf, ja eine ganze Region im Würgegriff hatte. So sehr, dass ihr Großvater es nicht einmal gewagt hatte, sich anderswo in Italien niederzulassen, sondern aus Angst vor Vergeltung gleich das Land verlassen hatte. Deshalb die Lüge, seine Familie sei bei einem Unfall ums Leben gekommen. Sie dachte daran, wie alles verlaufen wäre, wäre Rosa nicht vor den Repressalien ihrer Eltern geflüchtet. Hätten Sergio und Rosa irgendwann geheiratet? Wahrscheinlich, denn so, wie die Signora es schilderte, hatten sie sich sehr geliebt und wollten eine Familie gründen. Es hätte niemals das *Bella Italia* gegeben, keine Ehe mit Marianne, keinen Marcello und keine Tante Claudia und natürlich auch nicht sie und Fabio. Welch verrückte Wendungen sich das Schicksal ausdachte! Sie war noch ganz in Gedanken versunken, während Fabio Luisa Palamara – oder Rosa Guardini – kurz umriss, wie Sergios weiteres Leben in Wuppertal verlaufen war. Als er erzählte, dass dieser die erste Eisdiele Wuppertals eröffnet hatte, die sein Papa Marcello nun weiterführte, lachte Luisa Palamara auf. »Ganz wie mein Sohn Francesco! Er ist ebenfalls Eismacher! Die Leute sagen, es ist die beste Eismanufaktur in ganz Kampanien, und ich bin geneigt, ihnen zu glauben.«

Sie stand auf und ging zur Tür, von der aus eine kleine Treppe in den Garten führte. Bevor sie sie öffnete, hielt sie noch einmal inne.

»Ich bin froh, dass ich unsere Geschichte erzählen konnte.« Sie lächelte, und Selina erkannte, wie schön sie als junge Frau gewesen sein musste. »Nur mein Mann Salvatore und ich kennen die Wahrheit. Ich wollte nie, dass meine Kinder mit der Bürde groß werden, dass ihr Großvater ein Verbrecher der Camorra war. Bitte behalten Sie das für sich.«

»Wir halten uns an das Versprechen«, versicherte Selina. »Danke, dass Sie uns das anvertraut haben.«

»Behalten Sie die Fotos.« Signora Palamara zeigte auf ein Sideboard, auf dem die fünf Schwarz-Weiß-Fotografien lagen, die Sergio zeigten. »Es ist eine wichtige Erinnerung für Sie. Ich trage meine Erinnerungen im Herzen.« Sie öffnete die Tür zum Garten, holte tief Luft und drehte sich noch einmal zu den Geschwistern um. »Mit Ihrer Familie in Deutschland dürfen Sie darüber sprechen. Über Sergio. Seine Kinder werden die Wahrheit wissen wollen. Und wir«, sie lächelte Fabio und Selina an, »werden uns wahrscheinlich nie wiedersehen.«

24

Sergio

Wuppertal, 1959

Die Luftschlangen aus Papier lösten sich im Schneematsch langsam auf, wurden zu einem grauen Papierbrei, zusammen mit dem Konfetti, den abgebrannten Stielen von Wunderkerzen und Raketenresten. Vom Himmel fiel nasser Schnee wie Brei, er klatschte Sergio auf den breitkrempigen Hut und ruinierte seine Lederschuhe. Winter in Deutschland, dachte er, ich werde lernen müssen, das auszuhalten. Dieser kalte graue Winter, der lang war und nass war, der durch die dünnen Klamotten kroch und sich auf sein Gemüt legte. Immerhin hatte er sich im Herbst einen anständigen warmen Wintermantel gekauft, bei C&A, schick und adrett, wie Marianne sagte. Sie hatte ihn überredet, wollte ihm auch festere Schuhe mit Gummisohle aufschwatzen, aber das brachte er nicht übers Herz. Er achtete sehr auf sein Äußeres, Sergio Catalongo, das hatten seine Eltern ihm in die Wiege gelegt. Gerade als ärmerer Mensch, hatten sie gesagt, musst du darauf Wert legen, gepflegt zu erscheinen, sonst nimmt dich keiner ernst. Pflege kostet nichts, und mit ein bisschen Geschick und Sorgsamkeit kannst du darauf achten, dass deine Kleider lange halten. Flicken, waschen, abbürsten, im Herbst Quitten in den Schrank zu den Sachen legen und Blätter vom Walnussbaum. Das vertreibt die Motten und duftet.

Und gerade heute, am 2. Januar 1959, der ein denkwürdiger Tag sein sollte, musste er besonderen Wert auf sein Äußeres legen. Denn nur dadurch und mithilfe seiner guten Manieren würde er punkten können. Geld hatte er nur wenig, auf einen Bürgen musste er verzichten, und dass er italienischer Fremdarbeiter war, würde auch nicht für ihn sprechen.

Der Vermieter wartete bereits vor dem Laden. Als er Sergio einsam die Hauptstraße durch den Schneematsch stapfen sah, wusste er gleich, wen er vor sich hatte.

»Catalongo?«, brummte der Mann, und Sergio nickte.

»Guten Tag«, sagte er und streckte Herrn Mielke die Hand hin.

Der schob seinen erkalteten Zigarrenstumpen nur vom rechten in den linken Mundwinkel, blickte auf die ausgestreckte Hand des Italieners, brummte und ließ seine Hand in der Tasche. Er war ein grobschlächtiger, viel zu dicker Mensch in den Vierzigern, der einen Blaumann trug. Der linke Ärmel war zusammengerollt und mit einer Sicherheitsnadel an der Schulter befestigt, Herr Mielke hatte keinen Gebrauch dafür.

Mit der Schulter stieß er die Eingangstür ins Haus auf. Drinnen war es dunkel und roch muffig, die metallenen Briefkästen hingen schief und zerbeult an der linken Wand. Ein Geröllhaufen aus zerbrochenen Ziegeln und Holzstücken zeugte noch von den Zerstörungen des Krieges. Dem Klingelbrett zufolge war das Haus nicht vollständig bewohnt, außer der Ladenwohnung schien es noch weitere leer stehende Wohnungen zu geben. Kein Wunder, dachte Sergio, wer wollte schon in so einer Bruchbude unterkommen? Im Stillen schickte er ein Stoßgebet gen Himmel und dankte der Muttergottes dafür, dass Giancarlo und er in der hübschen kleinen Werkswohnung untergekommen waren. Mit fließendem Wasser, Zentralheizung und einem Elektroherd mit vier Platten. Purer Luxus!

Als der grimmige Herr Mielke die Tür zum Geschäft aufschloss und sie weit öffnete, stockte Sergio beinahe der Atem.

So schlimm hatte er es sich nicht vorgestellt.

Der Boden war übersät mit Geröll, mit Staub und Dreck. Die Wände waren zum Teil unverputzt, zum Teil zeigten sie noch Einschusslöcher. Vor allem aber: Die zwei Räume, in die er Einblick erhielt, waren rußschwarz.

»War 'ne Kohlenhandlung«, brummte Mielke.

Vorsichtig setzte Sergio seine guten Lederschuhe auf den schmutzigen Boden. Das Geschäft war eine Katastrophe. Bis er hier seinen Traum würde verwirklichen können, würden Monate ins Land gehen. Er müsste nach der Arbeit und am Wochenende schuften. Er brauchte Helfer. Und Material. Also Geld.

»Wie viel?«, fragte er den Vermieter.

Mielke zuckte mit den Schultern und sah sich ratlos um. Er schien nicht mehr mit einem Interessenten gerechnet zu haben. Während Sergio seinerseits Angst vor der eigenen Courage bekam. Würde er sich auch nicht übernehmen? Was, wenn er mit Pauken und Trompeten scheiterte?

»Fuffzich Mark«, sagte Mielke und blinzelte Sergio an.

»Vierzig«, entgegnete dieser.

Zu seinem Erstaunen nickte Mielke. Offensichtlich war er froh, die Bruchbude an den Mann gebracht zu haben.

»Erste drei Monatsmieten bar«, schob Mielke hinterher.

»Erster Monat keine Miete, ich zahle bis Mai«, schacherte Sergio, mutig geworden. Er kramte eine mit Gummi zusammengehaltene Rolle Scheine aus der Hosentasche und zählte einhundertzwanzig Deutsche Mark ab. Die drückte er Mielke in die Hand.

Ein Vermögen. Mark für Mark mühsam vom Munde abgespart.

Jetzt hielt Mielke ihm seine Hand hin. Sergio schlug ein, und damit war ihr künftiges Mietverhältnis besiegelt. Herr Mielke fummelte mühsam mit einer Hand die Schlüssel für die Ladenwohnung von seinem Bund, überreichte diese Sergio und warf einen prüfenden Blick in die heruntergekommenen Räume. Er schüttelte leicht den Kopf.

»Junge«, sagte er. »Da haste dir wat vorgenommen.«

Giancarlo sagte gar nichts. Dass es dem Sizilianer mal die Sprache verschlagen würde, überraschte Sergio, aber insgeheim gab er seinem Freund recht. Der Anblick war entsetzlich. Hoffnungslos. Jeder Kommentar erübrigte sich.

Statt den Zustand der Ladenwohnung zu kommentieren, kramte Giancarlo eine zerdrückte Packung *Player's* aus der Manteltasche. Er war über Weihnachten in der Heimat gewesen – mit einem leeren Koffer hingefahren, mit einem vollen zurückgekommen. Außer Kaffee und Parmesan, Gläsern mit von seiner Mama selbst eingekochtem Tomatensugo und Pesto hatte er auch zwei Stangen Zigaretten mitgebracht.

»Sergio, du bist vollkommen verrückt«, sagte er endlich, nachdem sie stumm ihre Zigaretten aufgeraucht hatten.

Sergio war nach seinem Geschäft mit Herrn Mielke nach Hause gelaufen und hatte Giancarlo überredet, mit ihm zu kommen. Nachdem er bis Ende April den Laden bezahlt hatte, wollte er am liebsten sofort die Ärmel hochkrempeln und damit anfangen, die Bude auf Vordermann zu bringen. Noch hatte er keiner Menschenseele von seiner Geschäftsidee erzählt, weil er genau wusste, was alle sagen würden. Das, was Giancarlo ihm soeben vorgeworfen hatte: dass er verrückt sei.

Aber Sergio Catalongo wusste, dass er alles andere war als das. Er hatte es geschafft, dem Don zu entkommen. Er hatte in Deutschland nicht nur Arbeit, sondern sogar bessere Arbeit gefunden. Eine ordentliche Wohnung. Freunde, ein Mädchen …

Wenn er sich jetzt in den Kopf setzte, aus dem schwarzen heruntergekommenen Loch etwas zu machen, dann würde er es schaffen.

»Wenn du mir hilfst, mein Freund«, sagte er und klopfte dem Sizilianer auf die Schulter, »dann kriege ich es hin.« Er drehte sich einmal um die eigene Achse. »Ich werde dir sagen, was ich mir vorgestellt habe.«

Und dann fing er an, Giancarlo genauestens zu beschreiben, wie er sich seine Geschäftsidee gedacht hatte. Er wusste bis ins Detail, wie alles aussehen sollte. Welche Farbe die Wände haben sollten, aus welchem Material der Boden werden würde, welche Stühle und Tische er aussuchen wollte.

Eine halbe Stunde lief er durch die Räume des Ladens, beschrieb Giancarlo alles in den schönsten Farben, und zum Schluss stellte er sich vor die imaginäre Fensterscheibe, breitete seine Arme auf und rief, von seiner eigenen Begeisterung angesteckt: »So wird es sein, und es wird *Bella Italia* heißen!«

Giancarlo konnte sich ein Lächeln nicht verkneifen. »Wenn du es sagst, Sergio … Ich bin dabei!«

In dem Moment, als er begriffen hatte, dass seine Pläne, Rosa nach Deutschland zu holen und mit ihr eine Familie zu gründen, auf tragische Weise zu nichts zerronnen waren wie Staub im Wind, hatte er eine Zeit lang getrauert, unfähig, darüber nachzudenken, was er nun mit seinem Leben anfangen sollte. Aber er wäre nicht Sergio Catalongo, der Sohn seiner Eltern Gabriele und Angelica, wenn er nicht rasch einen neuen Plan entwickelt hätte. Seine Mama war tot, aber sie hätte gewollt, dass er sich nicht hängen ließ, dass er sich nicht aufgab. Angelica hatte ihm zeitlebens gesagt, dass sie sich mehr für ihn wünsche, als dass er nur einer der Sklaven des Don Lorenzo sei. Seine Eltern hatten ihn in dem Glauben bestärkt, dass er mehr konnte als Landarbeiter in Diensten des Camorra-Bosses sein. Und sein Vater hatte ihm, als er noch einmal nach Pietra zurückgekehrt war, die Botschaft mit auf den Weg gegeben, dass er seine Chancen in Deutschland beim Schopfe packen sollte. Und das tat er. Er wollte seine Eltern stolz machen, seine Mama würde gewiss vom Himmel auf ihn herabblicken und ihre schützende Hand über ihn halten. Als er an dem denkwürdigen Samstag im August vor der vernagelten Schaufensterscheibe dieses Ladens gestanden hatte, hatte er einen Entschluss gefasst.

Und dieser Entschluss war nicht allein, den Deutschen Italien näherzubringen. Sergio Catalongo wollte nicht nur ein Geschäft gründen, nein, er wollte mehr als das.

Einen Punkt hatte er abgehakt: den Laden seiner Träume gemietet.

Nun würde er sich dem nächsten Ziel widmen.

25

Sergio sah sich um. Er hatte viel geschafft in den letzten vier Wochen. Genauer gesagt: er und Giancarlo. Ohne ihn wäre er nie so weit gekommen. Sie hatten die Räume von Schutt und Geröll befreit. Herr Mielke, dem sein Haus ziemlich egal zu sein schien, Hauptsache, er konnte Miete kassieren, hatte den beiden Italienern erlaubt, den Bauschutt aus der Wohnung in den Hinterhof zu bringen. Dort war ohnehin ein großer Berg aufgetürmt, der aus altem Hausrat, Ziegeln und zerborstenen Fensterrahmen bestand. In den aufgelassenen Kellern fanden sie sogar noch eine zerbeulte Schubkarre, die sie nutzen konnten. Als die Räume einigermaßen begehbar waren, fingen sie an, den Putz von den Wänden zu hauen. Tag für Tag, Woche für Woche. Sergio kam immer nach der Arbeit, er gönnte sich kaum eine Pause. Nur der Sonntag war ihm heilig. Er besuchte nicht mehr die Kirche, wie noch früher in Pietra, aber er achtete die heiligen Gesetze, die da sagten, dass der Mensch am siebenten Tage ruhen sollte. Ohnehin war der Sonntag für das *Café Amalia* reserviert – zumindest jeder zweite Sonntag. Es war ein kostspieliges Vergnügen, denn Sergio ließ es sich nicht nehmen, Marianne ein Getränk zu bezahlen. Er selbst bestellte das billigste Bier, an dem er sich einen Abend lang festhielt, aber Eintritt, Garderobe und Getränke – das konnte er sich nun, da er jeden Pfennig in die Verwirklichung seines Traumes steckte, nicht mehr jeden Sonntag leisten.

An allen anderen Tagen in der Woche war er in seinem Laden zu finden. Er arbeitete wie ein Besessener, denn zumindest in den ersten Wochen musste er kein Geld ausgeben, um dem *Bella Italia* näher zu kommen. Allein seine Muskelkraft setzte er ein und konnte deshalb weiterhin aus seiner Lohntüte einen Großteil zur Seite legen. Einen weiteren Teil seines Lohns schickte er nach wie vor an seinen Vater nach Pietra. Er wusste, dass sein Papa das Geld nicht anrührte. Aber irgendwann, eines Tages vielleicht, würde Gabriele aufhören wollen zu arbeiten. Und konnte das Geld seines Sohnes für etwas einsetzen, das er sich lange gewünscht hatte. Für einen bequemen Lehnstuhl. Ein neues Bett. Vielleicht könnte er sich endlich eine Wasserleitung legen lassen oder einen anständigen elektrischen Herd kaufen.

Oder eine Fahrkarte nach Deutschland. Das war Sergios große Hoffnung.

Für sich selbst gab er kaum Geld aus, er hätte auch nicht gewusst, wofür. Er war nicht wie Giancarlo, der sich Anzüge kaufte und Krawatten, der sein Geld verschleuderte, wie Sergio fand. Aber er verurteilte ihn nicht dafür, Giancarlo war der beste Freund, den ein Mann an seiner Seite haben konnte. Wenn der Sizilianer nicht mit seiner Freundin ins Kino ging, kam er in den Laden und half Sergio. Sie waren handwerklich geschickt, und als vier Wochen vergangen waren, stellte Sergio befriedigt fest, dass sie im Plan waren. Die Wände waren von altem Putz befreit. Sie hatten alle Löcher und Risse in der Wand ordentlich vermörtelt, die Räume von Unrat befreit und ausgefegt. Die zwei kleinen Räume, die nach hinten auf den Hof gingen – Küche und Büro in Sergios Vorstellungen –, waren sogar so intakt, dass sie nicht einmal neu verputzt werden mussten, sondern lediglich gestrichen. Es waren nur die groben Arbeiten, das Schwierige und Kostspielige kam erst noch – Leitungen mussten neu verlegt werden, Toiletten eingebaut, die Küche und der Gastraum eingerichtet werden. Ein Jahr gab sich Sergio für alles, nach einem Jahr musste das *Bella Italia* fertig sein. Er würde einen Kredit aufnehmen müssen oder private Geldgeber finden. Schulden machen – wenn sein Vater das wüsste! Aber Sergio wusste, dass er aus eigener Kraft die Mittel nicht würde auftreiben können. Er wusste genau, wie der Laden aussehen musste, und in seiner Vorstellung hatte Billiges und Improvisiertes keinen Platz.

Er sah auf die Uhr. In zwanzig Minuten war es so weit. Ein letzter prüfender Blick: Die nackte Glühbirne leuchtete den großen Raum hell aus. Er strahlte einigermaßen sauber und hell. Die Blumen standen in einem Plastikeimer im Nebenzimmer bereit, ebenso der Kofferplattenspieler, den er sich von Alessandra ausgeliehen hatte. Er selbst trug einen taubenblauen Anzug mit Hemd und Krawatte. Noch einmal strich er sich über die Haare, die er mit Pomade gebändigt hatte.

Dann dachte er an Rosa. Die Worte, die er gleich auszusprechen gedachte, sollten einmal an sie gerichtet werden. Gemeinsam hatten sie davon geträumt, von ihrer Zukunft geträumt. Von ihrer kleinen Familie. Nun war sie woanders, er wusste nicht, wo. Und sie hatte einen Mann. Inständig hoffte er, dass es ein guter Mann war, der sie und das Kind so liebte, wie er es getan hätte. Dann holte er tief Luft, schloss die Augen und verabschiedete sich. Sie hatte ihn freigegeben, und nun ließ er sie aus seinem Herzen ausziehen.

Sergio drehte sich um und verließ das Geschäft. Er stellte sich auf die Straße und wartete.

Schon von Weitem erkannte er sie. Sah ihre schlanke und hoch aufgerichtete Gestalt, ihren Wintermantel und den kleinen Hut. Die blonden Haare und ihren schnellen, energischen Gang. Sein Herz klopfte bis zum Hals. Gleich war sie bei ihm, sie hatte ihn nun auch bemerkt und winkte. Mit wenigen Schritten war Marianne bei ihm, ihre Augen strahlten, sie lächelte breit und fröhlich, und als sie zu ihm sagte: »Du machst es aber geheimnisvoll«, hüllte die Wolke ihres warmen Atems in der kalten Februarluft ihn ein.

Ja, dachte Sergio, kein Zweifel. Es ist der richtige Schritt.

Er nahm Marianne bei der Hand und führte sie durch den Wohnungsflur – er und Giancarlo hatten gleich noch die Briefkästen ordentlich aufgehängt und beschriftet – in das Geschäft. Verwirrt sah sie sich um.

»Was ist das hier?«, fragte sie und lachte.

Aber Sergio antwortete nicht. Er ging nach nebenan, legte die Schallplatte von Caterina Valente auf, die er sich besorgt hatte, und zu den Tönen von *Komm ein bisschen mit nach Italien* kehrte er mit dem Blumenstrauß – weiße Chrysanthemen und Freesien – zu Marianne zurück, die noch immer einen amüsierten Gesichtsausdruck hatte. Die Musik war eher heiter denn romantisch, aber Sergio fand, der Text passte wie kein anderer zu seinem Vorhaben – und auch zu ihrer Beziehung. Sie waren beide nicht besonders romantisch, sondern eher praktisch veranlagt.

Als er vor ihr niederkniete, wich sie erschrocken zurück, legte dann aber beide Hände an ihre Wangen und schien erwartungsvoll die Luft anzuhalten.

»Marianne, ich frage dich – *vuoi sposarmi?* Willst du mich heiraten?«

»Nur wenn du aufstehst«, gab sie zur Antwort. »Ich habe mein gutes Kleid an, da knie ich mich hier nicht hin.«

»Kannst du nicht einfach nur mit Ja antworten?«

Sie lachte wieder. »Ja!«, rief sie. »Aber natürlich! Ja, ja, ja! *Sì, sì, sì!* Ich warte seit Monaten darauf!«

Und dann schlang sie die Arme um seinen Hals, und sie küssten sich. Frisch schmeckte ihr Kuss, oder vielleicht war es auch das Pfefferminzbonbon, das Sergio zuvor gelutscht hatte. Das war auch ganz gleich, denn er hielt sie in seinen Armen; sie war seine zukünftige Frau, und alles, alles würde an ihrer Seite wunderbar werden.

Als sie sich endlich voneinander lösten, er ihr den Ring überstreifte, den er besorgt hatte – ein günstiger Ring, für eine Verlobung mochte das gerade noch durchgehen, für die Hochzeit würde er tiefer in die Tasche greifen müssen –, fragte sie ihn: »Aber nun möchte ich wissen, warum du dir diesen Ort ausgesucht hast, um mir einen Antrag zu machen. Ist das nicht ein wenig … unüblich?«

»Unüblich?« Sergio sprach mittlerweile recht gut Deutsch, er hatte brav gepaukt, aber einige Wörter verstand er noch nicht.

»Ach, egal.« Marianne winkte ab. »Wo sind wir hier?«

»Aspetta!« Sergio ließ sie stehen und lief zu der späteren Küche. Er öffnete das Fenster, das noch intakt gewesen war, und holte eine Glasschale vom Fensterbrett. Er hasste Minustemperaturen, aber heute, an diesem wichtigen Tag, war er geradezu dankbar, dass die Kälte ihm in die Hände spielte. Er füllte etwas von der Masse, die er vorbereitet hatte, in zwei Glasschälchen und trug diese hinüber. Er reichte eines davon Marianne und bat sie, zu probieren. Er hatte, so gut

es ihm möglich war, eine Granita zubereitet. Noch lieber hätte er ihr ein original italienisches Milcheis serviert, aber weder konnte er Eis machen, noch hatte er die dazu nötigen Geräte. Also mussten es Orangen, zerstoßenes Eis und Zucker sein. Für die Orangen hatte er die ganze Stadt abgesucht, sie waren geschmacklich eine Enttäuschung, aber dennoch das Beste, was er bekommen konnte. Er hatte an seine Mama gedacht und das selbst gemachte Wassereis, das sein Vater ihr zubereitet hatte. Es war simpel und doch köstlich.

»Lecker«, befand Marianne. »Aber das ist keine Antwort.«

»Doch«, sagte Sergio. »Das ist die Antwort. Eis. Ich werde hier in diesen Räumen eine Eisdiele eröffnen. Die erste Eisdiele von Wuppertal.« Er strahlte sie an. »Das *Bella Italia!*«

Mariannes Augen weiteten sich. Sie schien keine Worte zu finden, Sergio war ein wenig verunsichert. Was, wenn sie ihm nicht glaubte? Oder noch schlimmer, es für eine Schnapsidee hielt?

Aber Marianne war nicht zufällig die Frau, die er sich auserwählt hatte. Sie war die richtige Frau, denn nach einem langen Moment des Erstaunens verzog sich ihr Mund zu einem breiten Lächeln.

»Das *Bella Italia*«, hauchte sie, »wie wunderbar, Sergio. Wir eröffnen einen Eissalon!«

Sie lachte und strahlte, und Sergio hob sie hoch, drehte sich mit ihr um und um, bis ihnen beiden schwindelig wurde. Schließlich landeten sie auf dem gefegten Boden, und weder Marianne noch Sergio sorgten sich noch um ihr Kleid oder seinen Anzug – sie liebten sich in den kalten und nackten Wänden des Ladens, der sie ihre gesamte lange Ehezeit begleiten würde.

26

Selina

Kampanien, 2023

Zum Abschied hielten sie einander lange in den Armen. Fabio löste sich als Erster, er strich Selina liebevoll übers Haar, eine Geste, die Selina nur von Marcello kannte, nicht aber von ihrem jüngeren Bruder. Kennzeichnete das ihre momentane Beziehung? Er der Gefestigte, sie die Verpeilte?

»War mega«, sagte Fabio. »Hat sich angefühlt, als wäre ich eine Woche hier gewesen.«

Selina nickte. »Ja, zum Glück. Besser als andersherum.« Sie drückte ihn ein letztes Mal. »Gute Fahrt, wir sehen uns bald!«

Fabio hielt den Daumen hoch und stieg in seinen Zug. Selina folgte ihm auf dem Perron und sah zu, wie er seine Sachen im Liegewagen verstaute. Sie war dankbar, dass Fabio spontan gekommen war. Die letzten Tage waren intensiv gewesen, sie hatten viel miteinander erlebt und nicht zuletzt das Geheimnis ihres Großvaters aufgedeckt. Ein großes und eigentlich ganz wunderbares Geheimnis.

Als sie am Vortag von Luisa Palamara – diese bestand auf ihrem neuen Namen, sie hatte Rosa Guardini ein für alle Mal vor Jahrzehnten abgestreift – weggefahren waren, hatten sie ihre Pläne – im Meer baden und schön essen gehen – verwirklicht. Sie waren in einem kleinen, aber sündhaft teuren Restaurant in den Bergen eingekehrt, von dessen Terrasse aus sie beobachten konnten, wie sich der Tag mit einem rosafarbenen Streifen vom Meer verabschiedete. Über ihren Großvater hatten sie gesprochen, seine abenteuerliche Geschichte, die den Enkeln vorkam, als sei sie nicht vor achtzig, sondern eher vor hundertachtzig Jahren geschehen. All das – die Unterdrückung der armen Landbevölkerung, die Strafen, das Morden, die Gewalt – schien so fern von dem Leben, das sie kannten, aber es schien auch fern von ihrem fröhlichen Großvater, der sich in Wuppertal bewegt hatte wie ein Fisch im Wasser. Sie stellten fest, wie stolz sie auf ihn waren, dass er sich behauptet hatte und sich weder von Don Lorenzo kujonieren noch anwerben ließ. Sie waren stolz auf ihre Herkunft, noch stolzer als ohnehin, und sie begriffen jetzt sehr viel besser, warum das *Bella Italia* das Leben ihrer Großeltern auf diese besondere Weise bestimmt hatte.

Und ganz nebenbei hatten sie während ihres Gesprächs hervorragend gegessen. Kleine zarte Artischocken zur Vorspeise, dazu ofenwarmes Brot und Aioli. Zur Hauptspeise wählte Fabio ein Risotto und Selina Pasta. Zum guten Schluss servierte man ihnen die Spezialität des Hauses, eine wunderbare Crème Caramel. Selina fiel auf, dass sie zum allerersten Mal mit ihrem gar nicht mehr so kleinen Bruder etwas sehr Erwachsenes unternahm – sie gönnten sich ein erstklassiges Restaurant und sprachen ernsthaft über Themen, die sie beide berührten. Die drei gemeinsamen Tage hatten ihre Geschwisterbeziehung auf alle Fälle auf eine neue Stufe gebracht – zum Besseren und zu Selinas großer Freude.

Von dem aufregenden Ausflug waren sie sehr spät in ihr Appartement zurückgekehrt, und am nächsten Tag, dem Sonntag, der zugleich Fabios Abreisetag war, liefen sie noch einmal zu Fuß nach Pietra. Wie sie es sich vorgenommen hatten, befreiten sie das Grab ihrer Urgroßeltern vom Unkraut, besuchten das Café am Marktplatz und suchten Sergios Elternhaus. Luisa Palamara hatte ihnen beschrieben, wo es lag, aber an der Stelle, die sie ihnen genannt hatte, standen noch zwei weitere kleine Häuser, und sie waren unsicher, welches der drei das Haus von Angelica und Gabriele gewesen sein mochte. Selina versprach, sich noch einmal mit Tonios Hilfe in den Akten in der Sakristei zu vergraben – dass sie kein Italienisch beherrschte, würde ihr die Suche erschweren, aber die Namen ihrer Urgroßeltern würde sie aus den alten Grundbüchern hoffentlich herauslesen können.

Später liefen Selina und Fabio noch zum Gutshaus der Guardinis. Das Geburtshaus von Rosa und gleichzeitig ihr Gefängnis, so hatte sie es im Gespräch mit ihnen genannt. Die Esskastanie, die an dem Balkon wuchs, über den sie geflüchtet war, war mächtig; die Geschwister konnten sich sehr bildhaft vorstellen, wie die junge Frau in ihrer Not mithilfe des Baumes entkommen war. Heute lag Pietra friedlich da, es war ein Bilderbuchdorf, dank der Arbeit von Studenten wie Tonio Santini. Und auch wenn diese die Vergangenheit akribisch aufgearbeitet hatten, die Spuren der Camorra-Herrschaft waren außer in der Ausstellung nicht mehr zu sehen. Selina bedauerte, dass sie dem Historiker nicht die Wahrheit über Rosa Guardini und ihre Verwandlung in Luisa Palamara erzählen durfte, aber es oblag nicht ihr, dieses Geheimnis zu lüften.

Schließlich war es Zeit zum Aufbruch, und sie fuhren mit der Vespa hinunter nach Neapel.

Jetzt verließ der Zug mit Fabio darin den Bahnhof, Selina sah noch den roten Rücklichtern hinterher, bis sie zur Gänze aus ihrem Blick verschwanden, und ging zurück zu der Stelle, an der sie die Vespa abgestellt hatten. Die Mietzeit lief ab, sie machte sich mit klopfendem Herzen auf den Weg nach San Lorenzo. Der Verkehr in Neapel war atemberaubend, es kostete sie viele Nerven, den Roller durch den dichten, vor allem aber sehr schnellen Verkehr und später durch die kleinen Gassen zu lenken. Zumal sie sich den Weg zur Garage nur ungefähr eingeprägt hatte – es war viel einfacher gewesen, von dort aus der Stadt heraus und nach Castelbore zu finden als vom Bahnhof in den belebten Stadtteil. Immer wieder musste Selina anhalten und einen Blick auf die von ihrem Handy angezeigte Route werfen, zum Glück, dachte sie bei sich, noch vor ein paar Jahren wäre sie auf einen Stadtplan aus Papier angewiesen gewesen, was beim Rollerfahren deutlich unpraktischer gewesen wäre.

Endlich erreichte sie nach einigen Umwegen die Autovermietung, parkte den Motorroller, legte Schlüssel und die beiden Helme an der Rückgabetheke ab. Die Mitarbeiterin nahm alles in Empfang und bat einen Mechaniker, die Vespa auf eventuelle Schäden zu überprüfen, während sie sich anschickte, die entsprechenden Formulare auszufüllen.

Selina warf einen Blick auf den Roller. »Stopp!«, rief sie, einem spontanen Impuls nachgebend. *»I'd like to keep it for another week.«*

Die Mitarbeiterin sah sie kurz an, nickte nur und füllte einen anderen Zettel aus. Fünf Minuten später rollte Selina mit dem Gefährt wieder durch die Straßen Neapels, und kurz darauf nahm sie die Abzweigung nach Castelbore.

Eine Woche Urlaub hatte sie noch. Eine Woche lang konnte sie das Appartement behalten. Und eine Woche würde sie mit der Vespa die Gegend erkunden. So war sie unabhängig von Bussen und Bahnen, die Vespa würde sie im Umkreis von hundert Kilometern problemlos überall hinbringen. Außerdem bereitete es ihr größtes Vergnügen, nur im Sommerkleid und mit einem kleinen Rucksack durch die wunderschöne Gegend zu düsen. Sie würde sich treiben lassen, durch die Berge und an der Küste entlang auf Entdeckungstour gehen.

Aber erst einmal musste sie Blumen kaufen! Blumen für das Grab ihrer Urgroßeltern. Etwas Langlebiges, etwas, das auch ohne permanente Pflege wuchern und blühen würde. Sie dachte an Lavendel und Salbei, und sie würde einen kleinen Feigenbaum neben das Kreuz pflanzen. Gabriella sollte Blumen bekommen für ihre Unterstützung, natürlich auch Claudia Bassani. Und für Niccolò würde sie Pralinen besorgen – und ihm sagen, dass sein Freund Sergio sie ihm geschickt hatte.

Mit Tonio Santini würde sie sich direkt treffen und ihm erzählen, was sie über ihren Großvater herausgefunden hatte – ohne Rosas Geheimnis zu verraten. Es gab viel zu tun, und sie freute sich auf die Tage, die vor ihr lagen.

Das ereignisreiche Wochenende beendete sie mit einem Campari Orange auf der Terrasse, genoss die sternenklare und warme Nacht, das Zirpen der Grillen und den sanften Nachtwind, der vom Meer heraufwehte, auf ihrer Haut. Sie schrieb ihrem Vater, dass sie ihm viel zu erzählen habe, da Fabio und sie ein Geheimnis entdeckt hatten – mit den Worten »aber keine Sorge, Papa, dein Vater war ein Held!« beendete sie die Nachricht. Zu ihrem Erstaunen antwortete er erst, als sie längst im Bett lag – er war mit Inga im Kino gewesen. Selina stutzte kurz, dass ihre Mutter sich noch immer in Wuppertal aufhielt, und auch, weil ihre Eltern gemeinsam im Kino gewesen waren. Waren sie das jemals gewesen? Sie konnte sich nicht daran erinnern. Was war eigentlich mit dem Yogastudio in Neukölln, fragte sie sich, entschied aber, nicht daran zu rühren.

Marcello wollte natürlich sofort wissen, um was für ein Geheimnis es sich handelte, aber Selina genoss es, ihn auf die Folter zu spannen. Er müsse sich bis zu ihrer Rückkehr gedulden.

Bevor sie das Handy schließlich weglegte, um ein wenig zu lesen, schrieb sie Sven noch eine Nachricht. Sie hatten es sich zur Gewohnheit gemacht, sich zum Ende des Tages eine gute Nacht zu wünschen und am Morgen einen schönen Tag. Sehr viel mehr tauschten sie nicht aus, Selina zog es vor, ihm alles direkt zu erzählen, am liebsten wieder oben auf dem Hügel vor seinem Wohnwagen. Mit einem Bier in der Hand in den Sonnenuntergang schauen und Schafe zählen. Sie ertappte sich dabei, dass sie an seinen Nacken dachte, der braun gebrannt war und in dem sich seine blonden Haare lockten. Sie dachte an die geflochtenen Lederbändchen, die er um sein Handgelenk trug, und die sanfte Geste, mit der er die Schafe streichelte. Obwohl sie sich erst zwei Mal getroffen hatten, fühlte sie sich mit ihm vertraut. Kein Wunder, sie kannte ihn seit der fünften Klasse. Im Grunde waren sie miteinander aufgewachsen, auch wenn sie nie enger befreundet gewesen waren, so hatten sie doch gemeinsam die Pubertät und das Erwachsenwerden erlebt. Das verband. Selina vertraute ihm – obwohl sie nicht wissen konnte, zu welchem Menschen er sich in den vergangenen Jahren seit dem Abitur entwickelt hatte. Sie hatte das Gefühl, ihn gut zu kennen. Und mit diesem Vertrauen fühlte sie sich sehr, sehr wohl.

Sven ist ein alter Schulfreund, mahnte sie sich selbst und wusste, dass sie sich belog. Aber sie hatte im Moment keine

Kapazität dafür, sich mehr zu wünschen. Mit Italien, der Geschichte ihrer Familie und den Gedanken um ihre Zukunft war sie mehr als beschäftigt.

Tatsächlich war sie gedanklich in Bezug auf ihre Zukunft weitergekommen: Sie hatte sich überlegt, als Thema ihrer Bachelorarbeit in Politologie etwas zu wählen, das mit der Geschichte Sergios zu tun hatte. Etwas, das sich mit dem Thema der italienischen Fremdarbeiter in Deutschland näher beschäftigte. Sie wollte mehr darüber wissen, und auch wenn sie sich das vor wenigen Wochen noch nicht im Traum hatte vorstellen können – die Italienreise hatte ihr Lust gemacht, sich diesem Thema wissenschaftlich anzunähern. Zumal sie in Giancarlo einen hervorragenden Zeitzeugen hatte! Der alte Freund von Sergio schien geistig vollkommen auf der Höhe, und sicherlich freute er sich über ihr Interesse und hatte viel über die gemeinsame Zeit zu erzählen.

Außerdem hatte sie sich noch etwas anderes fest vorgenommen: Sie würde Italienisch lernen! Das wollte sie schon seit vielen, vielen Jahren, hatte aber nie den Biss gehabt, ernsthaft anzufangen. Jetzt aber, da sie wusste, dass ihre Wurzeln väterlicherseits in Pietra Alta lagen, an den grünen Hängen des Vesuv, war sie hochmotiviert.

Die zweite Woche ihres Aufenthalts verging wie im Flug. Selina fuhr an einem Tag nach Capri, die Vespa nahm sie mit und erkundete dort die Insel. An einem weiteren Tag besichtigte sie Pompeji – im Anschluss daran hatte sie ein seltsames Gefühl, in Castelbore so nah am Krater des noch immer aktiven Vulkans zu sein. Die Kleinstadt lag mitten in der Roten Zone.

Einen weiteren Tag verbrachte sie in Neapel; sie hatte das Gefühl, von der Stadt noch lange nicht genug gesehen zu haben. Sie besichtigte das Museum Capodimonte oberhalb der Stadt, umgeben vom gleichnamigen Park, der selbst eine ausgiebige Besichtigung rechtfertigte.

Für den vorletzten Tag verabredete sie sich mit Tonio Santini in dessen Büro in Pietra. Er versprach ihr, in der Zwischenzeit herauszufinden, in welchem Haus ihr Großvater aufgewachsen war. Vor zwanzig Jahren, als er noch Student und in der Forschungsgruppe beteiligt war, hatten sie eine Bestandsaufnahme der Familien und ihrer Wohnhäuser beziehungsweise Wohnungen gemacht, zurückreichend bis zum Ende des Zweiten Weltkriegs. Er würde die Unterlagen heraussuchen und mitbringen.

Daraufhin beschloss Selina, das Kloster zu besuchen, in das Rosa Guardini geflüchtet war. Es lag im Hinterland der Amalfiküste, die letzten Nonnen waren vor Jahrzehnten ausgezogen, und nun stand die Anlage offen für Besichtigungen. Sie verbrachte fast den ganzen Tag dort, das Kloster war auch heute noch ein Ort der Besinnung und der inneren Einkehr. Selbst den Kräutergarten, in dem die junge Rosa gesessen hatte, gab es noch. Selina lief durch den Kreuzgang, bewunderte die gotischen Gewölbe und bedauerte die Nonnen, die in kleinen, karg ausgestatteten Kemenaten gelebt hatten. Sie war wenig esoterisch veranlagt, spürte aber, dass es sich bei der Anlage der Barmherzigen Schwestern um einen wahren Kraftort handelte. Das Kloster lag abgelegen inmitten schöner Wälder, alte Stein- und Korkeichen wuchsen hier, Ginster und Erdbeerbäume, Magnolien, Kastanien und vereinzelt Eukalyptusbäume. Nach einer ausgiebigen Wanderung kehrte Selina am Abend zurück. Sie war so angefüllt mit Eindrücken, von denen sie noch lange zehren würde. Diese Reise nach Italien hatte ihren Zweck mehr als erfüllt – sie hatte die italienischen Wurzeln ihrer Familie aufgespürt. Sie war hinter Sergios Geheimnis gekommen, das Verhältnis zwischen ihr und Fabio war deutlich inniger geworden, und so langsam spürte Selina auch, wie sie selbst sich verändert hatte. Sie war wieder aktiver, neugierig auf die Welt da draußen, fragte sich, was noch alles auf sie wartete, und sie hatte endlich wieder Lust, ihr Leben aktiv zu gestalten und sich nicht länger nur treiben zu lassen.

»Ich bin fündig geworden!« Tonio Santini schwenkte zur Begrüßung einen Zettel, als sie sein Büro betrat. Es war ihr letzter Tag vor der Abreise, der vorerst letzte Tag in Pietra Alta.

»Ihre Urgroßeltern«, sagte er und reichte ihr den Zettel.

Tatsächlich – es war ein Auszug aus dem Melderegister. Daraus ging die Adresse von Angelica und Gabriele Catalongo hervor, offensichtlich hatten sie das kleine Häuschen in der Via Santa Margarita gepachtet, es war nicht ihr Eigentum. Das erklärte auch, warum Sergio es nach dem Tod seines Vaters nicht behalten hatte.

Selina bedankte sich bei dem Historiker und erzählte ihm, was sie über ihren Großvater herausgefunden hatte. Dass er seinen Tod mithilfe von Doktor Molinari und Pater Zeffirelli nur vorgetäuscht hatte, um einer Strafaktion des Don Lorenzo zu entgehen. Santini fragte nicht nach dem Grund, er freute sich jedoch darüber, der Chronik Pietras eine weitere Biografie hinzufügen zu können.

Selina wiederum erzählte von ihren Plänen zur Bachelorarbeit, und Professor Santini bot an, ihr jederzeit bei Fragen zur Verfügung zu stehen.

Ein letztes Mal ging Selina zum Grab ihrer Urgroßeltern. Sie war stolz darauf, wie schön es aussah, sie wusste, wie sehr Sergio sich darüber gefreut hätte, wenn er das noch hätte erleben dürfen. Sie verabschiedete sich im Stillen und lief weiter zu der Adresse, die Tonio Santini ihr gegeben hatte.

Es handelte sich bei Sergios Geburtshaus tatsächlich um eines der drei kleinen Häuschen am Ortsrand, die sie bereits mit Fabio besucht hatte. Die Catalongos hatten in einem der außen stehenden Häuser gelebt. Selina betrachtete es eine Zeit lang und versuchte sich vorzustellen, wie es damals ausgesehen hatte. Luisa Palamara hatte ihnen geschildert, wie arm die Familie gewesen war. Sie hatte von der Gerberei des Vaters erzählt und von dem Gemüsegarten Angelicas. Aber es wollte Selina nicht ganz gelingen, sich in die damaligen Zeiten zurückzuversetzen. Heute war das Haus, ebenso wie die beiden anderen, schön renoviert und modern ausgebaut. Eine Glasfront war eingezogen und führte auf eine schicke Holzterrasse. Stylishe Gartenmöbel standen darauf sowie ein Planschbecken für kleine Kinder. Der gar nicht so kleine Garten war eingezäunt, sehr gepflegt und liebevoll bepflanzt. Die Menschen, die heute in dem Steinhaus lebten, gehörten nicht zu den Armen, das konnte man deutlich erkennen.

Die Zeiten haben sich geändert, dachte Selina versonnen. Sie stand im Schutz eines Feigenbaums, der Äste mit den großlappigen Blättern über ihr ausbreitete, sodass sie zur Gänze vom Schatten verschluckt wurde.

Ciao, Pietra, dachte Selina, ich hoffe, wir sehen uns wieder.

27

Rosa

Positano, 1962

Die Sonne fiel schräg auf den Frühstückstisch, und Rosa betrachtete versonnen die Staubpartikel, die im hellen Lichtstrahl tanzten. Serafina lag an ihrer Brust und saugte, der kleine Francesco saß in seinem hölzernen Stühlchen und tauchte sehr konzentriert Bisquitstückchen in den warmen Kakao.

Salvatore schob ihr stumm die Zeitung über den Tisch, tippte auf einen Artikel und sah Rosa besorgt an.

Mit der freien Hand zog sie das Papier zu sich hinüber. Noch bevor sie die Überschrift las, erkannte sie ihn. Das Foto unter dem Aufmacher zeigte ihren Vater. Sie wusste, was das bedeutete: Es war die Nachricht, mit der sie groß geworden war, das schreckliche Gefühl, das sie ihr früheres Leben hindurch begleitet hatte. Entweder war er tot, oder er war verhaftet worden.

»Camorra-Boss Guardini ist tot!«

Sie bekam ein pelziges Gefühl im Mund. Gänsehaut lief über ihre Arme, die feinen Härchen stellten sich auf. Rosa zögerte, sollte sie den ganzen Artikel lesen? Wollte sie das wirklich wissen? Salvatore legte sanft seine Hand auf ihre und drückte sie. Sie blickte ihm in die Augen. Er war ein guter Mann. Die Entscheidung, ihn zu heiraten, war die beste ihres Lebens gewesen. Neben der, ihr Elternhaus zu verlassen.

»Es tut mir leid«, sagte ihr Mann.

»Danke, Salvatore.« Sie zögerte. »Ich kann keine Trauer empfinden. Es ist eher ... Erleichterung.«

Er nickte. »Ich weiß. Aber da ist noch deine Mutter. Sie ist jetzt allein.«

Als hätte sie daran nicht gedacht. Ihre Mutter. Immer und immer wieder, noch als junges Mädchen hatte Rosa sich gefragt, warum ihre Mutter sie nicht geschützt hatte. Niemals hatte sie sich vor sie gestellt, niemals gewagt, gegen den Vater aufzubegehren. Sie hatte alles, was Lorenzo Guardini zu verantworten hatte, mitgetragen. Die Morde. Die Misshandlungen. Die Unterdrückung.

Ihre Mutter hatte sich mitschuldig gemacht. Und das konnte Rosa ihr weder verzeihen noch vergessen.

»Sie ist nicht besser als er.«

»Rosa ...«

»Salvatore, bitte. Wir haben so oft darüber gesprochen.«

Ihr Mann sah sie einen Moment lang an, Rosa wusste, dass er es lieber gesehen hätte, wenn sie ähnlich versöhnlich sein könnte wie er, aber er akzeptierte ihre Haltung. Das hatte er schon immer getan – sonst hätte sie ihn nicht geheiratet.

Francesco war fünf Jahre alt, Serafina eineinhalb. Sie war bereits wieder im vierten Monat schwanger, ein Wunschkind auch dieses. Ihre Kinder sollten niemals erfahren, aus welch verdorbener Wurzel sie abstammten, das war Rosas oberstes Ziel. Sie verachtete die Camorra und war gottfroh, dass sie alldem den Rücken gekehrt hatte. Sie hatte es geschafft. Dank ihres geliebten Ehemanns, Salvatore Palamara, dem Dottore, wie er in Positano überall genannt wurde, führte sie ein ehrbares und anständiges Leben. Sie hatte nach Francescos Geburt sogar ein Lehrerinnenseminar besuchen dürfen, ihre Schwiegermutter hatte sich um den Jungen gekümmert, sobald dieser abgestillt war. Deutsch, Italienisch und Erdkunde, das waren die Fächer, die sie unterrichtete. Rosa war stolz darauf, dass ihr Mann es ihr gestattet hatte, einen Abschluss zu machen, und noch stolzer, dass sie arbeiten durfte. Lehrerinnen wurden händeringend gesucht, deshalb konnte sie es sich auch erlauben, weitere Kinder zu bekommen, sie durfte jederzeit in ihre Arbeit zurückkehren, sobald sie bereit dazu war.

Niemals mehr in ihrem Leben wollte Luisa, wie sie nun hieß, mit Kriminalität zu tun haben.

Und sie hoffte inniglich, dass auch Sergio es geschafft hatte, sich ein Leben aufzubauen, in dem er mit der Camorra nicht in Berührung kam.

Sie dachte oft an ihn. Nicht mehr mit der lodernden Flamme der Verliebtheit und der ungestillten Sehnsucht, sondern voller Wärme und Freundschaft. Sie liebte Sergio noch immer, aber die Hoffnung auf ein gemeinsames Leben hatte sie in dem Moment aufgegeben, als Salvatore ihr den Antrag gemacht hatte. Ach, Salvatore. Ihr Blick wanderte zu ihm. Gerührt beobachtete sie, wie ihr Mann seinem Sohn den kakaoverschmierten Mund abwischte.

Ja, Francesco war Salvatores Sohn.

Auf der Geburtsurkunde war er als leiblicher Vater eingetragen, er hatte es so gewollt. Damit es niemals Fragen geben würde. Damit er den Jungen nicht adoptieren musste. Rosa war nicht nur dankbar gewesen, nein, sie hatte Salvatores Größe erkannt, die Güte seines Herzens, in dem Moment, als er ihr den Vorschlag noch am Kindbett gemacht hatte. Er hatte ihr einen Rettungsring zugeworfen, sie hatte ihn angenommen und war im besten aller Leben angekommen.

Sie lebte mit ihren Kindern – bald drei, aber sie wünschten sich vier – in Positano, und niemand wusste um ihre Vergangenheit, nicht einmal ihre Schwiegermutter. Ihr Mann war der angesehene Doktor, sie hatten Frieden, genügend Geld und Ansehen. Warum sollte sie all das gefährden, wenn sie nun die Vergangenheit lebendig werden ließe und nach Pietra Alta fahren würde? Nein, nahm Rosa-Luisa sich vor, sie würde die Vergangenheit ruhen lassen.

Allein, es würde ihr nicht gelingen.

Keine zwei Monate später sprach Salvatore das Thema erneut an, dieses Mal am Abend, als die Kinder im Bett waren. Rosa-Luisa lag auf dem Sofa, die Beine hochgelagert, und las ein Buch.

»Liebste, bitte entschuldige, wenn ich noch einmal darauf zurückkomme.«

Rosa-Luisa ließ das Buch sinken, verwirrt, wovon sprach ihr Mann da?

»Es geht um deine Mutter …«

»Salvatore, nein.«

»Lass mich wenigstens ausreden. In der Zeitung war ein Artikel. Der Besitz deines Vaters, die Weinberge und Obstgärten, die Ländereien – sie haben sich alles unter den Nagel gerissen.«

Rosa-Luisa setzte sich auf. Nun interessierte es sie doch, was Salvatore ihr sagen wollte. »Wer? Wer hat sich alles unter den Nagel gerissen?«

»Die anderen Verbrecher.«

Salvatore nahm das Wort »Camorra« niemals in den Mund. Als besudele er sein Haus, wenn er es aussprach. Das konnte sie nur allzu gut verstehen.

»Wie kann das sein? Ich habe angenommen, dass die Staatsanwaltschaft den Besitz beschlagnahmt hat? So hieß es doch in dem Artikel damals.«

Salvatore zuckte bedauernd die Schultern. »So hieß es, ja. Aber offenbar ist das nicht geschehen, oder sie waren nicht schnell genug. Der Journalist vermutet aber, dass sie alle unter einer Decke stecken. Dass es sogar Informanten bei der Guardia di Finanza gibt. Er schreibt, deine Mutter hätte nur noch das Haus behalten können. Alles andere wurde verkauft, für eine Handvoll Lire, oder sogar verschenkt.«

Das war eine schlechte Nachricht. Und sie wurde nicht besser dadurch, dass sie mit Sicherheit wahr war. Ihr Vater hatte stets damit geprahlt, wen er bei der Polizei alles geschmiert hatte. Staatsanwälte, Richter, viele steckten mit dem organisierten Verbrechen unter einer Decke.

Salvatore schwieg jetzt, aber seine Worte hingen unheilvoll in der Luft.

Wie benommen saß Rosa-Luisa auf der Sofakante und ließ sich diese Neuigkeit durch den Kopf gehen. Sie war stets davon ausgegangen, dass mit dem Tod ihres Vaters die Justiz tätig werden würde. Dass sie seine Unterlagen beschlagnahmen und auswerten würden. Dass eine Verhaftungswelle folgen würde und die Staatsanwälte das kriminelle Nest ausräucherten. Dass nun aber nichts geschah, stattdessen die Banden einfach weitermachten wie zuvor, dass sie den Besitz ihres Vaters einfach unter sich aufteilten und alles weiterging wie bisher, war das zu glauben? Irgendwer musste den Wahnsinn doch stoppen! Der schreckliche Tod des Dottore Molinari, ihres Retters, von dem auch Salvatore unlängst aus der Zeitung erfahren hatte, durfte nicht sinnlos sein, das musste gesühnt werden!

Sie fasste einen Entschluss. Wenn niemand etwas unternahm, blieb ihr nichts anderes übrig, als noch einmal in ihr Geburtshaus zurückzukehren.

Es war an ihr, nun für Gerechtigkeit zu sorgen.

Sie fuhren stumm durch die Nacht. Francesco und Serafina waren bei der Schwiegermutter geblieben, die sie über den wahren Grund ihrer kurzen Abwesenheit im Unklaren gelassen hatten. Rosa-Luisa wollte noch vor Tagesbeginn in Pietra sein – und wenn die Sonne aufging, das Dorf wieder verlassen haben. Zuvor hatte Salvatore dafür Sorge getragen, dass alles zu ihrer Zufriedenheit geregelt war. Er hatte seinen Anwalt, einen Freund der Familie, der jedoch in seiner Funktion als Anwalt der Schweigepflicht unterlag, das Schreiben aufsetzen lassen, das seine Frau verlangt hatte. Außerdem hatte er mit Neapel telefoniert und dort die entsprechenden Dinge geregelt.

Rosa-Luisa saß neben ihm, eine Hand schützend auf ihren Leib gelegt. Das Herz klopfte ihr bis zum Hals, aber sie war fest entschlossen, zu tun, was sie tun musste. Die Männer in Neapel hatten alle keine Eier in der Hose, also war es an ihr, zu handeln und dafür zu sorgen, dass Pietra und die ganze Gegend vom Würgegriff der Camorra befreit wurde. Sie machte sich nichts vor: Die Camorra war eine Krake. Schlug man ihr einen Arm ab, wuchs ein anderer nach. Neapel und Kampanien würden die organisierte Kriminalität nicht loswerden, ja vermutlich würde sogar Pietra Alta eines Tages wieder unterjocht werden. Aber jetzt galt es, das Dorf zu befreien. Dottore Molinari und all die anderen, die sich ihrem Vater entgegengestellt hatten, durften nicht umsonst gestorben, Sergio nicht ohne Grund nach Deutschland gegangen sein.

»Wer ist da?« Die Stimme ihrer Mutter klang verängstigt. Und alt.

»Deine Tochter«, antwortete Rosa-Luisa. »Mach auf.«

Die schwere Holztür öffnete sich einen Spalt. Silvia Guardini lugte misstrauisch hinaus. »Rosa? Bist du es?«

»Das sage ich doch!« Rosa wurde ungeduldig. Sie wollte nicht hier sein, keine Sekunde länger als nötig. Als Salvatore den Wagen die ihr wohlbekannte Auffahrt hinaufgelenkt und vor ihrem Elternhaus gehalten hatte, war ihr übel geworden; um ein Haar hätte sie sich übergeben. Jetzt stemmte sie sich gegen die Tür. Ihre Mutter gab nach, die Tür schwang zurück, und Rosa trat ein.

»Wer ist der Mann?«

Rosa-Luisas Mutter stand im weitläufigen Foyer, klein und hutzelig. Sie war alt geworden, und es stand ihr nicht. Ihre Haare waren schlohweiß, knapp über dem Ohr wurden sie schwarz, die Farbe war weit herausgewachsen. Ihre faltigen Hände, mit denen sie ihren Morgenmantel vor der Brust zusammenraffte, zitterten.

Rosa-Luisa betrachtete sie. Sie sah eine alte Frau, die Angst hatte. Was sie nicht sah, war eine Mutter. Sie konnte keine Gefühle für sie entwickeln. Zum Glück, dachte sie erleichtert.

»Was willst du?«

Ihrer Mutter schien es also ebenso zu gehen, erkannte Rosa-Luisa. Keine Tränen, kein Gefühlsausbruch, keine Erleichterung oder Willkommensfreude. Stattdessen starrte ihre Mutter sie mit zusammengekniffenen Augen misstrauisch an.

»Ich nehme dir nichts weg. Keine Angst.«

Sie wandte sich ab und ließ sich von ihrem Mann die Papiere geben. Dann nahm sie ihre Mutter an den Schultern, drehte sie um und schob sie vor sich her ins Wohnzimmer. Zu Salvatore sagte sie: »Unten im Weinkeller. Der Tresor steht hinter dem Barolo-Regal. Du kannst ihn nicht übersehen, er hat sich keine Mühe gegeben, ihn zu verstecken. Die Kombination ist mein Geburtsdatum.«

»Was hast du vor? Willst du mich berauben? Er hat die Zahlen geändert, nachdem du uns verlassen hast!«

Ihre Mutter wollte protestieren und keifte, aber Rosa-Luisa war unerbittlich. Salvatore ging indes in den Keller, sie hatte ihn schon zu Hause instruiert, was seine Aufgabe war.

Im Wohnzimmer drückte Rosa-Luisa ihre Mutter auf das Sofa und setzte sich neben sie. Die Unterlagen legte sie vor sich auf den Tisch. Sie würde es noch einmal im Guten versuchen.

»Mama«, begann sie, während ihre Mutter trotzig die mageren Arme um ihren Körper schlang, sich vor und zurück wiegte und anfing zu jammern, dass sie ganz allein sei, sich niemand um sie kümmere, im Gegenteil, sie hätten sie ausgeraubt, all die vermeintlichen Freunde ihres Mannes. Nichts mehr besitze sie, nichts, nur das Haus hätten sie ihr gelassen.

»Calma te«, sagte Rosa-Luisa. »Wir bringen dich von hier weg. Salvatore, mein Mann, hat alles geregelt. Du ziehst nach Neapel. In ein Hotel. Dort kann dir nichts passieren. Du wirst umsorgt von morgens bis in die Nacht. Sie bringen dich sogar zu Bett! Du musst nicht einkaufen und nicht kochen. Keine Betten beziehen und nicht putzen.«

»Das musste ich noch nie! Wir hatten immer Personal.«

»Und wo ist es jetzt, dein Personal?«

Silvia schwieg.

»Da siehst du es. Hier.« Rosa-Luisa reichte ihrer Mutter einen Füller. »Unterschreib.«

Sie brauchte beinahe eine Stunde, dann hatte sie alle Unterschriften ihrer Mutter, die sie haben wollte. Ihr Mann wartete einstweilen im Auto, er hatte die Dokumente aus dem Safe geholt und trommelte mit den Fingern nervös auf dem Lederlenkrad herum.

Schließlich kam Rosa-Luisa mit ihrer Mutter am Arm aus dem Haus. Sie hatte Silvia ordentlich frisiert und angezogen, außerdem führten sie einen Koffer mit sich, in den sie das Nötigste gepackt hatten.

Rosa-Luisa schloss das Haus sorgfältig ab, bugsierte ihre Mutter auf den Rücksitz, während Salvatore das Gepäck verstaute. Er schloss den Kofferraum.

»Bist du nervös?«, fragte Rosa-Luisa ihn, sie sah die Schweißtropfen auf seiner Oberlippe.

»Du hast recht«, entgegnete Salvatore. »Es sieht aus wie das Paradies, aber es liegt etwas in der Luft. Etwas Ungutes.«

Sie nickte nur und übergab ihm die Schlüssel für das Gutshaus. »Es ist jetzt deins. So lange, bis wir die Stiftung gegründet haben.«

Salvatore steckte den Schlüssel mit einem mulmigen Gefühl in die Hosentasche. Rosa-Luisa wusste, dass er ihr jeden Gefallen tat, alles, was sie sich wünschte. Aber zu diesem hier hatte sie ihn überreden müssen. Erst als sie gemeinsam auf die Idee gekommen waren, das Haus und den verbliebenen Besitz in eine Stiftung zu überführen, hatte er eingewilligt.

Sie stiegen in den Wagen und fuhren mit hoher Geschwindigkeit aus dem Dorf hinaus.

Rosa sah sich einmal noch um. Sie nahm Abschied von dem Pietra ihrer Kindheit und Jugend. Sie hoffte inständig, dass die Zukunft dieses schönen Fleckens Erde eine bessere war als die schrecklichen Jahre der Vergangenheit. Sie ahnte nicht, dass es zwanzig Jahre dauern würde, bis Pietra von einer Handvoll Studenten wachgeküsst werden und damit die Wurzel des Übels ein für alle Mal ausgerottet sein würde. Was sie aber damals schon ahnte: dass sie soeben den Samen dafür gelegt hatte.

In Neapel wartete bereits die Leiterin des Altenheims Santa Maria della Croce auf Silvia Guardini. Sie führte die alte Dame freundlich in das Innere des Heims, und die drehte sich, in Erwartung eines luxuriösen Hotelaufenthalts, nicht einmal zu ihrer Tochter um.

»Fahr«, sagte Rosa zu ihrem Mann. Sie war müde, spürte das Kind schwer in ihrem Bauch, und alles, wonach sie sich sehnte, war Schlaf. Schlaf und Friede.

Aber bevor sie die Stadt endgültig in Richtung Positano verließen, hielt Salvatore noch ein letztes Mal an. Aus dem Kofferraum holte er die Dokumentenmappe, die er aus dem Safe des Camorra-Bosses genommen hatte. Er gab sie am Empfang der Tageszeitung *Il Mattino* ab. Anonym. Mit der Bitte, die Unterlagen an die Chefredaktion weiterzuleiten. Es handele sich um brisantes Material.

Wie brisant, stellte sich in den nächsten Wochen nach der Veröffentlichung von Namen und Verflechtungen, von Machenschaften und Kumpaneien heraus. Eine Welle der Anklagen und Verhaftungen folgte, und Luisa und Salvatore Palamara erfuhren an ihrem Frühstückstisch aus der Zeitung davon, wo sie friedlich mit ihren Kindern saßen und die Staubkörnchen im Sonnenlicht tanzten.

28

Selina

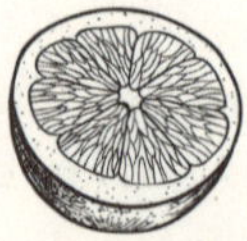

Von Italien nach Wuppertal, 2023

Die Vespa war zurückgegeben, Selina hatte sich mit Proviant eingedeckt und schleppte eine große Tasche mit neapolitanischen Spezialitäten zusätzlich zu ihrem Gepäck mit sich. Jetzt stand sie auf dem Bahnsteig und wartete auf ihren Zug. Napoli Centrale – hier hatte vor sechsundsechzig Jahren ihr Großvater gestanden, der alle Zelte hinter sich abgebrochen hatte, eine ungewisse Zukunft in einem Land, das er nicht kannte, vor Augen. Luisa Palamara hatte ihr und Fabio geschildert, wie sie von ihrem Liebsten Abschied genommen hatte, ein allerletzter Kuss, bevor der Zug mit Sergio aus dem Bahnhof rollte.

Wie mochte er sich damals gefühlt haben? Er war ein junger Mann gewesen, zwanzig Jahre alt. Ein Süditaliener von ganzem Herzen, ein Landkind, ein Junge ohne besondere Bildung, aber mit einem Herzen aus Gold, so hatte Luisa ihn beschrieben. Er hatte nichts getan, als dem Ruf ebendieses Herzens zu folgen, er hatte sich in die falsche Frau verliebt und war als Dieb mit Schimpf und Schande von den Leuten des Don Lorenzo Guardini gejagt worden. Mit dem Tode bedroht, ein Zwanzigjähriger! Fabio, der nur zwei Jahre älter war als sein Großvater damals und anscheinend große Ähnlichkeit mit diesem besaß, hatte diese Schilderung besonders betroffen gemacht. Man mochte sich kaum vorstellen, wie die Camorra die Bevölkerung drangsaliert hatte; es hatten Zustände geherrscht wie in der Feudalherrschaft Jahrhunderte zuvor.

Selina dachte voller Liebe an ihren Nonno, und sie wünschte sich in diesem Moment sehr, dass er noch lebte. Dann könnte sie nach Hause fahren, ins *Bella Italia* gehen und ihm sagen, dass sie alles gesehen hatte, seine Welt in Pietra, und dass sie seinen Mut bewunderte. Dass Sergio Catalongo ein außergewöhnlicher Mensch gewesen war, das war ihnen allen in der Familie bewusst. Nicht umsonst hatten sich bei seiner Beerdigung so viele Trauernde auf dem Friedhof eingefunden, um Abschied von einem Wuppertaler Original zu nehmen.

Aber dass er einem Camorra-Boss entkommen war, indem er seinen Tod vortäuschte und als Fremdarbeiter nach Deutschland gekommen war, ohne jegliche Unterstützung, ohne Netz und doppelten Boden, und sich entschieden hatte, in Deutschland etwas aufzubauen, das hatte niemand in ihrer Familie gewusst – mit Ausnahme vielleicht von seiner Ehefrau. Und das nötigte ihr großen Respekt ab.

Sie nahm nicht gern Abschied von Neapel und der Region um den Vesuv. Selina fühlte sich mit dem Landstrich, mit Pietra im Besonderen, sehr verbunden. Endlich ergab es für sie Sinn, einen italienischen Namen zu tragen, und sie trug ihn voller Stolz.

Tonio Santini hatte ihr zum Abschied ein Angebot gemacht, ein Angebot, über das sie sich sehr gefreut hatte. Aber noch war sie nicht sicher, ob sie es annehmen konnte.

Doch sie bewegte es in ihrem Herzen, und wenn sie erst wieder in Wuppertal war und alle Dinge geregelt hatte, die anstanden, würde sie darüber nachdenken.

Auf der Rückfahrt hatte sie Aufenthalt in Rom, bevor sie in den Zug nach München stieg, aber anders als auf dem Hinweg entschied sich Selina, im Bahnhof zu bleiben. Sie war müde und ein wenig erschöpft von den Eindrücken und Erlebnissen der vergangenen zwei Wochen und wäre überfordert mit weiteren. Zumal sie sich einer Sache sehr gewiss war: Sie würde zurückkehren! Sie war neugierig auf Italien, wollte so vieles noch sehen und erleben, wollte Rom sehen und nach Triest fahren, im Piemont wandern und auf Sardinien baden. Wollte Sizilien erkunden und Ligurien erleben. All das hatte sie sich vorgenommen, aber erst mal musste sie zurück zu ihrer Familie.

Marcello holte sie am Bahnhof in Köln ab und schloss sie fest in die Arme.

»Du musst alles erzählen, alles!«, sagte er, während sie zu seinem Auto liefen.

»Erst mal lege ich mich hin«, gab Selina zurück, die im Nachtzug kein Auge zugemacht hatte.

»Kommt nicht infrage! Du lockst mich mit unvorstellbaren Geheimnissen über meinen Vater, und dann willst du mich weiterhin auf die Folter spannen?«

Marcello grinste sie an. Selina musterte ihren Vater. Er hatte sich verändert. Nicht sehr offensichtlich, Selina musste überlegen, was genau es war – hatte er die Haare kürzer? Abgenommen? Aber doch nicht in den zwei Wochen! Seltsam. Sie beobachtete ihn von der Seite, er lächelte und fädelte sich vergnügt in den Verkehr ein.

»Der Urlaub tut dir gut, oder?«, erkundigte sie sich, statt ihm eine Antwort zu geben.

»Na ja, Urlaub … wir hatten alle Hände voll zu tun. Dass deine Omi von heute auf morgen auszieht, stand ja nicht auf meinem Zettel. Der Nachlass von Papa und dann auch noch der überstürzte Umzug – ohne deine Mama hätte ich das nicht geschafft.«

»Mama ist immer noch hier?«

Marcello nickte. Er lachte in sich hinein und trommelte noch immer im Rhythmus der Musik aufs Lenkrad. Er hatte beste Laune. Er war entspannt. Er war so gut drauf, wie Selina ihn das letzte Mal vor der Trennung erlebt hatte. Konnte es sein, dass … Sie wagte es nicht, den Gedanken, der ihr gerade durchs Gehirn geschossen war, zu Ende zu denken, geschweige denn, ihren Vater direkt mit ihrem Verdacht zu konfrontieren.

Stattdessen fragte sie: »Was ist denn mit dem Yogastudio?«

»Tja«, antwortete Marcello und schien gleich noch vergnügter. »Inga hat wohl keine Wohnung in Berlin gefunden. Das ist ja gar nicht mehr so einfach. Mama hatte keine Ahnung, die hat in Bali ja ein bisschen hinterm Mond gelebt und sich keine Vorstellung davon gemacht, wie sich der Mietmarkt in Berlin verändert hat.«

Das glaubte Selina sofort. Ihre Mutter hatte sich wahrscheinlich vorgestellt, dass es noch immer war wie in der Zeit nach der Maueröffnung, wo man mitten im Prenzlauer Berg eine große Altbauwohnung für kleines Geld mieten konnte.

»Wann kann ich Oma besuchen?«

»Wann du willst. Heute Abend?«

Selina überlegte. Am Abend hatte sie bereits etwas anderes vor. Etwas, das ihr auch sehr, sehr wichtig war.

»Wollen wir alle Oma zum Kaffee besuchen?«, schlug sie vor, dann hatte sie noch Zeit, sich hinzulegen und ein bisschen auszuruhen.

Als sie zu Hause ankamen, empfing Inga sie und bestürmte Selina ebenso mit Fragen, wie es zuvor Marcello getan hatte, und Selina entschied sich, ihre Eltern nicht länger auf die Folter zu spannen. Sie packte zunächst ihre kulinarischen Mitbringsel aus, dann machten sie es sich im Wohnzimmer bequem.

Anfangs wusste Selina nicht recht, wo sie beginnen sollte, aber dann sprudelte alles aus ihr hervor – sie zeigte Fotos aus Pietra und berichtete von der Arbeit des Historikers Tonio Santini. Davon, wie der alte Niccolò in Fabio seinen alten Freund Sergio gesehen hatte, vom Camorra-Boss Don Lorenzo Guardini, und schließlich kam sie zu dem Punkt, als sie das Grabkreuz von Sergio und seinen Eltern gefunden hatte. Sie reichte Marcello ihr Handy mit den Fotos vom Grab. Selina konnte sehen, dass ihrem Vater mulmig wurde, es war das gleiche Gefühl, das sie gehabt hatte, als sie davorstand.

»Ich versteh das nicht.« Marcello gab ihr das Handy zurück und schüttelte verständnislos den Kopf.

»Er hat seinen Tod vorgetäuscht«, antwortete Selina. Und dann kam sie zu der großen Liebesgeschichte zwischen Rosa, der Tochter des Gangsters, und Sergio, dem armen Landarbeiter und Sohn des Gerbers. Sie erzählte die Geschichte so, wie Rosa-Luisa sie ihr berichtet hatte.

»Sie hat dann einen Arzt geheiratet«, schloss Selina und blickte in die fassungslosen Gesichter ihrer Eltern. »Sie haben vier Kinder miteinander bekommen, und jetzt halt dich fest: Der Älteste ist Eismacher geworden! Er hat eine Eisdiele in Positano. Francesco heißt er.«

Inga quietschte. »Wahnsinn! Was für eine Geschichte! Da könnte man ein Buch draus machen. Habe ich das nicht schon mal gesagt?«

Doch Marcello schüttelte nur ratlos den Kopf. »Aber warum hat Papa das nicht erzählt? Dafür muss er sich doch nicht schämen! Ich versteh das gar nicht.«

»Meinst du, Oma weiß davon?«

»Keine Ahnung. Aber vielleicht erzählst du ihr das lieber nicht«, grübelte Marcello. »Wenn Papa nicht darüber gesprochen hat, hat er Gründe gehabt. Vielleicht wollte er nicht, dass jemand weiß, dass er schon eine große Liebe in seiner Heimat hatte? Sehr seltsam.«

Selina gab ihm die Schwarz-Weiß-Fotografien, die Rosa-Luisa ihr überlassen hatte.

Als Marcello das Bild betrachtete, das seinen Vater mit seinen Eltern Angelica und Gabriele zeigte, war er tief erschüttert. Es war das erste Mal, dass er seine Großeltern sah, und in seinen Augen sammelten sich die Tränen. Er starrte auf das Bild und konnte sich davon nicht lösen. Inga, die neben ihm auf dem Sofa saß, kuschelte sich an ihn.

So schwiegen sie lange, alle drei.

Schließlich holte Marcello einmal tief Luft. »Danke, Selina. Danke, dass du das getan hast. Das ist … ich weiß gar nicht … Ich brauche ein bisschen, um das alles zu verdauen.«

»Ich finde, das klingt alles ganz toll!« Inga strahlte. »Dieses Pietra würde ich zu gern einmal besuchen. Es sieht super aus. Das wäre auch mal was, um ein Yogaseminar anzubieten«, überlegte sie. »Kannst du deinen Bekannten, diesen Historiker, nicht einmal fragen? Vielleicht gibt es einen geeigneten Raum?«

Selina musste lachen. »Ich kann dich mit Gabriella von der Touristeninformation zusammenbringen«, sagte sie.

»Aber willst du nicht erst mal dein Studio in Berlin aufmachen, bevor du schon wieder an das nächste Projekt denkst?«

»Ach, weißt du«, Inga guckte verlegen zu Marcello, »die Dinge haben sich ein bisschen anders entwickelt.«

Aha, dachte Selina. Ich lag also nicht falsch mit meinem Verdacht. Aber sie schwieg, sie wollte es von ihren Eltern hören.

»Berlin ist so teuer, das habe ich mir alles anders vorgestellt.« Inga räusperte sich. »Deshalb bleibe ich erst mal noch ein bisschen in Wuppertal.«

»Du bleibst ›ein bisschen‹ in Wuppertal?« Marcello tat empört. Dann sah er seine Tochter an. »Mama zieht vorübergehend in Omas Wohnung. Die gehört uns ja und kostet nicht die Welt. Vielleicht kann sie hier in ein Yogastudio einsteigen.«

»Oder deinem Vater im *Bella Italia* helfen«, ergänzte Inga.

»Ihr seid also wieder …?«

»Ähm«, sagte Inga.

»Ja«, strahlte Marcello und legte einen Arm um seine Frau. Er strahlte wie ein Honigkuchenpferd.

»Herzlichen Glückwunsch«, gab Selina zurück und meinte es aufrichtig. Die vergangenen zwei Wochen hatten also nicht nur ihr Leben umgekrempelt. »Dann sitzen wir plötzlich alle wieder in Wuppertal«, fügte sie hinzu und wusste noch nicht recht, wie sie das finden sollte. Ihren Eltern schien es ähnlich zu gehen, denn obwohl Marcello das Glück darüber, seine Frau wiederzuhaben, aus allen Poren drang, waren er und Inga auch ein wenig verlegen.

Selina löste die leicht angespannte Situation auf und legte sich hin, bevor sie zu ihrer Großmutter fuhr. Sie hatte darauf bestanden, allein zu Oma Marianne zu gehen, denn sie hatte das Gefühl, dass diese es verdiente, dass sie ihr ihre

Erkenntnisse über Pietra Stück für Stück in Ruhe nahebrachte. Außerdem war sie nicht sicher, was sie ihrer Großmutter über Sergios Beweggründe erzählen sollte. Warum hatte er seinen Tod vorgetäuscht? Weil er bei Lorenzo Guardini in Ungnade gefallen war? Selina wollte nicht lügen. Niemals ihre Großmutter anlügen. Aber ihr ein Geheimnis zu offenbaren, das Opa Sergio ein Leben lang mit sich herumgetragen hatte – war das richtig? Hatte er es nicht aus Gründen für sich behalten?

Als sie am betreuten Wohnen ankam, erwartete Marianne sie bereits. Freudig zeigte sie ihrer Enkelin ihre Wohnung, zwei sehr gemütliche und moderne Zimmer mit Kochnische, und ein Balkon, von dem aus sie in den Garten hinuntersehen konnte, wo mehrere Vogelhäuschen standen. Wie Kulissen auf einer Theaterbühne, die darauf warteten, von Schauspielern mit Leben gefüllt zu werden.

Marianne hatte Windbeutel besorgt und ihren unnachahmlichen Filterkaffee gekocht. Sie nahmen nebeneinander auf dem Sofa Platz, und Selina begann das Gespräch mit einer Frage, deren Antwort sie wirklich brennend interessierte.

»Warum wolltest du so schnell ausziehen? Ich meine, hier ist es total schön, aber trotzdem … das war doch eure Wohnung, immer schon.«

Ihre Großmutter lächelte. Selina fiel zum ersten Mal auf, wie schön sie noch immer war. Trotz oder vielleicht auch gerade wegen ihres Alters. In den Augen ihrer Oma lag ein Ausdruck, den ältere Menschen manchmal hatten, wenn sie nicht traurig oder verbittert waren. Eine Mischung aus Schalk, Neugier und innerer Weisheit. Ihre Großmutter hatte blaue Augen, deren Farbe nun ausgewaschen wirkte, aber ihre Strahlkraft war ungebrochen. Jede einzelne Falte in ihrem Gesicht zeugte von gelebtem Leben – gutem Leben. Einem Leben, das randvoll mit wunderbaren Ereignissen gewesen sein mochte.

»Eben deshalb«, antwortete ihre Oma. »Weil es immer unsere Wohnung gewesen ist. Sergio ist …« Ihre Stimme brach, und sie brauchte ein wenig, um sich zu sammeln. »Dein Großvater ist in jeder Ecke der Wohnung. In jedem Staubkorn erscheint er mir. Ich sehe ihn in den Räumen, alles, was ich in die Hand nehme, alles, was ich berühre, ist mit ihm verbunden.« Sie schwieg und goss ihrer Enkelin Kaffee ein. »Und weißt du, das ist er ja sowieso. Er ist in meinem Herzen, für immer. Ich muss ihm nicht auch überall begegnen. Hier«, sie stellte die Kaffeekanne auf das Stövchen und sah sich in ihrem neuen Domizil um, »hier bin *ich* zu Hause. Hier beginnt ein neuer Lebensabschnitt.«

Selina lächelte. »Du bist toll, Oma. Und mutig.«

Marianne schüttelte den Kopf. »Nein. Bin ich nicht. Ich bin nicht allein. Ich habe euch. Und meine Brüder. Ich bin hier geboren und nie weggegangen. Ich bin fest verwurzelt mit Elberfeld. Was soll mir schon passieren?« Sie nahm Selinas Hand. »Dein Großvater war mutig. Er war vollkommen auf sich gestellt, damals, als er hierherkam. Ich habe ihn so bewundert, ich bewundere ihn noch heute.«

Selina hatte einen Kloß im Hals. »Ich bewundere ihn auch.«

Sie wusste nicht, wo anfangen, es breitete sich eine Stille im Raum aus, erfüllt von Ungesagtem, von Erwartungen und Geheimnissen.

»Du warst also in Pietra«, half Marianne Selina auf die Sprünge.

Und sie begann zu erzählen. So, wie sie es auch ihren Eltern erzählt hatte, beinahe wortgleich. Ihre Großmutter hörte lächelnd zu, aß von ihrem Windbeutel und trank von ihrem Kaffee, und irgendwann beschlich Selina das Gefühl, dass ihre Großmutter von dem, was sie erzählte, nicht besonders berührt war.

»Wieso habe ich das Gefühl, dass ich dir nichts Neues erzähle?«

»Weil es so ist.«

Selina fiel um ein Haar die Kuchengabel aus der Hand. »Aber … du weißt? Ich meine, was weißt du?«

»Alles.« Jetzt wandte Oma Marianne sich ihr direkt zu. »Sergio und ich hatten keine Geheimnisse voreinander. Er hat mir alles gesagt, bevor er um meine Hand angehalten hat.«

»Alles?«, fragte Selina vorsichtig.

»Alles«, gab ihre Großmutter zurück. »Auch von Rosa. Ich wusste, dass er ein Mädchen geliebt hat. Und dass sie der Grund war, warum er fliehen musste. Hast du sie getroffen?«

Und Selina erzählte. Erleichtert, wie sie feststellte. Es war ihr viel lieber, vor ihrer Großmutter nichts geheim halten zu müssen. Die Geschichte von Rosas Flucht, ihrer Zeit im Kloster und ihrer Ehe mit Salvatore Palamara interessierte ihre Großmutter über alle Maßen – denn das war der Teil des Puzzles, der auch Sergio gefehlt hatte. Immer wieder hakte Marianne nach, ließ sich genau schildern, wie das Leben der Familie Palamara in Positano verlaufen war. Als Selina schließlich mit allem geendet hatte, wurde Marianne nachdenklich.

»Ich würde sie so gern einmal kennenlernen«, sagte sie schließlich. »Sie ist Witwe wie ich. Und wir haben denselben Mann geliebt.«

Selina fasste einen Entschluss. »Wir fahren hin, Oma. Solange du das noch kannst. Sobald ich mit meinem Bachelor fertig bin, fahren wir beide nach Pietra! Und nach Positano. Versprochen!«

»Abgemacht!«, strahlte ihre Großmutter. Dann stand sie auf und holte aus einem Schränkchen eine Flasche. »Darauf einen Sambuca!«

»Krasse Story«, sagte Sven einige Stunden später.

Die Sonne war gerade untergegangen, Selina lag mit dem Rücken im Gras vor Svens Wohnwagen. Ihr Kopf drehte sich ein wenig, das kam von dem Sambuca, den sie mit ihrer Großmutter getrunken hatte. Nicht einen, sondern zwei. Und mit Sven hatte sie noch ein Bier draufgegossen, zum Löschen gewissermaßen. Morgen würde sie Kopfschmerzen haben, das war gewiss, aber sie nahm es gern in Kauf. Die Ereignisse hatten sich überschlagen, in Italien, aber auch hier.

Und plötzlich fühlte sie sich befreit. Sie blickte in den Sternenhimmel, und statt immer darüber zu grübeln, welchen Weg sie nun in ihrem Leben einschlagen sollte, statt Zweifel und Ängste zu empfinden, fühlte sie plötzlich große Freiheit. Was sollte ihr passieren? Sie hatte eine liebende Familie um sich, schloss ihr Studium ab und war danach frei, zu gehen, wohin sie wollte. Sie musste es nicht jetzt entscheiden, ja es war müßig, Pläne für die Zukunft zu machen. Selina wusste, dass sie in der Gegenwart leben musste, immer nur über den nächsten Schritt nachdenken. Ihr Großvater war ihr Vorbild. Ihr Stern, der sie leiten würde. Mut, Fleiß, Zuversicht und eine Vision – das hatte ihn weit gebracht. Die Vision fehlte ihr, aber vielleicht würde die noch kommen.

»Du bleibst also erst mal in Wuppertal?«, fragte Sven und legte sich neben sie.

Sie spürte die Wärme, die von ihm ausging, roch den Duft nach Seife, Schaf und Schweiß, den sie so anziehend fand.

Selina nickte. »Ja. Ich schreibe die gottverdammte Arbeit. Ich will nicht mehr nach Berlin. Niemals. Tonio hat mir angeboten, als Gastdozentin ein Semester nach Neapel zu gehen. Ich kann auf Englisch ein Seminar geben. Zum Thema Fremdarbeiter.«

»Mega«, sagte Sven, »mach das.«

Selina spürte, wie seine Hand sich in ihre schob. Sie bekam Gänsehaut, als sie seine Finger sanft umfasste.

»Ein Leben unter Schafen kannst du dir wohl nicht vorstellen?«, flüsterte Sven, drehte sich auf die Seite und schob sein Gesicht an ihres.

»Nein«, gab sie wahrheitsgemäß zurück. »Aber wenn ich in Wuppertal bleibe, sehen wir uns dann öfter? Ich meine, sehr viel öfter?«

Jetzt drehte auch sie den Kopf zu ihm und suchte seinen Blick. Er lächelte. Und fuhr mit dem Zeigefinger sehr sanft den Schwung ihrer Lippen nach. »So oft du willst.«

»Hast du einen Schafsitter?«

Er lachte auf. »Könnte schwierig werden.«

»Schwierige Beziehungen liegen mir in den Genen«, sagte Selina.

Und dann küsste sie ihn. Unter den wachsamen Blicken von zweihundertzwanzig Schafen.

Nachbemerkung

Die Orte Pietra Alta und Castelbore sind fiktiv, weil ich real existierenden Orten in der Region um den Vesuv keine Camorra-Vergangenheit andichten will.

Dass Geschichten wie diese jedoch nicht dem Kopf einer fantasiebegabten Autorin entsprungen sind, sondern auf
r Realität von Vergangenheit und Gegenwart Kampaniens
n, weiß jeder, der Roberto Savianos Buch *Gomorrha* gele-
Autor steht noch heute auf der Todesliste der
nter Polizeischutz.

r Faszination für diesen herrlichen Land-
uch tun! Ich kann jedem nur raten, Seli-
en und sich auf eine Reise nach Neapel
begeben.

an den Michael Müller Verlag mit seinen
ührern, die mein Ortsgedächtnis auffri-
Schreibtisch sitze und vergeblich versu-
te Routen, Wanderwege, Orte oder
erinnern.

ndlung ausgerechnet in Wuppertal
nz an meine Zeit dort, als ich als
eater zu Gast war. Ich bedauere
ht intensiver mit der näheren Um-
llein das Theater, insbesondere die
rin Pina Bausch, war so faszinierend,
erksamkeit absorbiert hat.

or, gebührt der größte Dank – für dei-
eichzeitig akribische Sicht auf mein